镰仓咨询所旋涡

[日] 青山美智子 著

烨伊 译

湖南文艺出版社　博集天卷　CS·BOOKY

镰仓旋涡咨询所

目录

CONTENTS

镰仓うずまき案内所

二〇一九年 **蚊香旋涡**

镰仓旋涡咨询所

平成，结束了。[1]

二〇一九年四月三十日，一场盛大的落幕。

听上司折江说，天皇驾崩、昭和结束时，整个日本已经谨言慎行了差不多半年，等待着不知何时到来的那一天。

对平成二年出生的我来说，他这番话像是在给我读历史教科书中的故事。而平成的改元日则是在天皇身体康健的时候就定好了，于是在平成的最后一年，大家不仅没有谨言慎行，还人人欢天喜地。见证年号的更迭，有如参加祭祀活动一般，而且毫无疑问是喜事一桩。

平成的最后一个夏天，平成的最后一个圣诞节，平成的最后一个正月，平成的最后一个……

提前告知人们结束的日子，这种做法十分友善。大家可以做足心理准备，也能制订好计划，万事万物的发展都明朗而顺畅。

年号更迭使我们连放了十天的假，令和的第一个出勤日，我什么也没问，折江却撑着脸讲起了故事。今年五十二岁的他，平成元

_____

1　1989 年 1 月 7 日，日本第 124 代天皇病逝，第 125 代天皇继任后，于次日起改年号为"平成"，标志着昭和时代的结束、平成时代的开始。2019 年 5 月 1 日，日本正式启用"令和"为年号，宣告平成时代的结束。后文中的"改元日"为更改年号的日子。——译者注（后若无说明，均为译者注）

年他还在读大三，那时他经常开着自己红色的爱车——本田序曲，到"意大咪西店"打工。我以为意大咪西店是卖炒菜套餐的，一问才知道，原来指的是意大利料理店。

"那会儿我还单恋着我老婆。昭和变到平成那天，我想着：哎呀，竟然和她一起跨过了一个时代，因而特别感动。现在我们又一起跨过了一个时代呢。历史真是在一遍遍地重演啊。"

跨过一个时代。

我对折江以前的恋爱故事没有兴趣，他的话却隐约触动了我的心。

藏在我书包里的白色信封。

我迟迟拿不出来，它这两个月以来，已经因为日期的变化重写了好几次。

进入五月，再次面对眼前崭新的便笺，我叹了口气。我就这样揣着辞职信，跨过了平成，来到了令和。

我在镰仓站的站台上，出神地望着眼前熙熙攘攘的人群。

横须贺线的列车吐出的乘客太多，人们无法立刻检票出站，都堵在楼梯口的位置。头，头，头，头。原来没有五官的后脑勺，也有独特的表情。

"早坂君，来得及吗？"

乃木一边用手背擦着头上的汗一边问，蓄着一撮小胡子的人中也沁出微微的汗珠。说实话，时尚的乃木为何会留时下早已不流行的小胡子，这着实是个谜。不知其中是有他的坚持，还是说他想让自己显得老成一些，才刻意如此。但就算留着胡子，别人也看不出他已有三十三岁。说乃木显得年轻，不如说他显得幼齿，再加上他性格也平易近人，比他小四岁的我也经常不自觉地对他省去敬语。

今天晴得让人怀疑夏天已经来了，电车开出站台后，下午两点的阳光刺眼地照了进来。黄金周过后，五月已渐渐走到尾声，下车的乘客好不容易刚少了些，紫阳花盛开的季节好像又快到了。当然，世上的所有人不可能都要在工作日的白天去上班或上学，这种旅游城市无论什么时候人都不会少。再加上今天突然设备检修，电车中途停了一会儿，完全在我们的意料之外。

"先跟对方联系一下吧。"

我从奇诺裤的屁股兜里掏出手机。自由摄影师笠原已经发来了消息："我到了。""不好意思，我们还在路上。"我简单回复后，拨通了采访对象——古民居咖啡厅的电话。

我在东京都内的出版社工作。七年前进入这家公司，六年前被分配到以家庭主妇为主要读者群的女性杂志《含羞草》编辑部。

最开始我负责的杂志页面是"用空纸箱做收纳"。这个对开页的策划算不上专题，也没什么新意，恐怕没有读者愿意多看几眼。尽管如此，刚调过来时我还是觉得很有意思——可以掌握制作杂志的流程，还有机会和喜欢的艺人打上照面。可最近，我对这些工作已经提不起兴趣了。不仅如此，睡眠不足、死亡截止线临近、怎么也过不了的提案整日折磨着我，还有来自个性太强的上司——也就是折江——的压力，几乎要将我压垮。

今天的采访是接力棒似的连载访谈：第一位有名的受访者负责介绍下一位受访者，将采访接续下去。

三声电话铃响后，咖啡厅的店员接了起来。"我是峰文社的早坂，"我报上姓名，"请多关照。非常抱歉，我们已经到了镰仓站，但可能会迟到五分钟。"

"哦，出站很费劲吧。"

手机听筒里传来一个开朗的男声。我试探性地问：

"黑祖老师已经到了吗？"

"嗯。不过，他也没有干等着，没关系的。他和平时一样在上午过来，好像一直在写作。"

"我们尽快过去。"说完，我挂断了电话。

鼎鼎有名的科幻小说作者黑祖洛依德很少出镜，这次却接受了上一期的受访者——泰斗级的女演员红珊瑚的邀请，同意受访。两人好像很早以前就认识了。

其实我并未读过黑祖洛依德的小说，但撰稿人乃木从初中就是他的粉丝，听说了要采访黑祖的这个消息，他相当激动。

"好棒啊，没想到我居然有一天能见到黑祖洛依德。他写的小说我全都收藏了。"

说起来，乃木在博客上也写过好几篇关于黑祖洛依德的小说的书评。他的博客人气很高，每天被访问的次数好像能超过三万次。他平时用真名写作，听说也有出版社的人看过他的文章后来向他约稿。他的博客和推特头像都是一张蓄着小胡子的插画，这仿佛成了他的专属商标。

乃木真是闪闪发光呀！他既没被什么束缚，也没背什么重担，拥有着自由职业者才有的一身轻松。我在脸上堆起灿烂的笑容，严严实实地掩盖住了我呼之欲出的羡慕情绪。

"那太好了。我只看了他最新的作品，其他的都不了解。这次拜托你了。"

乃木的一双大眼睛滴溜溜地转了转，他用力地点了点头。

我们一起过了东口的闸机，总算出了车站。右手边的公交站上也是人头攒动，几个金发的外国人正兴奋地看着摊开的旅游指南。

"是小町通那边吧？"乃木说。

我们穿过左手边的红色鸟居，走进小町通。巷口附近有一排店家，有别致的土特产店，卖些年轻人会喜欢的小玩意，还有小摊似的餐饮店，游客可以边逛边吃。

乃木突然停下了脚步。一群孩子朝我们这边走来，像是一个修学旅行团。一群穿着初中生制服的学生横在前头，彻底堵住了我们的路。乃木像是看到了什么晃眼的东西似的，眯着眼睛看着那群中学生，然后莞尔一笑，也许是其中有长相可爱的女孩子吧。我跟在乃木身后，溜到路的一边，见缝插针地往前走。

咖啡厅应该不会太远。我们按照地图应用的提示，拐进和式点心店和可丽饼店之间的那条小路，静默忽然降临。

涩谷和银座也常有这样的风景。只不过错开一条热闹的街巷，一个娴静的新世界就出现在你面前，之前的嘈杂仿佛幻觉一般。毫无疑问，后者的面积更为广阔。这一带有好几栋古建筑，我们路过一间看上去像是单凭个人爱好办起来的小小展室，迟到八分钟后，我们终于找到了此行的目的地——古民居咖啡厅"熔炉"。

我和乃木弯着身子，走进敞开的矮门，发现里面的大门也开着。我站在玄关口，喊了一声"您好"，一位套着黑围裙的男人来应门。

"欢迎光临。"

这位应该就是在电话里和我沟通过几次的店主田町先生吧。他微微一笑，下垂的眼角弯起一个优雅的弧度，看样子已经过了四十五岁。

"抱歉，我们迟到了。"

"没关系，二位不必介意。"

玄关很大，结实的木质架子上摆放着书信套装、明信片和笔。店头内也有售卖这些文具。

"请把鞋放在这边。"

头顶的门框旁边有一排鞋柜。我们脱下鞋子，将鞋子放到了鞋柜里。

店里还留着有人居住过的气息，里面有几个房间。笠原待在一间有大窗户和檐廊的宽敞屋子里，这里之前大概是客厅，墙边有一个书架，被书塞得满满当当的。乃木像是被那书架勾住了魂，恍恍惚惚地就要往里面走。我拉住他，和笠原碰头后，三人一起离开了房间。

走廊上的软木告示板上，贴着写有"FREE Wi-Fi（免费无线网）"字样的贴纸。店家致力于打造复古情调，同时也没忘记照顾时下的需求。贴纸下方有几张用大头针固定住的海报，预告即将在镰仓举办的活动。"鲇川茂吉系列讲座"一行字引起了我的注意，讲座地点在滨书房。没想到这位大名鼎鼎的剧作家竟会在书店办讲座。

转过干净整齐的后厨，田町先生把我们带到里面的一间类似隐藏房间的屋子里。

"洛依德先生，峰文社的老师们到了。"

我们跟着田町先生继续往里面走，一股浓烈的烟草味道扑面而来。红色的地毯上摆着三张小圆桌。

窗边的那张桌子上有一台敞开的笔记本电脑，黑祖洛依德坐在桌前，瞟了我们一眼。坚硬的黑框眼镜后面，是一双目光冷厉的眼睛。没记错的话，他今年四十九岁。散开的刘海很长，其中夹杂着白发，其余的头发整齐地束在脑后。

"初……初次见面，请多指教。今天拜托您多多关照。"

乃木紧张地递上名片。黑祖洛依德合上电脑，也从皮制的名片盒中取出名片来。那是一张黑色底的名片，上面显出"黑祖洛依德"几个白字，两边有一些宛如植物藤蔓的纹理设计。

他和我们三人都交换过名片后，伸手捋了捋刘海：

"好久没拍过照片了。我去下洗手间，请各位稍等。"

说完，他便起身走出房间。田町先生也跟着出去了。

等屋里只剩下我们三个之后，笠原一边摆反光板一边问：

"早坂，你跟折江说过要辞职了吗？"

我一时语塞。乃木也望着我。

"呃，还没……没找到合适的机会。"

"老是在施展不开的地方拖着，简直是浪费生命，而且你不是说过，羡慕乃木君的生活嘛。"

乃木什么也没说，只稍微扬了扬唇角。笠原继续喋喋不休道：

"现在已经不是人被企业绑着的时代啦，对创意工作者来说，更是如此。"

"……也是哦。"

黑祖洛依德回来了。

我们决定先拍几张他看镜头的近景人像，然后再在采访过程中随机拍几张照片。

"峰文社有一本名叫 *FUTURE*（《未来》）的杂志吧。我刚出道的时候，接受过一次那本杂志的采访。"

听了黑祖洛依德自言自语的话，乃木高兴地应和道：

"您出道的时候，是二十年前的事了吧。"

"嗯，是有这么久了。那会儿我一直拒绝在媒体上露面，所以年轻时公开的照片就只有那一张。贵重的一张。"

笠原赶忙抓住机会说：

"如果那张照片能登在这次的采访中，应该会很有意思吧。您的粉丝一定会很高兴。"

黑祖洛依德思忖片刻，歪了歪头说：

"好啊，如果只在这次采访中使用的话。不过，我不记得那张照片具体是登在哪一期上了。你们能找到吗？"

"这个嘛，交给峰文社的人去办就好了。"

笠原坏笑着看我，黑祖洛依德也静静地笑了。

不要如此轻易地说出那么不负责任的话啊——我心里这样想着，嘴上却回答："我会尽力的。"我不想找。笠原的点子听上去挺有意思，但不过是一张配图。为了这种离谱的事浪费时间和精力，实在划不来。只要最后答复他们一句"怎么也没找到"就完了。

"不好意思，我可以抽烟吗？"

黑祖洛依德从蓝色的七星烟盒中抽出一根香烟，用火柴点燃。我仔细一瞧，那火柴盒竟是熔炉咖啡厅的原创产品。上面绘有许多面国旗从一只壶中跳出来的插画。

"这几年的餐饮界，对老烟枪很苛刻呢。这家店有一间独立出来的吸烟室，真是帮大忙了。"

黑祖洛依德熟稔地吞云吐雾。这时，田町先生端来了咖啡。乃木扭过脸问：

"这家店是哪年开的？"

"二〇一三年的年末开的，今年是第六年了。这座房子是我祖父传下来的古民居，改装颇费了些功夫，所以是在消费税涨到百分之八之前匆忙建的。今年十月就要涨到百分之十了，也不知道最后会涨到多高。"田町苦笑道。

"毕竟是一间大宅子嘛。很适合改造成古民居咖啡厅呀。"乃木说。

"嗯，不过起初我们做的不是咖啡厅，而是类似于租书屋的生意。一边和来选书的客人聊天，一边给他们提供茶饮。做着做着，我就和妻子商量，干脆开一家咖啡厅算了。改成咖啡厅后，又有客人提出建议，说想边喝东西边写信，我们就放了一些明信片在店里。没想到很受欢迎，于是增加了商品种类。可以说，这是一家按照客人心意变化的店。"

黑祖洛依德抽完一根烟，喝了一口咖啡，语气中不无眷恋：

"咖啡厅开起来之后，一个澳大利亚的朋友向我介绍了这里。自那以后，这家店就成了我的办公场所，我简直离不开它。每到店家固定休息的日子，我都不知如何是好。"

"不好意思。"

田町先生微笑着低下头。

"这个火柴盒不错呢。"

听我这样说，田町先生送了我一个，并说："一会儿用它拍拍静物吧。"我把火柴盒递给笠原，就算没有黑祖洛依德以前的照片，配图用这个也够了。

笠原一边端详着火柴盒一边说：

"这家店的每一样东西，都很有品位啊。就算只为买门口的文具，也值得来一趟。"

"多谢夸奖。确实有些客人会专门为了文具而来，不过时间长了，我们也能一下子看出来，哪些客人是只看不买的。"

乃木转过脸来，似乎对这个话题很有兴趣。田町先生笑着回答：

"有的客人一边说'好可爱！'，一边爱不释手地拿着文具看。这些人基本上都不会买。真正想买的人，只是默不作声地一直盯着商品看，一副决心已定的模样。"

"原来如此。"乃木佩服地喃喃道。

"我先失陪了，如果有需要，随时叫我。"

说完，田町先生便离开了房间。看来他也很忙。

乃木和黑祖洛依德聊了一会儿有关这家咖啡厅的话题，忽然话锋一转，乃木问：

"黑祖老师选择写科幻小说，是出于怎样的考虑呢？"

黑祖洛依德将吸完的烟屁股按灭在烟灰缸里，目光离开了乃木。

"有哪类小说不是科幻吗？"

他左手托腮，仿佛陷入了沉思。中指稍微一动，第一个指关节上方便露出一个大包，应该是握笔形成的茧子。看来黑祖洛依德是左撇子。

在计算机时代到来之前，这只手一定书写了海量的文稿。此时，这根手指从他的下巴上移开，伸向烟盒。

"啊，糟了，烟没了。"

"扑哧"一声，黑祖洛依德捏扁了蓝色的七星烟盒。我站起来说：

"我去买。一样牌子的可以吗？"

"多谢。能买到一样牌子的最好。出了店门右转是一家帽子店，在那个街角左转有家食杂店，那里有卖。"

我平时很少听到"食杂店"这种说法，回应时也有几分生硬。

大概就是小卖部吧，我只拿了钱包便朝玄关走去。离开那个房间，我不禁松了一口气。

乃木，笠原，田町先生，还有黑祖洛依德。

他们是独立自由的个体，不属于任何地方。他们有自己的一技之长，凭自己的名字走遍天下。

笠原仿佛有些嘲讽的声音又在我耳边响起：这个嘛，交给峰文社的人去办就好了。

在那个空间里，我不是早坂瞬，而是"峰文社"。

我走出熔炉，照黑祖洛依德说的右转，帽子店就在旁边。店门口摆着许多顶帽子，一顶明晃晃的褐色牛仔帽吸引了我的目光。不知道是否真的有人会跑到镰仓来买牛仔帽，但店家坦然的气势无疑是在对路人强调：这里有一家帽子店。

是在这个街角左转吗？街角？

我压根儿没看出这里哪里有街角，环视四周，终于看到一条狭窄的小巷。食杂店在这条小巷里吗？这一带本就已远离繁华街市，小巷中更是平添了一份寂静。

巷子里是一户户民宅，看不出哪里有像样的店面。这里有居民区的景致，可那些家宅中又好像感受不到人的气息，路上也没个人影。空气中仿佛有股诡异的氛围，我微微打了个冷战。

平房的屋檐下有一个硕大的蜘蛛窝，以前只在动画片里见过的络新妇在里面蠢蠢欲动。我尽量不去看它，侧着脸走了过去。

我多半是走错了路，这时我想打开地图应用，才意识到自己将手机放在了店里。还是先回去吧，我这样想着，正要往回走，却停下了脚步。巷子里的景色好像和刚才不一样了。小路两旁之前有盛开的红色小花吗？来的时候有看到过这座园子里安了秋千的家宅吗？

　　我的额角沁出了冷汗，不过既然是沿着巷子直直地走过来的，只要掉头往回走，肯定能从最开始的巷口出去。于是，我一口气走到路的尽头，但毫无悬念，巷口果然是我此前没见过的风景。

　　绕过一段高高的围墙，一家陈旧的钟表店出现在我眼前。不过今天好像是店家固定的休息日。一块厚重的木板招牌摆在店的一边，板子上用粗毛笔写着"镰仓旋涡咨询所"几个字。沿着板子上那个朝下的红箭头看去，建筑旁边有一段暴露在室外的狭窄楼梯朝地下延伸，窄到勉强只够一人进出。

　　尽管气氛有些诡异，我还是对"咨询所"几个字抱有一线希望，于是我朝招牌指的方向走去。

　　楼梯下面有一扇小小的铁门，我攥住门上夸张的大圆把手，战战兢兢地把门打开。门后是一段旋转楼梯。

　　还要再往更深的地下走吗？墙壁和楼梯都黑乎乎的，扶手上隔一段距离便垂下一盏小灯泡，闪着微光。真的要走进这家咨询所吗？我犹豫不决，但也没有更好的选择。

　　我沿着旋转楼梯一点点往下走，黑漆漆的楼梯和墙壁逐渐泛起蓝色的亮光。我有些紧张地走到最下面，来到一个深蓝色的空间，面积大概和一个小单间一样。

　　小小的房间空荡荡的，只有两个矮个子的老爷爷穿着灰色西装，在墙边的一张小圆桌前对坐，下着奥赛罗棋。他们旁边的那面墙上，挂着一个飞盘似的圆形海螺。起初我以为那是一个挂钟，但表面没有数字，也没有指针，看上去更像个摆件。

　　我站定后，两位老爷爷同时转头看向我，他们的动作一秒不差。两个人都打着同样的深蓝色领带，长相和身材也一样。这是双胞胎？

"你和朋友走散了？"

其中一位老爷爷问。

"哦，不。没有走散，是迷路了……"

说到这里，我忽然意识到"走散了"这个词对如今的自己来说，简直再合适不过了。

没错，我现在，就是走散了的状态。

从那家公司走散，从工作中走散，从自己想做的事中走散。

"……也许您说得没错。"

听到我的喃喃自语，另一位老爷爷点头感叹道："哎呀呀。"

两位老爷爷"唰"地站起来，不约而同地朝我行了一礼。

"我叫外卷。"

"我叫内卷。"

仔细观察，原来他们是用卷曲的刘海和鬓角为自己命名的。不知道这是后取的绰号，还是刻意按照自己的名字卷了各自的毛发。我呆呆地望着他们的头发尖，压制住自己习惯性地想抽出名片递上去的冲动。这不是工作场合。

"……我是早坂瞬。"

听我报上名字，内卷先生开口道：

"那么瞬先生，讲讲您遇到的问题吧。"

"嗯，有人托我买烟……我要去食杂店。"

"哈哈。"

不对。

我想要咨询的、希望有人替我指点迷津的，不是这个。

视线猛地晃了一下。

——我啊。

我来到目前这家公司，是因为想做峰文社发行的杂志 *DAP* 的编辑。

DAP 是面向男性读者的商务杂志，但它的切入点非常有意思，远远胜过大多数强势输出自己观念的同类杂志。它往往用简单明了的方式告诉读者世界上正在发生什么，不端架子，也不刻意讨好读者——我就是喜欢它这一点。无论是政治、经济问题，还是文化杂谈，这份月刊杂志网罗了所有读者想知道，也应该知道的内容。上大学时，我将其奉为经典中的经典。

杂志的名字 *DAP* 并非取自某些单词的首字母，而是一个具备两层含义的英文词：其中的一层意思好像是"拍着手亲昵地寒暄"，另一层意思是"小石子等在水面弹跳"。

这份杂志恰如其名。每次看到这个名字，我都会想起常在河边玩的打水漂游戏，看着敏捷而聪慧的小石块像忍者似的，飞舞着跳过水面，看着这看似不可能发生的现象就发生在自己眼前，这样的游戏真令人感动。如果我能在 *DAP* 中获得知识，加深对人生的洞察，同时不忘游乐之心，我也能成为帅气的大人，在社会的洪流中和其他帅气的大人交手过招。

DAP 推动了整个时代的发展——有了这样的想法，我不再想单纯地做它的读者，还希望能参与到这份杂志的制作之中。

与其说我想进入峰文社，不如说我是想在 *DAP* 的编辑部工作。为此，我刻苦研究它们的企业文化，还情绪激昂地告诉面试官，我对 *DAP* 的爱有多深。

尽管我顺利地进入了峰文社，起初我却被分配到了总务部门。我一直对进入 *DAP* 这件事不死心，一有机会便向各部门的人大肆宣扬自己有多想进 *DAP* 编辑部。到了第二年，人力部部长对我说："有个员工退休了，你愿意做杂志吗？"就这样，我被调到了《含羞草》编辑部。

说实话，当时我失望极了。我不明白，为什么不把我调到 *DAP*，而是《含羞草》呢？我甚至怀疑，公司的做法是不是在排挤新人。但是，公司也有公司的难处。给一直希望做编辑的我调换部门，不过是为了填补离职员工的缺口罢了。我既然是公司的一员，就必须服从安排。先在这里忍耐一段时间，自己的心愿总有一天会被人听到的——我勉强让自己接受了这次调动。于是，我在《含羞草》一待便是六年。

三个月前，DAP 突然休刊了。说是休刊，其实就是停刊。

"便于保存的小点心""选一款无惧油渍的洗洁剂"……就在我做着这些平庸至极的生活类页面时，曾令我无比向往的 DAP 无声无息地消失了。

上个月，和同事们一起喝酒的时候，我醉醺醺地嚷出一句："我已经找不到留在峰文社的理由了！"当时，乃木和笠原也在场。

乃木是 DAP 的合同工。他和我一样深深地爱着 DAP。我们因偶然同乘一班电梯相识，又一同去过几次小规模的酒会，渐渐成了好朋友，还曾经相约今后一起做 DAP。

但乃木是和编辑部签约，并非和公司签约，所以在 DAP 休刊的同时，他也被解雇了。此后，他便以自由写作者的身份工作。他笑着告诉我，比起编辑，他更喜欢写作，所以这样也挺好。离职后，他的工作一直很顺利，看上去也很开心。所以我才会说："好羡慕乃木。"

乃木至少在 DAP 干过。他比我更早得知杂志即将休刊的消息，所以他经历了 DAP 的最后一期采访、最后一次报道，细细品味过离别的滋味，一路守护着 DAP 走到了休刊的那一天。就像世上的每个人都尽情享受了平成时代的最后一次活动一样。

没错，哪怕我能亲自和 DAP 告别也好，我想成为见证 DAP 历史的人之一。可最终连这也成了奢望，我对 DAP 的情感竟然成了空想。

DAP 已经不复存在。既然如此，我也没必要继续留在峰文社了。

"我也去做自由职业好了……我在家庭主妇杂志已经干腻了。"

听了我的倾诉，笠原点了点头：

"如果你做了自由职业，我可以介绍 K 公司或者 D 公司给你。"

"真的吗？"我大感兴趣。这两家都是擅长做经管类书和男性杂志的大公司。

我一下子来了兴致，觉得这样也不错。即使我离开峰文社去其他出版社供职，也不知道会被安排到哪个部门。既然如此，还不如做个自由职业者，干些更有意思的事。

酒力欠佳的乃木边喝乌龙茶边笑呵呵地对我说：

"就算成了自由职业者，也不是想做什么工作就能做什么工作的呢。"

"那是因为你什么工作都接嘛，像折江那样任性的要求也会照单全收。"

我大呼小叫地辩驳着。

折江是副总编，也就是我的直属上司。

用好听的词来形容，他是个铁骨铮铮的男子汉；用不好听的词来形容，就是目中无人。他喜欢甜点和名牌，早已崩盘的泡沫经济似乎依然作用在这个人身上。听说他的太太曾是广告公司的员工，两人育有四个孩子。折江不像体育生那样热情爽朗，而是对工作极为热忱，性格强势，是我最不愿意接近的那类人。

他最过分的安排莫过于"折江赠礼"了——号召部下为他负责的专题页面提供企划，被选中的企划书创作者会得到一份"啤酒招待券"，由折江请他喝一杯啤酒。折江会视自己的心情而定，不时贴出"折江礼物预订中！"的通知。竟会有人认为一杯啤酒就能勾起部下的工作热情，真是错得离谱。而且得到招待券的人还要和折江一起去喝酒，那真不如没有这个奖励。如果你还想多听我吐槽几句，在广岛方言中，"赏你一杯"好像和"招待券"发音相同，算是个谐音梗。可折江生在东京、长在东京，和广岛没有半点因缘。给奖项起这样的名字，实在有些无厘头，但折江这个人就是这样。公司另有正式的企划研讨会，我不知道是否有人愿意特意去挑战所谓的"折江赠礼"。总之，"对工作热情十足"这个评价听上去确实不错，但并不是每个人对待工作都像他那样热情。

最近也是，乃木因为急性盲肠炎没能去采访，折江和他通电话时，竟然厉声道："落下的工作一定得补上啊。你下次必须得去！"半句问候的话也没有。听说乃木的手术顺利结束，折江立刻去他的病房，布置了一大堆整理录音的工作作为"慰问品"。如此暴行，惹得编辑部的员工都很不高兴。撰稿人也是人，是个人就会生病，怎么能把人家当成机器来使唤呢？这样的工作直接拒绝就好了，乃木就是心肠太软，自由工作者的一大优势不就是拥有了选择工作的自由吗？

想到这些，在折江手底下耐着性子干活的我更觉得憋屈。我也想自由自在地做自己喜欢的事，让自己闪闪发光。

"明天我就跟折江说，我要辞职！"

我嚷嚷着，喝光了杯中的芋烧酒。"对，要的就是这股子气势！"笠原拍手叫好。可我这股气势到了第二天早上，就夭折了。想起折江那张脸，我就心情沉重。就在我磨磨蹭蹭工作的时候，一位同事拿出身体欠佳的诊断书，突然离职。这一来，我更难跟折江开口了。平时完全看不出那位同事有要离职的意思，这下却被他摆了一道，抢先了一步。我无数次想着"明天就提"，那一天却迟迟不来。我和折江素来交流不多，提了离职后，不知道他会如何苦口婆心地对我说教——比如"不要半途而废""现在部门正缺人手，你要顾全大局"等等。想到这些，我更加开不了口。他多半不会痛快地接受我的辞职申请，就算勉强答应下来，从提出离职到真正离开公司的那一天，我也会如坐针毡。思来想去，我便在这毫无动力的职场原地踏步，当一天和尚撞一天钟。

回过神来，我才发现，自己已经和两位老爷子絮絮叨叨地发了一肚子牢骚。

这些想法，就是说给别人听也于事无补。可说出来多少让我轻松了些。

"每天我都在想，自己究竟为什么还要待在这家公司。失去了奋斗目标之后，我就没有奔头了。"

两位老爷爷突然肩并肩站在一起，"唰"的一下朝我伸出了双手大拇指：

"很棒的旋涡！"

"……什么？"

四根一字排开的大拇指上，画着卷成一团的旋涡图案。我定睛望过去，眼睛都要像蜻蜓的复眼似的转起来了。

这时，墙上挂着的海螺开始滴溜溜地旋转。

我吃惊地睁大眼睛，以为轮盘游戏要开始了。但海螺转了整整三百六十度就停了下来。然后紧闭的口盖像门一样"啪"地打开，好几条腕足从里面飞快地伸了出来。我万万没想到它们是活的，不由得大叫一声。内卷先生冷静地对我说：

"请您放心。那是我们所长。"

"所长？"

外卷先生嘿嘿一笑：

"为您送上所长的问候。"

他说着，自顾自开心地笑了起来。暑期的问候？[1]可是现在才五月啊。这让我想起折江玩的老梗，有些无奈。外卷先生似乎看透了我的心思：

"用谐音梗开玩笑是日本优秀的文化。身经百战才是成熟的大人。"

我没有接话，不肯定也不否定。海螺的腕足还在向外伸展，螺

---

[1] 在日语中，"所长"与"暑期"发音相同。

壳里露出一只大眼睛。

也许各位难以接受，但如果我没有认错，这是……这是……

"这不会是菊石吧？"

"嗯，正是菊石。"

菊石不是很久很久以前就灭绝了吗？也就是说，眼前这个是人造的吧，但这也造得太逼真了。

我目不转睛地盯着这只菊石，眼睁睁地看着它离开了墙壁，"嗖"的一声猛地飞起来，乌黑浑圆的大眼睛闪着光。

"会……会飞？"

"如你所见，它可以喷射气体，四处移动。"

菊石悬在半空中，若干条腕足中的一条优雅地左右摇摆着。内卷先生见了，"嗯嗯"地点着头，转身对我说：

"它要你按照自己的心意做出选择，不要害怕变化。"

"哎，它在对我说话吗？这只菊石？"

"是所长。"

两个老爷爷异口同声道。看来我对这只菊石的态度必须恭敬。

变化指的应该是换工作吧。嗯，大概是这样吧。

"那么，由我来为您带路吧。"

在内卷先生的催促下，我和慢悠悠地飞在空中的菊石所长一起往咨询所深处走去。只见远处有一个瓮，来的时候我明明觉得这里小得很，没想到走起来却很花时间。我的大脑已经是一片糨糊，根本搞不清现在发生了什么。

我们一行人走到瓮旁边，才发现这个瓮格外大。高度几乎到我的腰，瓮口直径大概有五十厘米，瓮壁被刷成淡淡的水蓝色。

"……很漂亮的颜色。"

内卷先生听到我不由自主的感叹，微笑道：

"这叫瓮觑。"

"是这个瓮的名字吗？"

"不，是说它的颜色。"

外卷先生在瓮前面朝我招手。

"那么，瞬先生。您这边请。"

我站到瓮前面，菊石所长轻飘飘地悬在瓮上空。瓮里盛着八成左右的水，水是透明的，却不可思议地望不到瓮底。

我抬起头，正想再仔细看看所长，它却突然扑通一声跃入瓮中。我被这出乎意料的举动引着看向缸里，所长瞬间便消失不见。我抬头望着两位老爷爷。

"所长去哪儿了？"

"哈哈，您再看看。"

在外卷先生的催促下，我又低头看向瓮中，只见水面骨碌碌地卷起了好几层旋涡。旋涡逐渐化为某种形状，映出一些影像来。深绿色的旋涡上面闪耀着红色的火焰，还有……一缕青烟？

"您看到了什么？"

内卷先生问。

"蚊香？"

我的话音刚落，蚊香的图案便倏地消失了。

"那么，给您的引导就是蚊香。"

"哎，等一下，蚊香是什么意思？"

"应该是能为您提供帮助的道具吧。离开时请走这边的门。"

内卷先生手指的方向有一扇白色的门。深蓝色的墙上，这扇门仿佛闪着白光飘浮在空中，我一面想着"自己会不会是在做梦"，一面照他说的朝出口走去。

门边有一个矮柜，上面放着一个篮子，篮子里装着许多包着玻璃纸的糖果。糖果是蓝色的旋涡形状。

篮子旁边的卡片上写着"困惑时的旋涡糖"。外卷先生忽然走到我身旁：

"请您随意拿取，一位客人限取一颗。"

这糖果看上去像是廉价的赠品，来者有份，但来都来了，就拿一颗吧。我随意捏起一颗，放进奇诺裤的口袋里。

"食杂店就在对面。"

内卷先生说完，两位老爷子毕恭毕敬地朝我齐齐鞠了一躬。

"那么，祝您一路平安。"

我轻轻还了一礼，抓住了门把手。最后也没搞明白这到底是怎么回事。

等等，来的时候是从楼梯下到地下的。就算打开这扇门，也没法回到……

出来了。

视野豁然开朗，一间小卖部出现在我眼前。店门口堆着一些厕纸，敞开的滑动式玻璃门里面的柜子上摆着罐头、调味料、小零食等。我站在门口向里望，见有位大婶正坐在收银台前读周刊杂志。这就是那家食杂店吧？

"有烟吗？"我问大婶。她单手扶了扶眼镜，淡淡地回答："有的。"看样子是位挺傲气的大婶。

虽然到了目的地，但刚才发生的那一连串奇妙的事还在我脑海中挥之不去。而且，黑祖洛依德应该已经等我很久了。我看了看手表。

令我震惊的是，离开熔炉后，时间几乎没怎么流逝。我纳闷地往店外看，那扇白色的门不见了，只有一家冰激凌店前面排着一长串游客队伍。

"黑祖洛依德的下一棒，是广中中啊。"

回程的电车上，坐在我旁边的乃木红着脸说道。他指的是无人

021

不知的年轻 IT 公司社长广中，"广中中"是人们根据他的姓给他起的外号，他本人就是这家 IT 公司的金字招牌，经常在各类媒体上露面。

"好棒啊！广中中今年才二十三岁吧。听说巴库特利亚今年的年营业额有五百亿呢……早坂君，你有在听我说话吗？"

"啊，嗯。"

巴库特利亚是广中中成立的公司的名字。广中中当过受雇于人的上班族吗？他肯定一下子就当上社长了吧——乃木喋喋不休地念叨着。

"前段时间我看了 FUTURE 的采访，广中中开公司之前，花了两年多时间，走遍了日本。除了必要的时候坐轮渡，电车和公交他一概不坐，只凭自己的双脚。他干出来的事，果然不一般啊！"

那篇采访我也看了。广中在旅行期间认识了许多人，打通了不少关系——IT 界的著名人士、想给他出资的富豪等等。他一面过着游戏人生似的生活，一面掌握了 IT 公司的运作技巧，还认识了有钱的伙伴，年纪轻轻便轻而易举地成就了一番事业，还一举成功。我不禁觉得在公司就就业业的自己傻呵呵的。

瞧吧，又是一个独自闪耀着光芒的家伙。同样是人，我们却有着云泥之别……心灰意冷已经成了家常便饭，伴着嫉妒而来，令我深刻地感受到现实的骨感。

"怎么啦，发什么呆呢？自从买完烟回来，你一直怪怪的。"

我轻轻摇了摇头，没有回应乃木的担心。如果把咨询所的事告诉喜欢科幻小说的乃木，他一定会两眼放光地听我讲完。但在那里发生的一切充满了异想天开，我的大脑几乎宕机了。那究竟是现实中发生的事，还是我白日做梦？不管怎样，也许我只是太累了。

乃木的肩膀忽然一动，仿佛有什么事发生。接着，他从牛仔裤兜里掏出了手机。

"啊，是折江发来的。"

乃木阅读着屏幕上的消息。

"……你还好吗？"

这次轮到我担心他了。

"嗯，挺好的啊。他问我下个月的电影节愿不愿意去采访。"

看着乃木迅速地回复消息，我问：

"不是个轻松的差事吧？折江对你的要求也很过分。"

"公司的员工也许会这么认为，但我还挺喜欢折江的。"

乃木发完消息抬起头来，目光离开了手机。他曾经也是随身携带峰文社名片的人，如今已经完全以局外人的身份和我交流了。

"可是，你住院的时候他都……"

"他让我做的整理录音，可帮上大忙了。"乃木笑着说。

帮大忙了？

"等于给了我一个散活，住院费也是一笔不小的开销。整理录音不用出门，我可以根据自己的身体情况，安排合适的时间来做。要得也不急，不用太拼就能干完。对我来说，那就是最棒的探望礼物了。"

我一下子说不出话来。

"但是……他还在电话里很强势地告诉你，下次要好好干。"

"嗯。我觉得，那是折江独有的一种关照啦。自由职业者只要有一件工作开了天窗或者犯了错，就很担心客户不会给自己第二次机会，这是我最害怕发生的事。他告诉我'下次要好好干'，我就知道还有下次，立刻就很放心。"

说完，乃木认真地看着我说道：

"那种只会说漂亮话的人，我是信不过的。他们往往是轻飘飘地来一句'会帮你介绍工作的'，就没有下文了。"

我马上明白了乃木的意图。他是在不动声色地提醒我小心笠原。我沉默着，乃木抱起胳膊，轻轻笑了笑：

"哎，不过，临到离职之前，想要过折江那一关，还真是需要勇气呢。"

我挠着头："啊——真是的，公司干脆倒闭算了。这样我就自然而然地成了自由职业者，不用特意提离职了。"

乃木忽然正色道：

"这可不行。如果你不是真心这么想，就不要说出来。说出来了，就会变成真的呢。"

他的语气是从未有过的严肃。说完，他慢悠悠地重复了一遍：

"说出来的话，就会成真。"

"乃木？"

"这是我的座右铭。好啦，如果你想辞职就去辞，临走前的工作反而更要全力以赴。照我的经验来看，有始有终是很重要的。想成为自由职业者的话更是如此。"

西大井站到了，这是离乃木家最近的一站。"那我走啦，今天辛苦了。"他说着，笑嘻嘻地下了车。

我继续坐在车上，往公司方向去。我把手机连上蓝牙耳机，用手机重播流媒体。我听着米津玄师的音乐靠在椅背上，夕阳从窗外照了进来。

乃木该不会说过"DAP 干脆休刊吧"之类的话吧？

"困惑时的旋涡糖"躺在我奇诺裤的口袋里。我想起那间昏暗的咨询所。这颗糖还在我兜里，就代表曾经发生过的事不是做梦或妄想吧。

我掏出糖果捏了捏，硬硬的，然后将它放到背包的内兜，闭上双眼。一片蚊香在我的眼皮下面，转出一个个旋涡。

第二天是星期六，我简单地打扫完房间便出了门。

"有始有终"这个词留在了我的记忆里。全力以赴……想到这儿，我才发现自己做的事少得可怜，不觉羞愧难当。哪怕做出一点点成绩，得到类似于"早坂君，这页很棒啊"的评价，也许我也能更轻松地向折江提出离职。

我前往公司。

昨天，我和 *FUTURE* 的总编讲了黑祖洛依德照片的事，他表示虽然年月已久，但只要知道那张照片出现在哪期杂志上，想拿来用便无妨。我不否认他的态度有些敷衍，但他去年刚上任，没空关心其他部门的事也可以理解。只要我能找到那期采访的页面，他一定能把照片借给我们。

几天前，《含羞草》出了新一期杂志，一定没有员工周末出勤。平时我总会因为各种碰头会和杂事脱不开身，今天正好可以好好找一找照片了。

在去公司的路上，我先去了趟药妆店。进入药妆店，来到杀虫剂和防虫药专区，寻找能助我一臂之力的物品——蚊香。虽然不知道是怎么回事，但还是先买下来吧。

仔细想来，我从出生到现在，就没有见过蚊香的实物。从记事起，我就住在公寓，童年时都用液体防蚊剂，工作后开始租房子独居，用的都是在房间角落里喷几下就完事的东西。

没想到卖场里的蚊香种类格外丰富，有带香草和精油香味的，还有很多五颜六色的，原来已经有这么多改良版的蚊香了。我犹豫着到底该选哪一种，拿起很多款来看，却因为种类太多反而不知该如何选择，最后我买了一小罐样式最传统的蚊香。

来到公司，到三层的《含羞草》编辑部一看，只有一个人——折江。他正在复印机前忙活着，看我来了，便打了个招呼："哦，早坂君来啦。"

他黄色的套头半袖运动衫下面，穿了一条鼓鼓囊囊的褐色长裤。和平时故作年轻的时尚装束相比，今天的他有一种"周末的老头子"的感觉。

折江复印完，拿着一卷纸往里面的桌子走去：

"周末出勤，很难得啊。"

"有点活……想干一下。"

我拉出自己工位的椅子，刚想坐下，他又问道："想干什么活？"

于是，我老实地回答："想找个东西。*FUTURE* 曾经登过一期黑祖洛依德的采访，他说当时拍的照片可以单独授权在这次的采访中刊登，*FUTURE* 的总编已经同意了。所有的过刊楼下的资料室都有吧？"

折江蹙起眉头问：

"是什么时候的采访，在第几页？"

"我也不知道，大概二十年前吧。黑祖洛依德说那是他刚出道的时候唯一接受过的采访。"

听了我的话，折江吃惊地伸长了脖子：

"大概二十年前的采访？*FUTURE* 是周刊杂志，他就只提供了这么一点信息吗？那个年代都是拼版印刷，用的都是阳图。多半是没有留底的，很难找到那张照片啦。"

拼版印刷。阳图。

这些过去的印刷用语我听也听不懂，折江上来就说很难找到，仿佛浇了我一盆冷水。我好不容易打起精神，想要努力一把，这一来，一下子泄了气。折江见我默不作声，拿起富维克矿泉水喝了一大口，继续斜眼望着我说道：

"不过，也可以直接扫描一份吧，复古的感觉说不定更好。嗯，还有话题性，挺有意思的。正值黑祖洛依德出道二十周年，无论是核心读者，还是平时不看《含羞草》的人，都会因为这页内容开心地买一份杂志来收藏呢。"

折江拧好矿泉水的瓶盖，举起一只手说：

"我帮你，走吧。"

"哎。可是……"

"这里一会儿可能会有人来，拿上贵重物品走吧。"

折江将钱包塞进长裤口袋，拿着手机和矿泉水瓶走了出去。我直接背上包，跟在他身后。

资料室在一楼的最里面，平时我很少会来这里。

我和折江用公司配给每个编辑部一把的钥匙打开了资料室的门。一股凝滞的热气扑面而来，里面闷得让人难受。

我开了灯，又去开空调，机器却没有反应。

折江大喊："啊，我之前说过，这里的空调坏啦！"

我打开窗，霉臭味好像飘了出去，风吹进来，让我整个人舒服了些。窗前放着铁制的旧柜子，抽屉上贴的标签写有"音频磁带"几个字。

FUTURE 的书架占据了里面的一整面墙壁，这样一看颇为壮观，到底是创刊至今办了四十年的周刊杂志。我还没出生的时候，甚至在更早以前，这些杂志就在这里一点点地累积了。

折江依然站在书架前按着手机，要来帮我也许只是嘴上说说，说不定他是想冷眼旁观，看看我到底能做到什么地步。

我开始找二十年前的杂志。从网上查到的资料显示，黑祖洛依德是一九九九年二月出道的，要找的内容肯定在这个时间往后。

身后传来"啪"的一声，我回头一看，只见折江没拿手机的那只手拍在自己的胳膊上。

"哇，蚊子进来了。"

他挠着胳膊，像是打心底觉得厌烦。资料室外面正好连着后院，院子里种了些植物，杂草也相当茂盛，一直没有人修剪。

"嗡嗡"恼人的振翅声在耳边响起，我也伸出手胡乱拍了一通。

"有好几只啊。"

"把窗户关上吧。"

折江走到窗边却站住了，回过头对我说：

"这是个费时间的活，没有空调的话，会很难受吧。要是有防虫剂之类的东西就好了。"

啊——

不是有那个吗！

"那个……我带了。"

我从包里拿出在药妆店买的蚊香罐。

折江看了瞪圆了眼睛说："你怎么会带着这种东西？蚊香？"

"呃……最近我要去露营，就想着先买下来。蚊香比较便宜。"

我信口胡诌着，打开了蚊香盖子。

"厉害了呢，早坂君。"

折江笑了笑，马上又发了愁：

"不过，这屋里都是重要的纸制品，万一着火了可不好办。但顶多是点个蚊香，多注意应该没事吧。"

"那把蚊香放到这个铁柜上面，我每隔十分钟检查一次。"

折江点点头：

"好，水这里也有。那我们轮流检查，十分钟一次。水瓶就放在这里了。"

轮流？没想到他会这样提议。我一面觉得意外，一面把罐子放到了铁柜上。

除了蚊香，罐子里还有一个像大夹子似的蚊香架，把盖子倒过来放，似乎能用来接香灰。

装在塑料袋里的蚊香是圆盘形状，比想象中结实很多。将它取出来的时候，我才意识到没带打火机，一时有些焦急。转念一想，上次拍静物时用的熔炉火柴盒还在包里。

蚊香中心有两个细小的孔，像眯起来的眼睛一样，把它插在蚊香架尖的一头就可以了吧。我先在倒过来的盖子上摆好蚊香架，准备将蚊香插进去。这时，一直在摆弄手机的折江看到我的动作，轻轻地"咦"了一声。

"那是两个贴在一起的，要把它们拉开。"

"呃，这样啊。"

原来如此，在他的提示下，我才发现手中的蚊香是两片，它们像两条盘成一团的蛇，严丝合缝地抱在一起安眠。

"吓了我一跳啊，原来生于平成的孩子没碰过蚊香啊。"

折江半开玩笑地结束了手机上的操作，把它和钱包一起放在了铁柜靠边的位置上。

我分开两片蚊香，将其中一片插在金属架的顶端。没错，电视广告里经常能看到这个形状。接着我用火柴点着它的尾端，一缕青烟随之摇曳着升起，空气中弥漫的味道让我想起给亲戚做法事时的香火味。

"好了，那我们就开始吧。"

折江和我同时看了看手表，十一点十分。

接下来的时间里，我们小心翼翼地取出一册又一册 *FUTURE* 杂志，迅速地翻完每一页内容，每当翻到采访报道或和它相关的书页，就小心仔细地确认受访者的姓名和照片。二十年前的黑祖洛依德和此时的我一样，都是二十九岁，照片中的他一定和现在的他有很大的不同。持续搜找照片令人头晕目眩，却有一股不可思议的兴致在我心中萌发。我和折江认真负责地轮岗，每过十分钟，就确认一下蚊香的燃烧状况。

"您今天来公司，也是有工作要处理吗？"

"嗯。"折江听了我的问话，歪着头说道，"原本下周定好要去拍摄的家庭摄影棚，好像和别人订重了。得换个地方拍，有点着急，但一直没找到合适的。"

家庭摄影棚？我在这方面一点了解也没有，似乎帮不上什么忙。

"原先那家不光外观做得好，还真的能让人感受到生活的气息，是个特别合适的地方。上一期不是有个家庭派对的专题吗，照片就是在那里拍的。"

"哦——"我应和着，假装听明白了，实际上我连上一期杂志有没有做过这个专题都想不起来。我们继续相对无言地干了一会儿，折江仿佛想起了什么，平静地问：

"早坂君，你之前是想去 DAP 的吧？"

"……是的。"

"可惜它休刊了，实在遗憾。你要打起精神来啊。"

没想到折江突然说了这么一句话，吓了我一跳。这是什么意思？折江竟然在鼓励我？真是怪事。

"那是一份很不错的杂志啊。"折江喃喃道。

我用力点头："是的，那是一份推动了时代的杂志。"

"《含羞草》也是推动了时代的杂志嘛。"

折江一面把检查过的 FUTURE 杂志放回书架一面说，我竭力忍着笑意。《含羞草》是推动时代的杂志？教人怎么用小苏打做扫除、怎么灵巧地将冷藏蔬菜变成美味佳肴——是用这些内容推动的吗？折江取出下一期杂志，接着认真地说：

"一个人，无论有多高的社会地位，成就了多么伟大的事业，都要有生活。人人早上醒来，都要去厕所、吃饭、刷牙。到了晚上，都要洗澡、上床睡觉……人的一整天，起点和终点都离不开厨房、浴室或厕所。无论他身处何地，是否独自一人。人的工作有休息日，去厕所的日子却是全年无休。"

折江的话仿佛打到了我的胸口上。我凝视着他，也许这是我第一次想多听这个人说上几句。折江翻开手中的 FUTURE 杂志，语气柔和地说：

"无论什么年代，都能从主妇的样子窥见社会的实际状况。无法打动主妇们的商品绝对卖不出去，她们不会只因为便宜就掏出钱包，她们不仅对商品本身有要求，还关注时间和劳动价值。主妇们既动脑又动手，会周详地考虑每一个细节，努力在这个年代让自己和家人过上幸福的生活。社会不就是这个样子吗？"

社会……这就是社会，确实如此。

折江转了转脖子。

"看着我老婆在生活中的一举一动，同一片风景中只要有一点变化，她都能立刻发现。打造坚实稳定的世道，很需要她的这种敏感。推动时代的不光是资产过亿的企业家、能改写法律的政治家，主妇同样拥有惊人的力量。《含羞草》为主妇之力加油鼓劲，我相当引以为傲呢。"

我不禁停下手上的动作，低下头陷入了沉思，也许我一直以来都忽略了最关键的东西。这时折江忽然大喊一声：

"哇！好怀念啊！"

只见他翻开的那张彩色的书页上，并排印着几台五颜六色的东西，好像是电脑。

"我之前也有一台，蓝色的 Mac（苹果电脑）。"折江兴奋地说。

图片上的电脑显示器后方凸出一个圆润的三角形，外壳是半透明的材质，仿佛这个电脑戴着一顶头盔。

"这是 Mac 吗？看上去好占地方啊。"

折江听了我的话，哈哈大笑：

"这一款可是当年的时髦货，那时候还没有四方的显示器。对对对，当时什么东西都是这种半透明的框架样式，可流行了、可流行了。"

折江眯起眼来，仔仔细细地看了一会儿旁边标着"最新型闪亮登场"的 Mac。它的键盘边缘和鼠标都是同样的颜色，是蓝色夏威夷鸡尾酒般的水蓝。

"真好啊！'怀念'这种情绪，是对上年纪的人的一种奖赏啊。岁月越是流逝，怀念的味道越是香醇。"

折江嘟囔着，气氛一下子缓和下来。

想来，我和折江之前从来没有机会面对面地好好聊过天。平时我们旁边总有其他人，有时为了保持对彼此的尊敬，似乎也会主动避免两个人相处。

"叮咚"一声消息音传来，是折江的手机响了。

折江从铁柜上取下手机，看了一眼屏幕，立刻喊道："来了！"他操作着手机，飞快地说：

"收获重要消息！黑祖洛依德的照片应该不是刊登在个人采访的页面，而是收录在艺人、文化人填的问卷调查中推荐的影像专题里。"

"哎？是谁发来的消息？"

"以前在 FUTURE 工作的编辑部成员，一个叫由美的孩子——不过她和我差不多同时进的公司，现在也不是小女孩了。我们有十年没联系过，我以为她的联系方式已经换了，好在消息还是平安送达啦。由美从黑祖洛依德出道就是他的粉丝，虽然她并不负责那个页面，但对这件事隐约有点印象。"

照片不在采访作家的报道版块中出现，而是登在了轻娱乐的版块吗……

如此说来，黑祖洛依德好像的确只说了"采访"。轻娱乐的位置和之前我们找的地方完全不一样，刚才检查过的期刊多半是要再查一遍了。

尽管有些崩溃，但现在至少知道应该从哪里找了。我振奋精神，再次翻动书页。

这时我才发现，自己一直没对折江道谢。原来他刚才摆弄手机，是在给由美发消息啊，还有更早的时候，他放下手里的工作来这里帮我，我也一点表示都没有。

"……非常感谢。"我小声说。

"由美她啊——"不知折江到底听没听见我说话，他径自聊了起来：

"离开 FUTURE 之后，她去了一家家装杂志的编辑部，十五年前和一位颇有名气的建筑师结婚了。婚后，她辞去工作，成了一名自由职业者。后来她做了服装销售，有了新的事业。不过从她生了小孩以后，我们就渐渐疏远了。嗯，隔了这么久又联系上了，真开心啊！要不是为了找照片，我也想不起来给她发消息。"

"……折江，你有没有过想去做自由职业者的打算？"

我终于问了出来。折江大学毕业后就一直在峰文社工作，这是我时常想问他的话。

"有什么想不想做的，我在成为峰文社的正式员工之前，就是自由职业者啊。"

"哎？！"

折江瞄了一眼手表，把震惊的我放在一旁，走到铁柜那边检查蚊香的燃烧状态。

我也看了看表，已经两点了。一片小号蚊香的燃烧时间是三小时，绿色的蛇转眼间就成了一条小蜥蜴。

"我以为你一直在峰文社工作，社里以前的事你都知道。"

"嗯，你倒也没说错。起初我是合同工，做了一段时间的时尚杂志编辑。杂志休刊后我被裁员，大概做了两年的自由职业者。后来听说社里有非应届生转为正式员工的先例，就挑战了一回'复活名额'。"

我之前完全没听说折江还有过这样一段经历，现在我深深地理解了他。

"所以他才那么了解乃木的心情啊……"

折江听到我的自言自语，开心地笑了：

"乃木那孩子，可有意思了。挑战'折江赠礼'的自由职业者，只有他一个呢。"

"乃木吗？"

我大吃一惊。

折江咧开了嘴角："他交了三份企划，两个落选了，另一个我请他改完重新提交。'折江赠礼'可没那么好拿！"

折江下意识地把手扶在腰上，豪爽地大笑："哇哈哈哈——"

我却笑不出来。

我意识到，不会喝酒的乃木肯定不是因为馋一口啤酒才这样做的，也不是单纯地想讨份工作，而是因为他真的有想做的内容，想写的东西……现在我总算明白了，我眼中的乃木闪闪发光，不是因为他是个自由职业者，而是因为他每时每刻都心怀梦想。

我仍然低着头问：

"折江被裁员的时候，有什么感受呢？"

"当然是觉得大事不妙嘛。不过签合同的时候，我就知道可能会有这样一天，所以早就做好了心理准备，无论发生什么都要接受。后来我成了自由职业者，又从社会人士转为正式员工，也都是顺其自然的选择。"

折江一手拿着矿泉水瓶，轻轻晃动着里面的水。水在透明的瓶子里打着旋地跃动。

"不过我相信，尽全力抓住每一个来到面前的机会，就有可能出现奇迹。事情可能会出现意想不到的发展方向，下一扇门可能打开，会有许多未知的精彩。对公司员工和自由职业者来说，也是同样的道理。是每一次的全力以赴，成就了今天的我。"

每一次的全力以赴，会产生奇迹？

这是什么意思呢？折江的话有时像谜语一般，让人搞不清楚。

折江回到书架前，再次拿起 *FUTURE* 杂志。

"不过，出版的工作形式多种多样。如果你想辞掉公司的职位去做自由职业，那也是不错的选择，对整个业界的新陈代谢来说并不坏。"

折江的表情中透着沉稳。他竟然会跟我说这些，我从未想过事情会变成这样，就算我现在掏出辞职申请，说不定他也会爽快地接受。

我拿起一本还没检查过的 *FUTURE* 杂志，一面翻动书页，一面半张着嘴，犹豫着要不要趁机提出辞职。就在这时，我的眼睛突然捉住了"黑祖洛依德"几个字。

"找到了!"

找到了! 找到了! 黑祖洛依德的照片。

那是一份黑白的对开页面,标题是:《新人推荐的影片,至少要看完这个! 》。

折江跳起来,凑到我身边:"在哪儿呢? 黑祖洛依德。"

"哇,好可爱啊!"

折江笑了。

我点头。

"确实可爱。"

一九九九年十二月七日的杂志上,刊登有黑祖洛依德的照片。那时他才二十几岁,刚刚出道,留着长发,羞涩地望着镜头。

"黑祖洛依德推荐的是《巴格达咖啡馆》啊,没想到他会选这么温柔的电影。那部片子慢悠悠的,很安静,虽然有些忧伤,但里面的角色都很有人情味。挺好看的。"折江边看文章边说。

那是部我没听说过的老电影,但恐怕是折江早就看过的片子。直爽地给出评价的折江,是十分帅气的成年人。

这期专题采访中的十张面孔,都是当时还被叫作新人的人。乐队成员、艺人、偶像、漫画家、小说家,他们年少成名,有些人如今已经成了大家,但更多人是我没见过也没听说过的。折江若有所思地喃喃道:

"黑祖洛依德的确很努力了。大部分所谓的'新人'都销声匿迹了,他却熬了过来。"

听到"销声匿迹"这个词,我看了看蚊香,该我检查了。

蚊香几乎全烧成了灰,落在盖子上,金属支架上只剩下蛇头的部分。

这段时间我仿佛被施了魔法,我顺利地找到了黑祖洛依德的照片,还和折江达成了从未有过的和解,这才是奇迹啊。

我的脑海中灵光一现。

是啊，事到如今，我终于明白了。

蚊香是帮助我的物品，所以蚊香燃烧时，一切都变得不同寻常。

这段时间，一定是为要辞去工作的我特意准备的，不然平时的折江，怎么可能对下属说出那样的话？不过，蚊香已经所剩无几，可现在照片已经找到了，再放第二片蚊香就显得有些奇怪。

就是现在了，要把握时机。

要在蚊香燃尽之前，把包里的信封交给折江。如果错过了这个机会，辞职信上的日期又要没完没了地重写下去。

"那个，折江。我有话想和你说。"

"嗯？你想说什么？"

这时，折江的手机传来《情热大陆》主题曲的来电铃声。有人打来电话。

"抱歉，稍等我一会儿。"

折江接起电话："嗯，找到了找到了，多谢！"听他讲话的内容，打来电话的应该是由美。

蚊香持续燃烧着，绿色的"蛇"一点点变白。不好，这样下去，折江还没打完电话，魔法的时间就结束了。

对了！我有困惑时的旋涡糖。

我从包的内兜里拿出糖果，剥开外面的玻璃纸放入口中。原以为蓝色的糖果应该是薄荷口味，实际上不过是一颗白砂糖味道的甜滋滋的糖球，在口中融化的速度快得惊人。

折江的电话还在继续：

"哎，真的吗？那麻烦把照片发来看看。"

啊，"蛇"的头已经白了一半，剩下的一半一定也会在一分钟之内烧完。

这时，令人难以置信的事情发生了。

"蛇头"突然变回了绿色,"哧溜"一下,蚊香伸长了短短的一厘米。时光好像倒流了似的,"蛇尾巴"上重新升起青烟,仿佛什么事也不曾发生。

一定是糖发挥了作用!虽然蚊香只是伸长了一点点,但这样一来,魔法的时间就延长了。

就在我大吃一惊的同时,折江挂断了电话,还有时间。我急忙把手伸进放在地上的包里,摸索着辞职信。

与此同时,折江攥着手机大喊起来:

"奇迹发生了!"

"……哎?"

折江兴奋地喋喋不休道:

"刚才由美跟我说,她家的一部分改装了,准备下个月对外开放,做家庭摄影棚。下周开始是试营业期,如果我们有需要,可以去她那里试试。好棒啊!她居然主动跟我提起这个。太有意思了!"

短暂的铃声响起,折江急忙点开手机:"哦!这个风格正合适!"他兴奋地攥紧了拳头。好像是由美发来了室内装潢的照片,图像接收的信息铃声接二连三地响起。

叮咚,叮咚。

简直像是折江所说的"下一扇门"打开的声音。

我呆呆地望着兴奋不已的折江。

奇迹。在我看来,它并没有那么神奇,是折江一直以来的所作所为,自然而然地导致了这个结果。

他为了帮我……帮下属找黑祖洛依德的照片,和久未联系的由美有了往来,然后找到了家庭摄影棚。

无论是训斥还是赞扬,折江向来表里如一。他平易近人,每隔十分钟便和下属轮流确认蚊香的燃烧状况。他爱着《含羞草》这份杂志,想把它变得更好,尽管不是自己负责的页面,也不辞辛劳。

面对变故,他从来没抱怨几句便停滞不前,也不会对荒唐的局势愤愤不平，他总是站在当时当刻的立场上，全力以赴地工作，他总是觉得一切都很有意思。

乃木也是这样。

而我对乃木说了什么来着？

很羡慕你、公司怎么还不倒闭——我什么都没做，却轻飘飘地说了这些话。他的努力一点也不逊色于正式员工，不，他其实比正式员工付出了更多辛劳，却因为合同工的关系被裁员，而我竟对他说了那样失礼的话。不仅如此，一直以来，除了和自己有关系的页面，我从未读过《含羞草》的其他内容，同事身体不适也不会察觉、不会体谅，每天都满腹牢骚，总想逃避那些烦琐的流程。

我真的能够全力以赴，每一次都做好推开下一扇门的准备吗？

推开下一扇门的力量，我还一点都没有储备，就这样转为自由职业者，到底能成什么事呢？在峰文社的七年，我究竟做了什么呢？

我还不知道《含羞草》是怎样推动时代发展的。我现在也没有那种久未联系，仍然会因为忽然和我有了交集而开心的朋友。

我转身环视资料室。这里是峰文社和在社里工作的人花费几十年时间，一天天建起来的。

原来我一直在想些愚蠢至极的事，觉得自己没做成 DAP，白白浪费了时间和精力。

不对！大错特错！我明明备受眷顾，明明有那么多唾手可得的珍宝，却白白浪费了这一切。

我也算是在 DAP 的推动下，自然而然地走到这一步的。我的面前，不是也有一扇门吗？

折江把手机放在铁柜上，转头看着我：

"抱歉。你刚才要说什么?"

我放下背包,站了起来:

"……下一次'折江赠礼',什么时候举办?"

我挣脱了钻牛角尖的执拗,敲响门扉。

我不要让没能实现的憧憬终结在幻想里。那份憧憬会在时光的洪流中渐渐改变……是的,我努力些,再努力些,让变化为自己所用。总有一天,我要做出新的 *DAP*。

我要脚踏实地提出让折江眼前一亮的企划,不逊色于乃木的企划。然后和折江一起,喝一杯凉丝丝的啤酒。

蚊香已经全部烧完,那条全身变白的蛇,仿佛对我摆着鬼脸。

令和的第一个夏天,马上就要来了。

二〇一三年　发涡旋涡

鎌倉うずまき案内所

镰仓旋涡咨询所

早买早享受呀——瓜子脸的店员说。

他话中的意思不言自明，就是提醒我趁着消费税还没上涨赶紧买。二〇一四年四月起，所有商品的消费税都要涨到百分之八。对精打细算的家庭主妇来说，事态不容乐观。

二〇一三年已经走到了尾声。商家抓住年末的兵荒马乱和企业发年终奖的时机，大肆宣扬"早买早享受"。

今天也是这样，厕所的灯泡坏了，我不过是去趟家电批发店，无心之间拿了一份洗衣机的宣传册，就被店员拦住了。他的胸牌上写着"山西"二字，坏笑着欺身而来，看年纪和我差不多，应该过了五十岁。想必这人也是受业绩指标所迫，拼了老命。

"百分之八，挺多的呢。"

他说话的声音黏黏糊糊的。

话是这么说，但也无非是话术罢了。消费税又不是一下子涨到百分之八的，从百分之五涨到百分之八，该说是"涨了百分之三"。他却偏要突出"八"这个数字，搞得好像物价飞涨似的，让消费者把这件事看得过重。

洗衣机本身的价格是八万六千日元。年末买下的话，算上税是九万零三百日元；明年四月再买，就会变成九万两千八百八十日元。买同样的东西，要多花两千五百八十日元。

就在两星期前，我在同样话术的劝诱下换了一台新电视。和索契冬奥会二月份就要开始不无关系，我心甘情愿地着了商家的道。想到能在漂亮的液晶屏幕上欣赏羽生结弦君的飒爽英姿，我就掏了腰包。但家用电器要不了几个月就会推陈出新，到时老款肯定比现在便宜，洗衣机也一样。我仔细一想，便隐约有了一种被人利用的感觉。

"我儿子今年读高二，明年就要考大学了，正是要花钱的时候，我得想想再买。"

说完我便走了，山西倒是没有死缠烂打。

买好晚饭的食材回家，我把菜放进冰箱，泡了一杯热腾腾的生姜红茶，在起居室喘了口气。

我翻开顺路买下的杂志《含羞草》。这是一份面向家庭主妇的月刊杂志，我不是每期都买，但经常会站在杂志售卖点前翻一翻，看到感兴趣的专题就拿着去结账。

这一期的"用空箱子做冰箱收纳"引起了我的兴趣。尽管类似的专题有很多，但这类收纳如果做得不好看，立刻会显得家里贫气。这一期的图片倒是显得清爽而时尚，看了图片，我也想挑战一下。

我一面喝生姜红茶，一面翻着书页，在读者礼物那一页停了下来。在随刊附赠的调查问卷明信片上写下自己想要的礼物，若问卷被选中，杂志社便会寄礼物来。

礼物的类型多种多样：有炫酷的锅具、五公斤的秋田小町大米、洗涤剂和柔软剂套装……我看中了一款精华液，是女演员红珊瑚代言的高级化妆品。

精华液的瓶子旁边有一行小字："四十岁以上减龄护理专用"，零售价要一万两千日元。

红珊瑚今年多大了？怎么也有四十五六了，我今年五十一，应该也算在"四十岁以上"的目标人群里吧。不久前，我还在化妆品卖场做了免费的皮肤年龄测试，测出的年龄是四十六岁，我还蛮开心的。

"与重力决斗！配合独特胶原蛋白，提拉肌肤。"看到这句文案，我不禁浮想联翩。

二十几岁时用的化妆品，宣传文案似乎更加浪漫："浓密保湿，水润焕肤""玫瑰香氛，养出娇嫩公主肌"等等。而现在变成了"与重力决斗！"仿佛四十岁以上的女人不再是公主，而是战士。到了这把年纪，大家的体力和精力都在渐渐衰退，却又必须战斗起来，这"独特胶原蛋白"，到底是多厉害的武器呢？

我一面默默想着"作战"和"决斗"的区别到底在哪儿，一面剪下了问卷明信片。

水笔杆上写的"真吾"二字已被我的惯用手磨得模模糊糊了，这根笔是真吾上幼儿园时用的，是的，我家的日用品都很长寿。

想起上周知道的真吾填的高考志愿，我叹了口气。

是啊，再不决斗真的不行了。

为了亲爱的儿子不走歪路，作为母亲，我绝不能认输。

准备晚饭时，丈夫让回来了。

他放下包就冲进了厕所。看他出来后如释重负的神情，我问道："厕所亮堂了吧？""嗯。"他暧昧地笑了笑。我揭开谜底道：

"我换了 LED 的灯泡。"

从去年开始，一有灯泡坏掉，我就换成 LED 的。LED 灯的价格高些，但寿命很长，相对来说性价比更高。最重要的是，换起来也省事不少。

让没有回应，他似乎觉得厕所亮点暗点都无所谓。电视一直开着，他边看电视边脱鞋。

脱完鞋，他又脱下西装外套和衬衫，再脱下西裤，只穿一条裤衩，瘫坐在沙发上。电视里，AKB48 正在唱《恋爱的幸运饼干》[1]，让也跟着歌声小声哼唱。

"这个，你要去看吗？"

我将一个细长的信封放在长桌上，里面是"剧团海鸥座"的演出票。让从沙发上坐起来，把票拿到手里。

"哇哦，这就是传说中开售不到一分钟就被抢光的'稍纵即逝的演出票'吗？"

让看了看演出地点，喃喃道："在阳光剧场呀！"我注视着他的侧脸，看上去他是打心里高兴。

让是个性格直爽的人。结婚十八年了，他依然和我们刚认识时一样，不一样的，只是他如今成了上班族，会在固定的时间到固定的公司上班。不过，这也的确是很大的变化了。

看戏，看电影，读书，探爵士咖啡店。刚和让同居的时候，他光是做自己喜欢的事，没有固定工作，生活费大半都是由我来出。准确地说，是他卷着铺盖住进了我的公寓。我挣得不多，但只要不铺张浪费，两个人也能勉强维持生计。旁人常说他是吃软饭的，可也许是情人眼里出西施吧，我始终不想否认他的生活方式。他总是诚实面对真正想做的事，这样的让，在我眼中闪闪发光。

我的父亲是牙科医生，我的哥哥姐姐也都理所应当似的成了牙科医生。我同样理所应当地，被建议走上同一条路。

但我早早发现，我最适合做的是辅助他人工作。

所以我做了牙科护士，在医生手下工作，是离患者最近的角色。

朋友曾问我："每天和人的嘴打交道，不会觉得硌硬吗？"对我来说，人的嘴是个神秘的地方，蕴含着一切可能，总是令我怦然心动。

---

1 《恋爱的幸运饼干》：日本大型女子偶像组合 AKB48 于 2013 年发售的第三十二张单曲作品。

人的身体上，裸露在外却又坚硬无比的部分只有牙齿。被珐琅质包裹的牙齿和骨头不同，永久齿一旦受损就不会再生——那是名副其实的永久、唯一。牙是危险而重要的身体零部件，每个人的牙齿形态都不相同，人人都知道这一点，但不可思议的是，仍有很多人对自己的牙齿漠不关心。人们频繁出入于美容院或美甲店，却仿佛不痛到一定程度，就不会去看牙医。

不过，只要刷牙的方式正确，口腔状态就能得到显著改善。越是牙齿清洁状况不好的人、口臭重的人，越能激起我的热情，因为他们的口腔状态很容易就能得到改善，我绝对能让他们的口腔变得比之前更干净，我由衷地喜欢告诉他们如何去掉牙石、如何正确地刷牙。讲这些的时候，医生不在旁边，只有我和患者两个人。在闲谈之中，我一面了解患者的生活方式、喜欢的事、不擅长的事，一面思考他们的治疗方案。只消交流一次，患者再来医院时便会开心地告诉我："从那以后，我的牙龈就不出血啦。"每当此时，我都会高兴得不得了。

在这样的工作状态中怀上真吾，老实说在我的意料之外。以此为契机，让的生活稳定了下来，他开始去公司工作并和我结了婚。当时他已经四十岁了，没有什么职场经历，很难成为正式员工，我父亲出面说情，为他介绍了一家医疗设备制造公司的销售工作。

尽管如此，抚养孩子的开销仍然让我们的生活捉襟见肘。我因生产和育儿休息了一年，之后便回归职场，直到真吾上小学前，我和让一直都在上班。

我决定辞去工作的最大原因，是真吾的哮喘非常严重，我想多陪在他身边，照料他的起居。那时让的工作已经上了轨道，销售性质的工作可能本就适合他，他渐渐做出成绩，有所晋升。我们的生活在经济上有了保障，而我由于年龄增长导致的激素分泌失调，身体一直欠佳。在多重因素的影响下，我成了一名专业主妇。

我仍然认为自己的人生很有意义。我忙着打扫家里的卫生，关照家人的健康，细致琐碎地记账，打理生活中的一切。生活的节奏确定下来，即使真吾上初中后哮喘好了很多，我仍然不想打乱这一节奏。现在我加入了一个合唱团，平时练练合唱，过着平安无事的生活。

……原本应该是这样的。

让问道：

"真吾呢？"

"还没回来。放学回来之后，又和朋友出去玩了。"

"《音乐站》[1]都开始了。"

塔摩利[2]正在节目中闲谈，他主持时，台风永远那么稳健。录影带开始转动，应该是真吾预约了录影时间吧。

"《笑一笑也无妨！》[3]马上就要结束了啊。"

让有些遗憾地喃喃道。节目组在十月份公开发表即将结束的消息后，他已经说了好几次同样的话了。

让曾经上过《笑一笑也无妨！》，那是将近二十年前的事了。让上的是"艺人模仿秀"栏目，他的朋友为他举牌"不做必杀工作的三田村邦彦"。三田村邦彦是电视剧《必杀仕事人》中的演员。

让的演出票选结果为一半通过，一半否定，作为娱乐节目，让的表演可以说相当缺乏新意。不过，当时确实有不少人说让长得像三田村邦彦。让有着黑亮的眼睛、甜美的长相，侧脸又颇有气质。和三田村邦彦本人相比，让也许缺乏整体的俊俏感，但在普通人当中，让仍然是帅气的……至少我这样认为。直到今天，他五十八岁了，脸和身子都发了福，但风采不减当年。

1　《音乐站》：Music Station，日本朝日电视台的老牌音乐节目，1986年10月起每周五晚播出。

2　塔摩利：本名森田一义，日本搞笑艺人、广播电视节目主持人。1987年起主持《音乐站》至今。

3　《笑一笑也无妨！》：日本富士电视台1982年10月开始播出的综艺节目。2014年3月停播。

优雅老去的山寨版三田村邦彦回头望着我说：

"哦，对了。明天是要去镰仓吧？"

"嗯。"

"抱歉，来了个推不掉的工作。客户非要明天开会，怎么说都不愿改期。"

从我们的住处中野到镰仓，坐电车大概要一个半小时。但我有无论如何也要去镰仓的理由。

是一起参加合唱团的上之内告诉我的。她带年级排名倒数第三的儿子去了一趟镰仓的荏柄天神社，之后就像善有善报似的，儿子开始发奋学习，最后考上了庆应大学。

天神是学问之神，供奉天神的神社有很多，但既然身边就有活生生的例子，那我自然有了必须去打卡的理由。

我去书店站着翻阅镰仓的观光书，留意到了一条可以走走停停的游览路线，能参观鹤冈八幡宫附近的文物古迹。我急忙从钱包里翻出一张购物小票，在小票背面做了笔记。好不容易能去镰仓一趟，多转转也不错。日后想起来是个不错的回忆，家人之间的羁绊说不定也会增加。

于是，我建议一家三口去一趟镰仓，但真吾正值不愿和父母一起出门的年龄，如何说服他成了一大难题。也许将荏柄天神社作为新年的第一次参拜场所还自然一些，但那天肯定是人山人海，天神大人也忙不过来，也许不会聆听我们的祈愿。

想来想去，我指定了月中的一个星期六，说出这条旅行线路，又找了个适当的理由打探真吾的态度："听说镰仓有一家好吃的荞麦面店呢。"真吾竟然爽快地答应下来，没想到他这么爱吃荞麦面——还是说，他其实挺喜欢参观历史遗迹、神社佛阁呢？儿子和我一起生活了十七年，我对他还是有许多不了解的地方的。

但如果让不去的话，我还真不知道会怎样。真吾和我两个人出去旅行，难度恐怕相当高啊！

真吾回来了，深蓝色的围巾在他的嘴边裹了好几圈，外面估计很冷，他的鼻尖都冻红了。

"你回来啦。"

"嗯。"

他摘下耳机，把线缠在 iPod 上，这个 iPod 是真吾今年要的生日礼物。让转身对着真吾，双手在自己的脸前一合说道：

"真吾，对不起，明天爸爸有工作，你能和妈妈两个人去镰仓吗？"

哪有他这样问的，为什么不直接说"你就和妈妈两个人去吧"？我心里打着鼓，但仍然保持着沉默，等待儿子的回应。

"啊——"真吾淡淡地说着，摘下围巾，"去也没什么。"

他的语气中没有起伏。虽然他没有因为和我一起去而高兴，倒也看不出拒绝。我松了口气，也刻意不带感情地说：

"那我们九点左右出发吧。"

"嗯。妈之前说的，是去鹤冈八幡宫、宝戒寺和源赖朝墓，最后去荏柄天神社，对吧？哦，还要去荞麦面店。"

"嗯？对，是啊。"

好棒！具体路线我只提过一次，但他全记住了。路线虽然是我说的，但不看笔记我就想不起来。

"看完鹤冈八幡宫后，我有个想去的地方。"

"哪里？"

"一家叫风水屋的店，正好在去宝戒寺的路上。津村在那里买了个开运手机壳。我也想要个一样的。"

津村。这个同班同学的名字我已经听儿子说了很多次了。

真吾上小学和初中的时候，朋友都是住在附近的孩子，长相和名字我都对得上号。而且孩子们的母亲也彼此认识，偶尔还会相互串门，知道对方的孩子是怎样的品性。

但真吾上高中后，我几乎不知道他的朋友长什么样、性格如何。

他的手机倒是比我认识更多他的朋友。

看来他听说要去镰仓后，一口答应下来的原因不是想去荞麦面店，而是想买开运手机壳这种莫名其妙的东西。和父母一起出门，交通费、饮食费也不用操心。对真吾来说，我就是他的钱包。

"什么开运啊……那种东西没问题吗？不是榨取高额钱财的诈骗术吧？"

"哎，只要一千日元左右啦，班上好多人都有。听说津村买了它的当天，就交到了女朋友。"

"女朋友？！"

我不由得大喊出声。

此前，我从未预感过儿子身上也会有桃色新闻。这孩子想买手机壳，竟然是因为想交女朋友吗？

看样子，真吾是看透了我震惊的情绪，他毫不掩饰地皱起眉头说：

"我不是想交女朋友啦，那只是津村的愿望。我是想说，那个手机壳很灵。"

真吾噘起嘴来。他是薄嘴唇，小眼睛，鼻梁也不高，一张寡淡的脸。

不知道为什么，真吾和让长得一点也不像，他的模样百分之百随了我，我们像到如果一起参加模仿秀绝对会夺冠的地步。从他小时候起，一起走在路上，就总有人特意回过头来看我们。

生他的时候也是，助产士看到真吾露出了脑袋，立刻鼓励我道："和妈妈是一个模子刻出来的啊！加油呀！"那时我迷迷糊糊地想："瞎说八道，刚出来一个脑袋，能看出什么啊！"现在想来，助产士的话也许并不是敷衍。

总之，去荏柄天神社参拜应该是不成问题了，现在最好不要多说乱七八糟的东西刺激他。我甚至还要感谢津村君和开运手机壳才行。

"开始做饭啦。"

我拧开灶台，开始热味噌汤。

吧台对面的电视画面上，塔摩利正在报幕："下面是舞祭组——"

"今天是他们第一次上节目，下面由他们为大家表演他们的出道曲目。"最近刚换的年轻主持人为即将上台的表演者鼓劲，声音中还带着几分生疏。

十二月只剩下两周就要过去了，镰仓的街道上也充满了圣诞节的气氛。

镰仓站内的面包房玻璃窗里，戴着红色圣诞老人帽的店员们十分忙碌。

我们在东口出站，朝若宫大路的方向走去，真吾边走边玩着手机。

"边走边玩手机不安全，快别玩了。"

"我的余光能看见，没事的。"

我已经习惯了真吾和我顶嘴，尽管如此，我依然觉得必须不断提醒。小心没大错，防患于未然，提醒孩子是父母的义务。

路中央有一条笔直的樱花大道，我和真吾走在大道上，车从我们两旁开过。沿着这条路一直走，就是鹤冈八幡宫。

我们并肩走在路上，我发现真吾的下巴已经到我额头的位置了。

真吾上小学时个子比较矮，瘦小又懂事，相对来说，是个内向的孩子。他有哮喘，那时又经常感冒，也许他认为自己是弱小的。

可到了初中一年级的暑假，也不知怎的，他莫名其妙地开始长高，声音变得低沉，也开始起青春痘。有一次，我在厨房听到他在厕所问让："胡子要怎么刮？"我惊讶得差点摔了手里正在洗的碗盘。

不过，虽然真吾身体愈发成长得像男人一样健壮，但他一直是个沉稳的孩子。和他同龄的男生一天到晚踢足球、打棒球，像个泥猴一般快活，我觉得那样也很好，可还是不爱出门的真吾更让我放心。他不和别人打架，和朋友也不闹矛盾。他成绩不算优秀，但也没有吊车尾，平时喜欢闷头看书，画画。无数次，我看着他想：幸好从我肚子里生出来的是这个孩子。

中考时，他正常发挥，考入一所普通的公立高中，加入了信息处理社团。我对这个社团的理解，仅限于"玩玩电脑"，用用 Excel、Word 什么的。听他多说了一些后，我才发现社团活动的内容远不止这些。时代已经进步了太多，我彻底落后了。

想到这，我情绪刚刚有些低落，我们就来到了鹤冈八幡宫的红色鸟居前。

鸟居附近人山人海，像煮饺子似的。我紧贴着真吾往前走，生怕和他走散。其实，我都想拉住他的手了。

去正殿的路上，真吾停了下来。

台阶旁边是红色的栅栏，真吾定睛看着种在栅栏里头的一棵像大树桩似的东西。

我阅读着立在一旁的导览牌，那棵树好像是银杏。

是啊，好像是有这么一回事。鹤冈八幡宫的大银杏树被狂风刮倒了，据说这棵树树龄千年，对和镰仓有渊源的人来说，此事恐怕是很大的冲击。

导览牌上写着，银杏树是平成二十二年三月十日凌晨倒下的。

——大家的祈祷会成为"努力大银杏"的能量之源。恳请各位来宾持续守护它。

鹤冈八幡宫社务所的留言，不禁让人心中一热。神社温柔地告诉人们，在得知某个地区或某些人遭遇天灾后，无法和他们同呼吸共命运的人或许会无奈地认为自己什么忙也帮不上，但祈愿终归能给予某些人力量。是的，人们可以为了自己以外的人祝福、祈愿，也许这也是件了不起的事。

倒下的银杏树好像立刻被移栽到了附近，这里只留下了树桩。

光溜溜的树根上如今已抽出几个绿色的小芽。树干断裂的地方，也伸出了一米左右的嫩枝，上面还发出了新叶。

"所谓的生命力，可真顽强啊！"我说。

真吾沉默着。

他在想什么呢？我想问问他，可他的目光中含着一抹强硬，似乎不容旁人轻易触碰。真吾从什么时候开始，有了这样的表情呢？

我也沉默地站在他身旁，直到真吾忽然抬起头，说了句"走吧"。他刚要拾级而上，又一下子蹲了下去，好像在绑松了的鞋带。

真吾的脑袋在我大腿旁边。自从他比我高之后……不，自从他的身高渐渐赶上我，我就几乎没有从这个角度看过他的脑袋了。我不由得笑出声来。

他的头顶有两个发涡。

在日本，这好像叫"鸟居涡"。听说有鸟居涡的人非常少，这是我生完孩子后，一个和我同病房叫乙姬的产妇的妈妈告诉我的。这个产妇的名字很少见，所以我印象深刻。当我躺在床上抱着真吾的时候，乙姬的妈妈从旁边路过，惊讶地叫道："哎呀，快看！"

"好厉害啊，这么明显的鸟居涡，平时很难见到呢。这孩子要么是天才，要么就是大蠢蛋！"

"老妈，你说什么呢！"正收拾东西准备出院的乙姬慌忙向我道歉："对不起啊，你别介意。"她满面困窘，手忙脚乱地推着妈妈，一起出了病房。

他是天才，还是大蠢蛋？

真吾系好鞋带，站了起来。

台阶长得望不到头，他一节节地往上爬，我则跟在他身后。

参拜过后，我们出了鹤冈八幡宫的正门，往左边走。真吾说的风水屋好像就在前头。

风水屋——这名字听起来就神神道道的。

在大路的第二个路口拐弯，真吾毫不迟疑地在小道中穿行。

"你认得路吗？之前来过这里？"

"来之前我看过地图了。应该就是这附近……啊，在那儿。"

真吾的手指着风水屋的招牌。这家店看起来似乎不像我想的那么怪诞，是年轻的小孩会喜欢的那类杂货店。

这一带不像小町通和若宫大路那么热闹，不过店面也随处可见。店开在这样冷清的地方，大概也火不起来，可说不定也有不少客人是像真吾这样听朋友的推荐而来。

我和真吾一起进店，没想到逛店的人都年轻得很，不禁有些后悔。真吾似乎也不愿被其他客人看到我和他一起来这样的店，转眼间就走到店的最里面去了。

我看了看外面，对面是一家卖布艺品的店铺——我还是去那边看看再回来吧。到时候站在店门口，真吾马上就能看到我。于是，我没和他打招呼便离开了风水屋。

我看着摆在店头的手巾和手帕，打发了一会儿时间。我本想买一个小碎花图案的杯垫，走到店里却找不到店员。看来这家店管得很松，可这么一来不是便宜小偷了吗？

不过，我也不是非常想要那款杯垫。于是我将它放回原位，朝风水屋看了看。然而，我惊呆了——

对面都是民居！这家布艺品店的对面本来应该是风水屋才对啊！

我是怎么到这店里来的呢？

啊，好讨厌，类似的事最近真的发生了好多。我原本就是路痴，这段时间又很容易忘事，看来我不光要和重力决斗，还得和自己的记忆力决斗了。

不知怎的，路上一个行人都没了，之前星星点点的店铺也一个都不见了。难道那些都是我的错觉吗？

一阵冷风吹来，头发拂到脸上。我将下巴颏埋在围巾里，沿着来时的路往回走。

对，手机就该在这个时候用。我掀开手机，可屏幕上显示出

"没有信号"的图标，让我一下子大失所望。

镰仓的信号这么差吗？真是服了。我叹了口气，总之，往人多的大路上走就对了。

可无论我怎么走，都走不到大路上，我好像彻底迷路了。如果路上有个人，我好歹还能问问。可街道两旁都是气派的家宅，却好像一点烟火气都没有。

我惴惴不安地在一户户红色屋顶的家宅之间转来转去，总算看到了一家店。从店面的装潢和氛围来看，像是卖古董的，仔细观察才发现，这是一家钟表店。

这家店的玻璃门上挂着"闭店"的牌子，我站在门外，能窥见店内的景象。店内一整面墙上都是挂钟，每个钟上的时针都指着不同的方向。可能显示的是世界各地的时间。

一块立在店旁边的木板忽然吸引了我的注意。只见厚实的木板上是一行手写字："镰仓旋涡咨询所"。板子上还画了一个红箭头，沿着箭头方向看去，是一段往地下延伸的狭窄楼梯。

太好了！看来地下有个咨询所，下去问问风水屋的位置好了。

沿着逼仄的楼梯往下，是一扇生锈的铁门。

圆形的门把手是低调的金属质地，现在天气这么干燥，直接摸上去可能会起不小的静电。我害怕被电到的感觉，于是用围巾一角垫在上面，转动了门把手。

铁门看上去沉重，没想到很轻松就打开了，门里面又是一段旋转楼梯。咨询所在那么深的地下，挖得这么深，不担心地表下沉什么的吗？

墙壁和楼梯是清一色的黑，扶手上隔一段会有一个垂下来的小小灯泡。楼梯间有些昏暗，但这份节能意识还是令人佩服的。二〇一一年震灾刚发生时，企业和商业设施也曾团结起来，提倡节电节水。两年过去了，大部分人的节能意识早已淡漠，这咨询所难道是镰仓市政府运营的吗?

我慢慢发现,往楼梯下面走得越多,墙壁和台阶的颜色就变得越蓝,搞得还挺漂亮的。

走下最后一级台阶,我的双脚碰到了地板。这里是一个六叠榻榻米大小的狭窄空间,没有架子也没有海报,只有两个老头坐在墙边。他们隔着一张小圆桌相对而坐,安静地下着奥赛罗棋。桌子看上去就像连锁咖啡店的餐桌一般。

两人中间的那段墙壁稍靠上的地方,有一个圆形的挂钟,是海螺的样式,挺时髦的。

"二位是咨询所的人,对吧?"如果此时正值人家的休息时间,就对不住了。我一面想,一面向他们打招呼。

"那个……"两位老爷子不约而同地抬起头来,竟然是两张一样的面孔,我也许是生平第一遭遇见双胞胎老头。之前听过的金山银山的传说里,好像有一对双胞胎老太太,我望着他们想。

"你和朋友走散了?"

执白色奥赛罗棋子的老头问。

他沉稳的声线多少令我放下心来。我仿佛好久没被人这样温柔地关照过了,一方面觉得开心,一方面又感到些许心酸,眼眶竟然有些湿热。

走散了吗?好像还真的被他说中了。

我和儿子走散了。没错,我现在,和真吾走散了。

"也许您说得很对。"

我半自嘲地叹了口气,执黑色奥赛罗棋子的老头频频点头:"哎呀呀。"

他们两个不约而同地站了起来。两人身穿做工精良的灰色西装,系着深蓝色的领带。他们面向我恭敬地鞠了一躬,微笑着说道:

"我叫外卷。"

"我叫内卷。"

哎呀，挺有意思，我一下子变得心情愉悦。他们人如其名，外卷先生的刘海和鬓角朝外打着卷，内卷先生的则朝内打着卷。仔细观察便会发现，尽管他们长得很像，但除了头发尖不同，表情和气场也不同。外卷先生满面红光，看上去很开朗；内卷先生则谨慎克制，显得很精致。

金山和银山也是一样。如果生了双胞胎，取名字的时候也会凑成一对吧。

"您二位的名字是父母取的吗？还是昵称？"

内卷先生听了我的问题，疑惑地歪着头：

"是父母……取的吧？"

外卷先生朝反方向歪头：

"我们的父母……是谁呢？哎呀哎呀[1]，不知道呀。"

"哎呀哎呀。"外卷先生又感叹了一次，然后开心地放声大笑。这是冷笑话吗？

内卷先生仿佛没听到外卷先生开的玩笑，面不改色地对我说：

"让我们听听绫子女士的故事吧。"

"嗯，其实……"

话说到一半我忽然停了，我刚才说过自己的名字吗？

啊，不过我忘事忘得很厉害，也可能是刚一进门的时候就说了吧。于是我继续说道：

"我的儿子在一家名叫风水屋的店里……"

"哦哦。"

"那家店在什么位置……我找不到了……"

我找不到了。

是的，但我更找不到的，是真吾的心。

1　在日语中，"哎呀哎呀"和"父母亲"的发音相近。

那孩子外表和我如此相像，内里却活成了我无法理解的样子。

我忽然跟跄了一下，好像有些头晕。啊，不行，怎么能在这种时候……我昏昏沉沉地开口说道：

"上周……"

——上周，学校约家长就学生的毕业方向当面会谈。

我当时正想着，差不多该让真吾上补习班了。他读的高中是普通教育院校，大多数学生都顺理成章地考上了大学。岸田老师去年就是真吾的班主任，他是男教师中的中坚力量，值得信赖，我一直以为，这次去学校的谈话主题是孩子要考哪所大学，从没想过其他可能。

但在学校的见闻令我颇受冲击。

岸田老师一脸为难地递给我真吾填的毕业志向，上面没有写任何一所大学的名字，只写了一行字，说明了未来真吾想做的职业。

视频博主？

起初我根本没明白"视频博主"是什么。啵猪？什么猪？这洋点心似的名字，听在几乎不玩电脑的我的耳朵里，如同听天书一般。

"现在挺流行的，做视频发在网站上。"岸田老师简单向我说明。好像是真吾知道信息处理社团的学长在给视频网站投稿后，自己也开始效仿了。那位学长传了两个喜欢的游戏介绍视频就腻了，真吾却沉迷其中。

岸田老师的话我没太理解。我连"投稿"意味着什么都不太清楚，什么视频网站，什么油管，不就是某个不认识的人随意将电视节目的录影传播到网上吗？上之内说过，她漏看电视剧的时候，就会到网上找。

"我也看过真吾君上传的视频，从学校角度来说，这件事没什么问题。但他的大学志愿都空着，这一点有些让人担心，如果他只是还没想好，那么现在开始想也不迟……"

岸田老师大概是想尽量让我放心，可真吾突然对他说：

"我不打算上大学。"

我一下子无语了。

可能岸田老师事先做了些心理准备，他和蔼可亲地笑着，没有和我们对视。

"嗯，不过现在还没到正式确定志愿的时候。后面您一家人好好聊一聊，怎么样？"

真吾看准了岸田老师做总结的时机，低头一个欠身便离席而去。我朝老师鞠了一躬，慌忙去追真吾，在走廊的角落里抓住了他的手腕。

"喂，你是怎么回事？"

"什么怎么回事？就是这么回事。"

真吾漫不经心地回答。

我继续逼问："你不打算上大学，想做那个什么猪？"

"视频博主是很了不起的工作呢。"

真吾的语气像个成年人，显得格外成熟，我不知如何回应。

"我要去参加社团活动了，拜拜。"

他瘦削的身子一扭，挣脱了我的手便走了。剩下我一个人站着。

回家后，我一直等着真吾回来，却只等来他发的消息："我和津村在图书馆做完作业再回家。"真是的，好歹也打个电话啊。懒得商量的事就单方面写短信发过来，这算什么嘛。

我抱着胳膊在沙发上坐了一会儿，让先回来了。我将事情经过告诉他，让笑着说："哦，那个啊！"

"你知道这事？"

"嗯，他和我的账号是捆绑的。"

"什么意思啊？"

"他还没满十八岁，所以需要绑定监护人账号和银行账户。广告收入会直接打到我的户头上。"

我的眼珠子都快瞪出来了。竟然还有广告收入！每个月除了零花钱之外，真吾竟然还有这笔钱。这件事惊得我差点从沙发上摔下来。

"我之前都没听说啊。他怎么自顾自地做起这种事来了？"

"抱歉抱歉。大概半年以前吧，绫子去合唱团的时候他和我聊过。"

半年。这么长的时间里，竟然只有我一个人不知道。

让观察着我的神色，打开了放在起居室的电脑开关。不一会儿，电脑屏幕亮了。开机后，让移动着鼠标，打开了一个视频网站。

"倒倒倒倒，倒回去——"

一声精神头十足的节目预告音传来。这话应该是真吾说的，但不知道为什么，却像是其他孩子的声音。

让解释道：

"这一期是刚开始做的时候，讲的是蛋黄酱。"

开头的画面，是一个蛋黄酱的挤压瓶。家里用的也是这个牌子，看样子，这瓶应该是刚从冰箱拿出来的吧。一想到我在超市左挑右选买回来的蛋黄酱被用来干这个，我就气不打一处来。

蛋黄酱被挤在一个碗里，接着画面中出现了真吾的手，他在用勺子搅酱。实物影像到此结束，后面变成了翻页漫画似的动画片，可能是真吾画的，笔法稚拙。

画面一分为二，右边是醋，左边是鸡蛋。右边的醋瓶子依次变成酒、米等拟人化的手绘，像小学生的暑假研究课题似的，画出用醋制造的产品。同时，左边被打碎的鸡蛋变回了完整的模样，在地上滚来滚去，"嗖"的一下钻进了鸡的身体里。

我挤出一句话：

"……这是什么东西啊？"

"哎，你不知道吗？蛋黄酱是用鸡蛋和醋做的……"

"我问的不是这个啦！"

在网上发布这种愚蠢的东西就是所谓的"视频博主"干的事吗？

"他发布这种东西，怎么能赚到钱呢？"

"不是通过发布视频赚钱。应该是看视频的人多了，广告投资方就会主动出资。哎呀，你别这么激动嘛，他还一点钱都没赚到呢。"

让呵呵笑着。

"这不是摆明了赚不到钱吗！所以我才很吃惊啊！真吾说不想上大学了，以后就靠这一行吃饭。他可不是在开玩笑！"

"孩子有想干的事，放手让他去干不就好了吗？大学又不能代表一切，不想上也没必要硬上。"

我不知该说什么才好。让这个人，想问题怎么这么简单呢？

"……就是说，看动画的人数决定广告收入对吧？"

"对的对的，他最近的视频还挺受欢迎的。这个'蚁狮的一生'播放数量有两千次呢。"

"我不看！我才不看呢！"

我要带真吾去茬柄天神社，我必须尽快请天神令他回心转意。

想起上之内很久以前和我说过的话，我下定了决心。

这件事，我对谁也不曾说起。

但对着这两位老爷子一说就停不下来，我把事情完完整整地说了一遍。

"我现在完全无法理解儿子。他为什么想做那些事，为什么会说不想考大学？作为母亲，我今后要怎么支持他走下去？我苦恼透了……我明明那么希望儿子能过上幸福的日子。"

两位老爷子"唰"地在我面前站成一排，肩并着肩，竖起双手的大拇指，齐声说道：

"很棒的旋涡！"

"嗯？"

四根大拇指的长度几乎分毫不差，每个指头上都印着旋转的旋涡形状，看得我又是一阵轻微的晕眩。

这时，墙壁上的挂钟整整转了一圈后停下了。我以为它坏了，定睛一看才发现，那好像不是挂钟，那上面没有时针。这东西体积很大，看起来有些像扫地机器人——全自动的清扫器，用它来扫地很方便。我还没想好要不要买一个。

"样子挺漂亮的，古典风格的海螺样式，形状也不错，好像一大只菊石。"

听了我的话，外卷先生微笑道：

"没错，就是菊石。"

"嗯？"

这时一直紧闭的贝壳突然"啪"地打开了。我吓了一跳，只见贝壳中伸出好几条纤细的腕足，在空中扭来扭去。

"哇呀——"

我不禁惨叫一声，连连后退，内卷先生温柔地劝慰道：

"没关系，不用害怕。那是我们所长。"

"所……所长？"

我又看了看菊石，它的腕足和身子相连的地方有一只又大又黑的眼睛在闪闪发光。

菊石依靠自身的力量离开墙壁，施施然飘到我们头顶。它移动的时候，发出"咯吱"的声音，和牙医吸走患者口中唾液时用的仪器发出的声音很像。

原来菊石这种生物还存在啊。我一直以为它们早就灭绝了，可能是我记错了，灭绝的是腔棘鱼吗？

我总是白痴地记错许多事情，就好比直到去年我才知道蟑螂也会飞一样。看来菊石也能在空中飞翔啊！为了不让两位老先生认为我是没见过世面的家庭主妇，我故作冷静，悄悄喘了口气，让自己平静下来。菊石圆溜溜的眼睛也渐渐显得可爱了许多。

不过，他们竟然管它叫"所长"。有些店家养的猫猫狗狗就叫"店长"，这只菊石想必是咨询所的宠物吧。

菊石在我头顶做了个类似后空翻的动作，它在半空中打了个转。我以为它在给我表演，便拍手叫好：

"好棒呀，所长。"

内卷先生站在我旁边呵呵一笑，点了点头道：

"它说，希望您和儿子走得近一些。"

"啊呀，是嘛。"我应和道。

两位老爷子肯定对所长疼爱有加吧，一般肯对客人说什么"猫猫告诉你""小朋友告诉你"的店家，平时肯定都很疼爱自己的宠物或孩子。

"那么，由我为您带路。"

内卷先生抬起手来，房间好像忽然宽敞了许多，所长也像热气球似的，轻飘飘地在空中游荡着，朝内卷先生手指的方向飞去。

我跟在他们身后，看见咨询所里面放着一个大坛子，是浅浅的水蓝色，足有洗衣机那么大。我很中意那清爽的颜色，那是接近于白色的水蓝色，还带着一点柔和的绿色。

"好漂亮啊……"

"这叫瓮觇。关于这种颜色的形成有许多种说法，有人说它是在染蓝布的时候，只将布料在加了蓝色的液体中浸泡一小会儿染出来的。顾名思义，这个名字也许是比喻让布料瞥一眼瓮中的模样就拿出来的动作吧。"

听了内卷先生的解释，我抬起头来。嗯，他说得挺像那么回事的。

"您领带的蓝色也是染的呢。"

"完全正确，您懂得很多呀！"

内卷先生满足地微笑道。

"那么绫子女士，请到这边来。"

这回是外卷先生站在坛子前面催促我。我忙站了过去。

这个盛满了水的坛子，无论是高度还是存水量都很像洗衣机。水澄澈透明，却不知为何看不见底。

所长缓缓地飞到坛子上空，圆溜溜的眼睛直直地盯着我。眼睛这么大可真好啊，我好羡慕。

突然，所长掉进了坛子里，"啪叽"一声，溅起一串水花。我大吃一惊，忙把脸凑近了坛子看，只见所长越变越小，最后消失在了水中。

"不好了！所长它！喂，它掉到底下去了啊！得快点把它救出来！"

"您不必担心，水里是所长的家。"

"家……"

它回家了吗？我呆若木鸡。

外卷先生说："好了，您再往水里看看。"

我略微弯腰，往坛子里看，所长掉下去的地方还漾着一圈圈波纹。转个不停的旋涡越变越黑，成了一个圆形，随之水面像电视屏幕似的，映出了一些什么。这是……脑袋？

对，是从上往下看的人脑袋。这颗脑袋我很熟悉，它很有特点，它有两个并列的发涡。真吾？

"看到什么了吗？"

"……发涡。"

我的话音刚落，漂在水面上的黑色脑袋影像一下子就消失了。

"那么，给绫子女士的提示就是发涡。"

我呆呆地看着外卷先生。提示是发涡？

内卷先生冷静地说：

"发涡大概就是能帮助绫子女士的东西。离开时请走这边的门。"

　　他手指的方向是对面的门，门笼罩在一片明亮的白光中，和这里如同两个世界。

　　"要我离开，意思是咨询到这儿就结束了吗？"

　　我一边提问一边走到门边，注意到门口台子上放着一个藤编的篮子，里面盛满包在透明玻璃纸里的蓝色糖果，糖果是旋涡的形状。旁边有一张卡片，写着"困惑时的旋涡糖"。外卷先生说："请随意，一位客人只能取一颗糖。"

　　"啊呀，是嘛。那我就拿一颗了。"

　　离开前提供糖果，和烤肉店似的。我捏起一颗糖，放在单肩背包的内兜里。

　　"风水屋在路对面。"

　　内卷先生说完，两位老爷子同时鞠躬说道：

　　"那么，请您路上小心。"

　　"……非常感谢。"

　　这扇白门用的是木质把手，不必担心静电，我直接握住它，轻轻拧开。

　　忽然我整个人沐浴在了明亮的阳光中，我又有些头晕。

　　这是突然离开光线暗淡的地方来到户外的缘故。我愣了两三秒，眨眨眼，轻轻摇头，再次环视四周，风水屋就在眼前。

　　什么嘛，就在咨询所对面啊。那一开始就告诉我不就好了吗？一会儿菊石，一会儿坛子的，这两个老爷子是闲得发慌了吧。不过我挺开心的，倒也没什么。

　　我笑着回过头，忽然停住了呼吸。

　　刚刚的咨询所彻底没了踪影。静静矗立在路对面的，是布艺店。

　　我以为时间已经过去了很久，但真吾似乎并没有等得不耐烦。

他买了看中的手机壳，走出店门便立刻套在了手机上。

金黄色的手机壳上画着龙的图案。开运，对真吾来说，怎样算是开运呢？

我的脑袋有些发沉，我们一直走到宝戒寺，这一路上我都跟在真吾后面。寺庙的每个地方都被人精心打理过，茶花开得很美。圣德太子堂、菩萨像，我们看了很多东西，但最后留在我脑子里的只有这两个景点。离开宝戒寺后，我又让真吾带着我去看了源赖朝的墓，然后来到了最终的目的地：荏柄天神社。

我们沿着两排灯笼夹着的狭窄台阶向上走去，我终于觉得身体和内心都渐渐回到了正轨。

我好不容易才将真吾带到了天神面前，我一定要诚心诚意地许愿。

镰仓旋涡咨询所到底是干什么的地方？我确信自己和双胞胎老爷子说过话。

他们要我和儿子走得近一些。他们说得很对，这也是我正在做的。

万事重在预防。就像口腔一样，事先做好护理，就可以避免龋齿和牙周病的发生。为了让真吾走上正道，即使过程艰辛，我也要一直陪伴在他身边。

我们站在主殿前面，敞开的大门是朱红色的，上面刨出惹人怜爱的梅花花纹，门旁边挂着密密麻麻的绘马。一看便知，来这里参拜的人们对金榜题名的期望有多高。

香资箱和大门一样被漆成朱红色，我在里面放了一张千元纸钞，我可是下了血本的。我和真吾肩并着肩，双手合十，真心诚意地发愿。

拜托了，天神大人。

请让天吾别再做那些傻事，好好学习，参加高考吧。也不一定要上多么有名的院校，只要考上适合他的大学就行。

　　临行前，真吾去了趟厕所，我趁此机会买了一个御守。哦，御守好像不能说是"买的"，得说是"请的"——我请了一个学业御守，但我没有当场给他，而是先揣进了包里。

　　我提前问了上之内荞麦面店的位置，店在小町通的路口，很好找。虽然又要折回鹤冈八幡宫那边，但我打算吃过面后逛逛小町通就回车站了，这样行程还算顺畅。

　　吃完带天妇罗的笼屉荞麦面套餐，真吾说：

　　"所谓的天神，供奉的是菅原道真吧？"

　　"嗯？啊，哦。对啊，菅原道真。"

　　应该是吧。我脑子里只有天神大人。

　　我将荞麦面汤倒在自己的猪口杯里，看了看真吾，他抬起一只手，表示并不需要。

　　"我觉得道真好可怜啊！他学问很高，事业有成，他一定是非常努力才出人头地的，却因被人嫉妒，自己背了黑锅，惨遭贬谪。"

　　"是啊是啊，好可怜呢。"

　　我一边应着真吾的话，一边喝荞麦面汤。没想到真吾的语速却快了起来：

　　"最后的最后，他在被贬的地方抱憾而死。后来，陷害道真的那群家伙有的死了，有的染上了瘟疫，还有的被雷劈了，全都遭了报应。"

　　"这……这么可怕吗！"

　　"人们都说，那是道真的怨灵在作怪。于是将道真尊为天神供奉起来，恳请他不要再作祟。于是，人们才任性地造出这么一尊神来。"

　　"是吗……"

　　"将某些人的死和天灾归为道真作祟，依我看，这才是对道真最大的污蔑。太过分了，道真在另一个世界恐怕都看傻了。他肯定会想：这不是我干的啊！我为什么就得保佑那些跟我八竿子打不着的现代人金榜题名呢？"

我呆呆地望着真吾。是的，他的性格中有这样的一面，他会对一件事刨根问底，想得很深。他和脑袋迟钝的我不同，他是个聪明的孩子。

真吾忽然垂下眼帘，拿起盛有茶水的杯子。

"唉，不过，说不定他会给大家加油，让我们好好学习的，要我们多动脑子！我也得更努力才行。"

我惊喜地看着真吾。

回报来得也太快了吧，他竟然这么快就回心转意了，菅原道真怎么这么好心肠啊！我的陪伴很有效果嘛。春天仿佛一下子就来了，我激动地说：

"是啊。所以你就考上大学，找个好公司上班……"

"我不上大学，我没有想在大学干的事。"

一大盆冷水扑面而来，季节从春天倒回了严寒之冬。

"可你刚刚才说过，要更加努力啊。"

"嗯，我是觉得要认真起来了。把学问做得那么厉害的道真也有疏忽的时候。我得强大起来，不能在惹人嫉妒之后，被人轻而易举地陷害。"

"所……所以就算是为了这个，也要上大学……你的朋友们也都要考大学的吧？"

"你为什么那么想让我上大学啊？我的朋友们，是指谁？"

我默不作声。为什么？上大学是最好的捷径，上了大学，一切都会顺理成章啊。这孩子脑子够用，条件也有。朋友们是谁？我不怎么认识……津村君之类的？真吾继续说道：

"我爸不是也没上大学，四十岁以后才开始正经上班的吗？尽管如此，他还是守护了这个家，衣食无忧地把我养大了。他是个好父亲呀！"

听着真吾自以为是地说出这些，我的血压一下子就上来了。

让能在四十岁之前一直做自己喜欢的事，难道不是因为一直以来有我在背后支持吗？他成为正式员工，靠的也是我父亲的帮助，真正守护这个家的人是我。所谓的好爸爸，就是支持孩子在那种无聊的视频网站上投稿的爸爸吗？

唉，窗户纸还是被捅破了。我其实是担心，担心真吾变得和让一样。作为一个女人，我甘愿无条件地爱着让；而作为一个母亲，我希望真吾能选择一条更安全、更踏实的人生之路。

我忍不住嚷嚷起来：

"总之，我绝对不同意你不去考学，去做什么视频博主！现在你去走岔路，以后要是后悔了怎么办呢？听我的，去参加高考！先按部就班地上了大学再说！想做视频，上着大学不也能做吗？"

邻桌的一对夫妇把目光投向我们，我尴尬地低下了头。

真吾小声说道：

"……那是妈的人生计划吧。你就是想当大学生的妈妈，想看着儿子找到一个安稳的工作，你就一颗石头落了地，心里想着：啊，太好啦！"

"你……"

"我先走了。"

真吾站了起来。

"真吾——"我喊了他的名字，但他没理我，径自离开了面店。

真吾小时候，在我还能一手搂住他的时候，他总喜欢"妈妈""妈妈"地叫我。也没有什么事，只是叫妈妈。这种时候，他的音调很特别，我一听就知道他只是叫一叫。"妈妈。"他叫我，我就回答："真吾。"

那段甜甜的时光一去不返，小小的真吾已经不见了，这个我明白。我要是连这点事都不懂，现在一定更头疼。

后来，真吾就在我与他之间竖起了一堵墙。学校放了寒假，他经常待在家里，也几乎不和我说话。

真吾上初中的时候，我身边有不少做妈妈的朋友会为孩子频频和自己顶嘴而烦恼，但真吾似乎没有所谓的叛逆期。如今想来，也许他也有话想说，只不过忍着没说罢了。

被无视的感觉很难受，他不将情绪表露在外，我反而更痛苦。若是说几句"少啰唆""老太婆"什么的，反而还好些。

"那是妈的人生计划吧。"真吾这句话说得很深，戳穿了我的心。原来他已经甩开了我太多，不只身高，还包括为人。

星期天白天，让租来 DVD，问我要不要一起看。他真是个温柔的人，他发现我的情绪很低落。

让以前就是这样，他很清楚怎么哄我开心、如何照顾我的情绪。我们没钱的时候，正是他这种体贴支撑了我。

让求婚时送给我的樱蛤，我至今仍将它装在小瓶子里，视若珍宝。他说那是他在镰仓的由比滨找来凑成一对的漂亮东西。据说双壳贝是独一无二的，只有原本就是一对的两片才能完完整整地拼合在一起。不是死鸭子嘴硬，对我来说，这比送蒂芙尼的戒指更让我开心。

真吾出门了。我放弃了做年末大扫除的念头，坐在了沙发上。

让选的科幻电影是由一位名叫黑祖洛侬德的作家创作的小说改编的。影片中讲述了一个来自未来的少女沿着自己走过的人生之路，回到过去旅行的故事。影片中不时插入遗传因子的动画影像，双螺旋结构的 DNA 分子在画面中旋转不停。

故事情节出人意料，还带着一些幽默要素，结尾又让人觉得暖融融的，这是部好片子。

"遗传基因到底是什么呢？我和真吾长得那么像，性格却一点也不一样。"

　　我边看影片结束的滚动字幕边说。让听了好像吓了一跳，他望着我说：

　　"嗯？我觉得你们的性格也很相像啊。"

　　"哪里像啦？"

　　"比如说，你们看着都很沉稳，实际上都有着满腔热血，都容易对身边朋友推荐的东西感兴趣，还都有一点御宅族[1]的气质。"

　　"御宅族的气质？"见我重复着他的话，让继续说道：

　　"我和你第一次见面时，我就这么觉得了。我从没见过谁能像你这样，热情饱满地讲那么多和牙齿有关的事，当时我就觉得你很有意思。"

　　我至今仍然没对父母说过，让是我做护士的时候，接待过的一位患者。

　　"不过，不管父母和孩子长得像不像，都没所谓吧？反正最后还是会成为两个完全不同的人。"

　　让说着，目光望向远处。

　　"真吾上小学三年级的时候吧。社会课有一道考题：'法隆寺是谁建的？'你还记得吗？"

　　"是有这么一道题，我记得。"

　　想起那件事我就忍俊不禁。当时真吾大大方方地写了两个大字："木工"，当然，老师没给他分数，因为正确答案是圣德太子。小学生常有的恶作剧让我啼笑皆非，并未因此发火，当时我只是笑了笑，说了句"傻乎乎的"就过去了。

　　"说实话，我啊，当时特别感动。我觉得真吾不是在恶搞，而是在认真回答问题。他的回答也许不是标准答案，可也是对的。我想，真吾其实很明白，究竟是什么人在守护一件事情的起点和终点。"

　　1　御宅族：指热衷于各种亚文化的群体。——编者注

我想起真吾在荞麦面店里提到菅原道真时口若悬河的模样。

他不会全盘接受学校面向大众传授的知识和修养，而是用自己的眼睛去观察，用自己的大脑去思考。理解之后思考，真吾就是这样。

"他没问题的。他说不上大学，要做视频博主，都有他自己的考虑。"

我终于点了头，也许是这样吧。

父母无法替孩子决定任何事，只能在一旁守望。

爸爸妈妈唯一能替孩子做主的，大概就是取名字吧。当年我和让一起，想了好多才决定下来。

真吾，真之吾。希望他保持真诚，做真正的自我。

第二天傍晚，我独自去大商场购物。

该准备新年的装饰和年节料理的食材等东西了，我将购买食材放到最后，打算先去生活用品的楼层选注连绳[1]。

"砰"的一声，有个软乎乎的东西撞在了我的小腿上。我回头一看，一个小男孩正抻着我的长裙。小男孩抬头看见我，脸上浮现出纳闷的神情。

他大概两岁，看样子刚刚学会走路。

"你妈妈呢？"

我蹲下来，只见小男孩扭扭捏捏地低下头，手里紧紧地握着一个飞机形状的布艺玩具。

我又问他："你叫什么？"小男孩活泼地答道："小拓。"

周围没看见像他父母的人，这孩子也许是走丢了。

1　注连绳：用秸秆编成的绳索、草绳。通常为神社门前的装饰，象征神界和外界的分隔。讲究传统习俗的家庭，新年会在门口挂注连绳，祈愿家人在新的一年中得到神的庇佑。

带他去广播寻人的地方好了，我记得一进商场大门，不多远的地方就有一个咨询中心。

"我们去找妈妈吧。"

我牵着小拓的手刚要走，他立刻哭了出来。是不知道自己要被带到哪里去呢，还是不想离开这里呢？

这就难办了，有没有什么能哄小孩的东西呢……

我在包里翻了翻，找到了在咨询所拿的糖果。我都快把之前那件事忘干净了，只依稀记得卡片上写的好像是"困惑时的旋涡糖"来着。

我急匆匆地剥开玻璃纸，却又意识到，这孩子还没到吃糖的年纪，要是把糖吞下去会有危险，而且糖果是蓝色的，可能是薄荷口味。

但是玻璃纸已经剥开了，形势所迫，我只好把糖放进了自己嘴里。可糖不是薄荷味的，而是有股牛奶似的柔和口感，一下子在嘴里化开了。

我蹲着，不由自主地朝哭个不停的小拓伸出手，他立刻贴了上来。我心里揪了一下，几乎有点心疼。这一团小小的生命暖乎乎、沉甸甸、软绵绵的，连指尖都充满了能量，鼓鼓胀胀的。

千头万绪在我心中涌动，我忍不住紧紧抱住小拓——别担心，你一定会找到妈妈的，我会帮你找到她的，放心吧。

小拓的小圆脑袋顶在我下巴上，他的头发黑黑的、细细的，闪着光。

好怀念的感觉……

就在这时。

小拓脑袋上的发涡滴溜溜地转起来，分成了两个。

嗯？嗯？嗯？

鸟居涡？

我愣住的时候，小拓脑袋的形状也发生了微妙的变化，逐渐变成了我熟悉的轮廓。

孩子"唰"地抬起头来，小小的眼睛盯着我。低鼻梁，薄嘴唇。

"真吾！"

毫无疑问，我怀里的正是幼时的真吾。

我想起来了，真吾小的时候——

在公园，比起坐滑梯和荡秋千，他更喜欢看成行的蚂蚁，总是会看得入迷。

我去幼儿园接他，他和其他孩子离得远远的，一个人拼着巨型的乐高。

"讲故事的时候也是，只有真吾待在房间的角落里玩拼图。"看到老师在联络簿上这样写的时候，我是怎么想的来着？

当时我很开心，为了真吾和其他的孩子不同而开心。

即使路过的阿姨听说真吾有鸟居涡的时候，说这孩子"要么是天才，要么就是大蠢蛋"，我也没有一丝怀疑地认为他一定是天才。这孩子肯定会成为大人物。

我是从什么时候，开始担心他和别人不同的呢？

是从什么时候，开始觉得普通的事就该用普通的方法去解决的呢？

真吾胖嘟嘟的小脸在我怀中嘻嘻地笑了。没错，就是这个笑容。还有什么比看到这孩子这样笑更棒的事吗？

如今的我，根本没有走在真吾身旁。

而是在身后攥着他向前，在他前面生拉硬拽，在他上方指手画脚。

如果走在他身边，是不需要命令他，也不需要替他做决定的。

"妈妈。"

小小的真吾在叫我。

我也叫他：

"真吾。"

没什么事，我只是想叫一叫他。

因为只要他在我身边，我就很开心，很幸福了。

"拓海！"

远处传来一个女人的叫喊声。

"妈妈——！"

从我怀抱中溜走的声音分明是小拓的，他的发涡也变回了一个。

"对不起！对不起啊，拓海。是我没看好你……"

那位年轻的母亲紧紧抱住小拓，她头发的长短、裙子的颜色和我的很像，小拓刚才可能把我们的背影搞混了。

女人和小拓旁边还有一个男人，此刻他一脸释然。他应该是小拓的父亲吧。

"这不是朝美的错啦。"

看来这是位有责任感的好丈夫。我出神地望着这天真烂漫的一家。

小拓的父亲朝我恭敬地鞠了一躬。

"对不起，给您添麻烦了。"

"没关系，还好我们没动地方。"

"谢谢您。"小拓的母亲也抱着孩子，向我深深地鞠了一躬，她的声音中几乎带着哭腔。

如果将小拓"倒回去"，出现在我眼前的就会是这对夫妻吧，就像先有了我和让的相识，才有了真吾一样。

刚才和幼时的真吾相见，大概只有短短的一分钟。

但对我来说，那是值得永久封存的一个瞬间。

不要忘记这个瞬间。今后每次因为无法理解真吾而生气，我一定会再想起它来。我也不要忘记人生中确实收获过的那份喜悦。

回到家，真吾正在起居室里，坐在电脑前。

"我回来了。"他听到我说话，飞快地瞥了我一眼，小声说了一句"欢迎回来"。

我脱下外套，在洗手间洗完手，拉过椅子坐在真吾旁边。真吾大吃一惊，向后缩了缩身子。

"这个，上次忘记给你了。"

我将荏柄天神社的御守递给真吾，他不情不愿地接过来，脸上是嫌弃的表情。

那上面绣着"学业御守"几个大字，他可能觉得我是在故意刁难他吧。但并非如此，我的祈愿和菅原道真的助力都凝结在那里面了。

愿真吾的学业能以他希望的形式结束。不一定要依靠神社的力量，因为这孩子生来脑袋上就顶着鸟居涡。

我向后靠坐在椅背上，指着电脑画面说：

"也让妈妈看看真吾做的视频吧。"

有三秒钟的时间，真吾一动不动，不知他想了些什么。然后他慢慢地挪动鼠标，没有说话。

我和真吾一起，看了好几个视频。

"倒倒倒倒，倒回去……"

巧克力慢慢倒回成印度尼西亚农田里硕果累累的可可树，一册笔记本慢慢倒回成树林中的树木。和让上次给我看的"早起的蛋黄酱"相比，这些视频明显有趣了许多，也更能看出制作者的苦心，翻页漫画的画工也进步斐然，竟看得我有些感动。

视频的种类也变多了，不光是回溯物品的形成，还多了一类回溯流通体系的内容。他用视频告诉观众，一封信从收信人手中倒回寄信人手中需要经过多少道手续。除了信，还有很多：杯子里的水，荧光灯的光，燃气灶里的火。

原来真吾的视角如此宽广。他关注的是平时人们无意间看到的东西从何而来、如何而来，也关注它们的背后发生着怎样的故事，有哪些人的支撑。真吾的双眼，一定注意到了在世界的每一个角落骄傲闪耀的微光。

我感叹着，又向真吾提了几个问题，他起初警惕的心情也逐渐放松下来，声音变得和缓，有些兴奋地给我讲了许多。

"我想知道的事还有很多很多。我想用自己的双脚走遍日本，从南到北，从西到东，去见见在不显眼的地方坦然做着伟大工作的人。想将我看到的事传播向全世界，让大家紧紧相连。"

真吾在我身旁热情高涨地说着，他脸上有几颗挤破了的青春痘。

小时候的真吾当然可爱极了，但长着青春痘的真吾在我眼中依然可爱。世界第一可爱！

我是个十足的蠢蛋妈妈，简直是大蠢蛋的级别。真吾现在这样不是很好吗？！

他考不考大学，将来做什么工作，这些未来的事就先放到一旁吧。

现在，让我听到他此时此刻的心声就好。

广中中。

这好像是真吾在视频网站上用的名字，也许是化用了他的姓"广中"吧。

视频又播完了一个，下一个开始之前还有一点时间。

"真吾。"

我叫他。

真吾转过脸来，看着叫完名字便不再说话的我，仿佛意识到了什么，他呵呵一笑，闪动着和我相像的小眼睛。

接着，他有些害羞似的，小声嘟囔了一句："妈。"

镰仓うずまき案内所

二〇〇七年

寿司卷的卷

镰仓旋涡咨询所

那位上了年纪的占卜师自称人鱼，她递过来一张便笺，随随便便地要我写下名字和出生日期。她两只耷拉的眼睛之间，是又高又挺的鼻梁。

便笺是用单面印刷的宣传单裁出来的，能看到背面光着身子的男模特。

我照她说的，写下我的全名和出生年月日。

"日高梢女士，三十二岁。"

人鱼翻开一本破破烂烂的厚书，在报告纸大小的纸上流利地写下汉字。纸背面的"友引[1]"字样隐隐透过来，看来这张纸是用撕下来的日历裁的。

"庚。"她边写边说，还把圆珠笔尖抵在"庚"字上。

"你啊，命里带铁。"

"铁？"

"对，像刀一样坚硬，说白了就是顽固。不过，你好像没什么攻击性，你试着用偏执的顽固守住自身。"

我什么都没问，却先听了一大堆坏话，这实在让人不爽，而且人鱼还都说中了，就更让人难受了。

1　友引：日本台历上对一种迷信的日子的称呼，类似中国台历上标注的"诸事不宜"日。——编者注

自己的性格，自己是最清楚的。我今天难得来求卜问卦，可不是特意来听人否定、给自己找不痛快的。

今天我和恋人朔也约在鹤冈八幡宫见面。我到得太早，便在附近闲逛，于是我便看到一家名叫风水屋的杂货店，店门口贴着一张纸："此时此刻，接受占卜！"

占卜费用是一千日元。我脑子一热就进店和店员攀谈起来，随即便被带到店里面一个用布帘隔开的小房间里。现在我正和人鱼面对着面。

"那个，想请您帮我看看婚姻……现在是否适合结婚。"

"嗯。"人鱼喘了口气，开始在纸上写数字。

"哦，你啊，适合跟语言有关的工作。还有，你适合管理纸张。你是做什么的？"

听到这里，我的情绪缓和了些。

"在初中做司书教谕[1]。"

"不错嘛，太适合你啦。"

人鱼笑得很真诚，看来她也不是只会一味诋毁人。我罩上乌云的心情稍稍放晴了些。

"梢女士，你应该再柔软一些，要补土。"

"要怎么补呢？"

"可以随身携带黄色和橘色的石头。店里有卖各种式样的，一会儿我帮你选一款适合你的。"

人鱼伸手掀起布帘的一角。只见布帘外面有一个专柜，里面放着手镯、水晶等能量之石。

"那么……婚姻呢？"

"哦，忘了说，婚姻怎么都行。你的话，结婚或者不结婚，对人

1　司书教谕：日本专门进行学校图书馆的管理、运营或对孩子读书进行有关指导的教员。

生的影响都不大。"

我大失所望地塌下肩膀。结不结婚都行？这算什么啊？

"无论是婚姻、事业还是其他，只要你肯从身边的人身上吸取经验就好。要好好听人说话，不接受别人的建议，也是你的缺点。"

人鱼把写满数字的纸放在桌上，站了起来。我又被说了一通，占卜好像就这样结束了。听这么几句话就要收一千日元，难说价格是高还是低。我将纸对折后塞进包里，刚想站起来，人鱼忽然看着我说道：

"……你的耳朵，长得很好看啊。"

"嗯？"

我留着波波头，做事之前，确实习惯将一侧的头发别到耳后，刚才好像也下意识地露出了右耳。但我并不怎么喜欢自己的耳朵，我嫌它们又厚又圆，大多数情况下都会将它们藏起来。

"嗯，形状很好。多把它们露出来，能为你开运。"

"把耳朵露出来，就能改变运势吗？"

"不要小瞧面相学啊，肉体上的特征，是最显而易见的，比如富士额、鸟居涡什么的。也有些人难得生来就有成功之相，平日里的举止却抹杀了它的力量。人要发挥它的特长啊。"

说完，人鱼又掀起布帘，闪身到店面去了，我跟在她身后。

靠墙搭的桌台里展示的每一款能量之石旁边，都有一条宣传语，写着它们的名字和功效，这些能量石大致是按照色彩摆放的。

人鱼走到黄色和橙色石头专区，一下子转过头来。

黄水晶、金发晶、黄玉髓、太阳石，半透明的石头亮晶晶的，十分可爱。我刚要伸手去拿，便被人鱼拦住了。

"啊，这一款适合你。"

她递给我一个蜂蜜颜色的水滴形挂坠，像念咒语般说道：

"琥珀。"

……琥珀。

说实话，我很扫兴。虽然琥珀没什么错，但它太普通了，这土气的颜色，我根本不喜欢。既然我是来占卜婚姻的，怎么也应该为我推荐更可爱的东西吧，比如粉红色的玫瑰晶呀、优雅的乳白色月光石什么的。能让人怦然心动的石头不是有很多吗？

"这一块可棒了，我都想要了。这么大颗，厚度也够，如果里面包着苍蝇、蚂蚁什么的，价格会高到天上去，这块的价钱还是很合适的。"

"苍蝇……"

"九千万三百日元，但我给你打个折。算上链子和占卜费，一万日元包税到手。"

我还没说要买，人鱼就把琥珀塞到我手里，对旁边的店员说："她买了，一万日元啊。"系着绿色围裙的年轻女孩笑盈盈地说："感谢惠顾。"简直叫人没法拒绝。

见此情景，我只好朝收银台走去。人鱼回到小房间里，大概是在等下一位客人吧。

没想到一下子就花出去一万日元，我一边看着店员结账，一边感到绝望。不过说不定这块琥珀真能成为我的救赎呢？托盘里的挂坠系着一张价签，上面写着"Amber"。

"Amber？"

"哦，那是琥珀的英文。"

Amber。要是有人问起它的名字，我就这样回答吧。音调有点长，但给人谜一般的感觉，比起"琥珀"，还是这个名字好一些。

"您要戴上吗？还是先帮您包起来？"

本来就是给自己买的，我也不好意思再问店家要包装纸，再麻烦人家包装。"我戴上吧。"说完，我便直接将它戴在了脖子上。

离开风水屋，我往鹤冈八幡宫走去。手表上的指针告诉我，离我和朔也约好的时间只差十分钟了。

上个月，我被求婚了。

朔也比我大四岁，我们是在学校工作时认识的。那是一所位于横滨的公立中学。

朔也经常在休息时间或下课后来图书室和我攀谈，渐渐地，我们开始给对方推荐好看的书。他是理科生，除了图鉴和专业类杂志，他也经常读小说。

两年前某天放学后，他像往常一样到图书室来，隔着柜台告诉我他要辞职了，然后随口一提似的对我说："以后不能见面了，真是遗憾啊！我很喜欢日高老师呢。"

我不知道他的话中有几分是认真的，他邀请我"今晚一起吃饭吧"，我也找不到拒绝的理由。从那以后，我们就常常见面，嗯，然后就在一起了。

朔也以前住在横滨市内的父母家，三月才搬到镰仓。听说他继承了爷爷的房产。后来他辞去初中教员的工作，在镰仓办了一个小规模的学习班。

其实，我不太理解他的选择。朔也在学生中很有人气，之前也几乎没和我抱怨过学校里的工作。

据说他是先决定了要继承镰仓的房子，然后偶然听说附近的学习班在招讲师，见过学习班的负责人之后，他就打定主意在那里工作了。我总觉得，这样轻易地跳槽，未免也太随意了。明明他已经拿到了教师资格证，也积累了多年的教学经验。

我住在离工作的学校走路就能到的地方，住在一个小小的单间里。朔也独自生活后也许不必再顾及父母的感受，反而比之前更频繁地到我家来。

七月第一个星期天的午后，我正在水龙头下面冲刚煮好的挂面，朔也在我旁边边切蘘荷边说：

"我们结婚吧。"

他这话没有丝毫铺垫，听上去就像随口一说，就像水龙头里流出来的水一样，顺畅无比。

于是，我就给出了这样的回答：

"为什么？"

我自己也觉得这样反问不太妥，可这确实是我单纯的疑问。为什么要结婚呢？

可朔也一点不高兴的样子也没有，而是笑着歪歪头道：

"为什么呢——因为想和梢结婚，仅此而已。"

他的下垂眼垂得越来越厉害，成了个"老好人脸"。看着他这张脸，我的答案自然而然地脱口而出：

"嗯，好啊，结就结吧。"

"耶！"

……不过如此啊。

当然，说不开心是假的。如果我不愿意，就不会回答"好啊"。但求婚这种事，难道不该做得更不寻常一些，不该细细准备后再做吗？订婚戒指什么的先不谈，求婚时就不能说些更让人印象深刻的话给我听吗？在我看来，他的求婚就像一句"我们去便利店吧"那么简单，我也用轻飘飘的方式接受了下来，甚至连和双方父母打招呼的过程也干净利落。

今天我们是去鹤冈八幡宫看一下神社婚礼的流程。早上，朔也班里的学生突然找他商量考学志愿的事，于是我们改成直接在鹤冈八幡宫见面。

在神社办婚礼是朔也的提议。他说我们今后要在镰仓一起生活，肃穆的神社婚礼比花哨的派对更好一些。不过那只是表面上的理由，还有个重要的原因是神社婚礼的费用要便宜许多。普通的婚礼和喜宴价格高得令人吃惊，挑选宴请的宾客又要算一笔人情账。与其那样，还不如只叫上亲近的人观礼，然后在餐厅吃一顿就好了。

朔也有学生要教，我也在学校上班，期末双方的工作都能告一段落，时间相对合适。他事先咨询过神社，办婚礼的话，三月可选的日子还比较多。我们打算去神社实际考察一下，没什么问题就把日子定下来了。

可是，走到这一步我才发现，自己还有些想不通的地方。于是才着了魔一般去做什么占卜，甚至花高得离谱的价格买下自己绝对看不上的琥珀项链。这些都是我困惑的证明。

"嗯……"我不由得发出一声沉吟，然后赶忙捂住自己的嘴。猛一抬头，我才发现自己走过了原本该转弯的路口。我刚才边想事边走，好像走错路了。

那就再走回去好了——我刚想掉头往回走，忽然觉得很不对劲。

一家和式点心店的卷帘门关得严严的，还有一家和服店门口摆着没有头的人体模特，身上套着和服单衣。我刚才路过这些地方了吗？道路两旁杂草丛生，躺在路边的黄色空饮料罐上写着"mello yello[1]"，柏油路上升起缕缕热浪。

我的脖子正在疯狂冒汗，喉咙里火辣辣的。路上怎么一个人也没有呢？

总之，只要走到小町通或若宫大路上，一切就好办了。我用手帕擦掉脖子周围和额头上的汗，一边找自动贩卖机，一边跟着感觉往前走。

这一带都是独栋住宅的民房，但每户院子里都没有人。转过一栋白色洋房的墙角，我看到一座复古风情的店面，好像是一家杂货店。我正想进去向店员问路，但今天好像是店家固定休息的日子，门口挂着"闭店"的牌子。

店门是玻璃做的，隔着玻璃能看到店里的样子。只见店里的墙上和架子上挂满了钟表，每个表的表针都在转动，显示的时间各个不同。

好烦啊……我叹了口气，却看到店旁边立着一个牌子。那是一

1　mello yello：一款由可口可乐公司生产的柠檬味碳酸饮料。——编者注

块古旧的木板，上面写着"镰仓旋涡咨询所"。这行手写字下面还画着一个向下的红色箭头。

尽管令人费解，但建筑旁边有一段裸露在外的楼梯，看样子地下应该有个咨询所。

我的脚已经踩在水泥台阶上，却又犹豫起来。牌子上写的是咨询所，说不定实际上是某种新兴宗教的集会处，或者是开什么奇怪讨论会的地方。一旦进去，甚至有可能会出不来。

我又撤了回来，刚准备往回走，就有凉凉的东西拍在了我脸上。

滴答，滴滴答答，啪，啪啪啪啪啪——！

倾盆大雨忽然降下，我缩着身子，赶忙跑下楼梯。怎么会这样？刚才还是大晴天呢！

楼梯下面是一扇生锈的铁门。我将手放在圆形的门把手上，想试试看能不能打开，要是看到什么可怕的人就立刻逃跑。这样想着，我尽量小声地将门打开。门里又是一段向下的楼梯，黑色的墙壁，狭窄的旋转楼梯，楼梯间里凉丝丝的很舒服。贪凉的身体让我战胜了恐惧，我沿着旋转楼梯，慢慢向下走了一圈又一圈。

随着我往下走，漆黑的墙壁和台阶一点点变成了蓝色。楼梯扶手上挂着橘黄色的小灯泡，柔和的色调舒缓了我不安的情绪。我不再觉得这里诡异，甚至感到周遭是梦幻的。

走到最下面，是一个小小的空间，大概有一间教室的一半大，里面有两位老爷爷，他们在墙边的圆桌前面相对而坐，正在下奥赛罗棋。一个海螺装饰挂在他们头顶的墙上，让我想起之前看到的挂钟。

不过，除了这些，就什么也没有了，真的是一无所有。这里当真是咨询所吗？

老爷爷们几乎同时转过头看向我，他们的脸像图章盖出来的似的，一模一样。我不禁多看了几眼。

"你和朋友走散了？"

其中一位老爷爷问。

他的神情中透着高贵和沉稳，令我安心不少。但我还是有点纳闷。

我是一个人来的，只不过是迷了路而已，他这话问得有些奇怪啊。但这句话又很适合形容现在的我，走散了，没错，我和朔也走散了，我们走得离婚姻越来越远。

"……嗯，算是吧。"我低着头回答。

另一位老爷爷点头说道："哎呀呀。"

他们俩"噼"地站了起来，气息奇妙地一致。两个人都穿着高档的灰色西装，朝我礼貌地鞠上一躬。

"我是外卷。"

"我是内卷。"

外卷，内卷。原来如此，我都想拍大腿叫好了。这两位老爷爷应该是双胞胎，他们的刘海和鬓角按照名字的取法向外或向内烫了卷，好有个性呀！

"我叫日高梢。"

我放松了警惕，一面报上姓名，一面朝二位微微鞠躬，胸口的项链随之摇晃起来。

"哇，项链真好看。那是一颗很纯的 Amber 吧。"外卷先生轻轻探身说道。

我有些惊讶，因为他说的不是"琥珀"，而是"Amber"。

"嗯，是我刚买的。"

应该说是被逼着买的，我轻轻摸着琥珀说道。即便是阿谀奉承，听到夸奖总不会让人心情变糟。

"很适合梢女士呢。从大小和色泽来看，的确是块好 Amber 呀！"

外卷先生坏笑着，语气微妙。大概过了三秒，内卷先生歪了歪头，外卷先生又说了一遍：

"安排得不错[1]。"

安排得不错……是冷笑话吗？我不太明白。

内卷先生不予置评，慢悠悠地走到我对面。

"amber 是树脂的化石，它的词源来自阿拉伯语'al-Anbār'，有在海上漂流的意思。也许是暴风雨过后，有琥珀从海里被拍到岸上，因此得名。而且……"

内卷先生将目光投向远方，告白似的说道：

"它也被叫作人鱼之泪。"

人鱼之泪？

这让我想起那位毒舌的占卜师来。若说她也会哭，简直让人难以想象。

"那是一个凄惨的传说啊……爱一个人，是没有理由的啊。"

外卷先生露出悲伤的神情。

"什么传说呢？"

听我问起，外卷先生大喊："波罗的海的传说，人鱼之泪！"他仿佛对此期待已久，像音乐剧演员似的摊开双手，摆出要唱歌的架势。

"那是很久很久、很久很久以前，美丽的人鱼由拉特的故事。谁也无法相信，由拉特竟然与一介渔夫堕入情网。人鱼身为女神，是不能与人类恋爱的。神明因此狂怒，为了将这对情侣分开，神明特意落下霹雷，杀死了渔夫。由拉特悲恸欲绝，从早到晚都在哭泣，泪水大颗大颗地流下来，就成了 Amber——琥珀。从那以后，每个巨浪滔天的日子里，都会有琥珀漂到岸边。故事就是这样。"

"……好残忍的故事。"

"有很多种说法，也混杂了许多元素。"

如果以这样残忍的方式失去了恋人，大概再也无法拥有新的恋情了吧。永远在哭泣的由拉特，一定一直爱着渔夫吧。

1　此处用了谐音梗。在日语中，"琥珀"的发音与"安排"相近。

见我变得忧郁，内卷先生说道：

"先把传说放在一边，让我们听听你的故事吧。"

放到一边，听我的故事。不是奇幻的人鱼传说，而是我现实生活中的故事。对啊，我是来这家咨询所问路的。

"嗯，我和男朋友约在鹤冈八幡宫见面……"

要说见面的原因，是为了看婚礼流程……没错，我要结婚了。

暑热明明早已退得一干二净，想到这里，我却忽然一阵晕眩。

朔也从爷爷手中继承的房子，是一栋有八十年历史的古民居，这栋房子世代传承，如今交给了他。那房子之前一直是朔也的爷爷和奶奶住着，朔也的大伯在镰仓市内盖了一栋无障碍的住宅，可以两代人同住，朔也爷爷和奶奶就搬了过去。朔也的爷爷是做镰仓雕的手艺人，据说在业内颇有名气。他打算从今往后深居简出，开开心心地度过晚年。

我很少去朔也在镰仓的家，因为他的家里总是有其他人在。要么是他的朋友，要么是他朋友的朋友的朋友，或者是再远一层的朋友。

那栋房子一楼有三个房间，二楼有两个房间，一个人住，确实是宽敞得过了头。以前二楼有时会给爷爷的徒弟住，装修风格和公寓有点像。

尽管如此，我还是觉得不该把家搞成专供朋友聚会的地方。要么是朔也的朋友从浴室裸着身子出来吓我一跳，要么是我以为他家没有别人，去了却听到二楼传来鼾声，只好掉头就走。

可朔也很大方，来者不拒。他总是欢迎四方宾客，告诉我"他们都是好人"。

我曾明确向他提出要求，希望结婚后不要再发生这种事——家里不知什么时候就住了个陌生人，这要我怎么安安心心地生活呢？

"没问题。"朔也说，"不用等到结婚后，从今天开始，我就不让他们来了。"

我相信了朔也的话，决定暑假期间搬过去，检查家里有没有需要修缮的地方，再寻几样合适的新家具。

于是到了八月，我便将衣服和日用品装进行李箱，来到了镰仓。

昨天傍晚我到了朔也家门口，因为还没拿到钥匙，我便按响了门铃。没想到呼叫器里传来的声音并不是朔也的，过了一会儿，门开了。

"欢迎你来。"

我简直怀疑自己的眼睛。

只见一个外国女孩走了出来，她长着棕色的长发，浅棕色的瞳仁，白色的皮肤上有许多小雀斑。

我以为我走错了地方，扭身看了看门牌——田町，就是这里。

女孩的食指按在额角上，用夹生的日语说道：

"啊，不对。欢迎光临？"

"请问，田町朔也呢？"

我应该问她是何许人也的，但我还是改了口。她笑着告诉我："他去食杂店了。"食杂店？那是什么？

这时，身后传来朔也的声音："你来得好早啊。"我困惑地转过身，朔也一点都没留意到我阴沉的脸，而是从背后轻轻推着我，走进了大门。

"她叫梢，是我的未婚妻，也就是我的'fiancee'。"

朔也字正腔圆地向女孩介绍我，女孩点点头。

"我叫洁西卡·威尔逊。"

名字无所谓，我想知道的是，她为何会在这里。

我脱了鞋，走进屋里。

听朔也说，洁西卡是他朋友的朋友，来自澳大利亚的布里斯班。她原本马上就要回澳大利亚，但因为身上的钱不多了，所以才请求朔也的帮助，希望从今天开始到她回国的三天能住在这里。

"我们泡杯茶吧。"我将朔也拉到厨房，悄悄问："你不是跟我说过，这种事以后会拒绝吗？"

"嗯。可人家是女孩子啊，我以为不是男的就可以了呢。而且她没钱住酒店了，很可怜。"

我先是觉得无语，继而惊讶地发现，朔也并没完全明白我的意思。

"真要这样也没什么，但不能事先和我说一下吗？"

"抱歉。今天早上我想到这个了，但心想你们反正也会见面，就没和你说。"

"那三天后我再来。"

我提起行李箱准备离开，却忽然意识到，这也就意味着朔也要和那个女孩在这个家里独处三天。可这又怎么了呢？不安的涟漪不停地在我胸口处涌动。

我将泡好的大麦茶放在托盘上，回到客厅，洁西卡正站在电视前看娱乐节目。突然，她手舞足蹈起来，双脚咚咚地跺着地板：

"和那个没关系！和那个没关系！[1]"

电视里是小岛义雄，那个只穿一条裤衩的艺人。他最近爆红，到哪儿都能听到这句话。

也有学生学他的样子大喊大叫，以至于妨碍到了教学，校方甚至下了"小岛义雄禁令"。

"来喽，哦、啪、噼——"

洁西卡跟着小岛义雄开心地摊开双臂。接着问把装着大麦茶的玻璃杯放在桌上的我：

---

1 "和那个没关系"和下文的"哦、啪、噼"均为日本搞笑艺人小岛义雄有特色的搞笑段子。搞笑表演中，小岛义雄故意出错，表现得十分低落，继而配合表演音乐，突然左手握拳，向下一挥，同时大喊："但是，和那个没关系！""哦、啪、噼"则是英语"Ocean Pacific Peace"的略语，意为"太平洋和平"。表演时，小岛义雄身体向左倾斜，伸出左手和右脚，一边翻白眼一边喊出这句话。

"'哦、啪、噼——'是什么意思?"

"没什么意思吧,他就是随口一说。"

"随口?随口是什么意思?"

该怎么用英语跟她解释呢?我正在犯愁,朔也替我解了围。他有英语实用技能鉴定一级证书。

"就是觉得有意思,于是说着玩的意思。Just have fun。"

"哦——"

洁西卡恍然大悟地点头。

突然,她凑了过来,脸离得很近,定睛望着我:

"梢的皮真好呀。"

"皮?"

"skin,是皮吧?"

洁西卡伸出手,"啪嗒啪嗒"地拍着我的脸。我被这自来熟的举止吓了一跳,扭开身子要逃,朔也却笑了起来:

"你应该说'皮肤很好'。"

"哦——这两种说法有什么不同呢?好难啊。"

洁西卡的鼻子"唰"地皱起来,食指反复摩挲着自己的脸,似乎对自己脸上的雀斑不满意。

姑且算是被人夸了一顿,可我的情绪依然焦躁难安。第一次见面就摸人家的脸,不知是她的个性使然,还是澳大利亚人都这样。朔也也是,眼看着自己的女朋友被人评头论足,他竟然笑得出来。最要命的是,他连我的抗拒都没看出来,于是我又有了新的不安。

不光是洁西卡住进家里这一件事。

真正让我郁闷的事,发生在后来我跟朔也一起去蔬果店的路上。

"啊呀,田町先生。"有人叫住了我们,好像是朔也学生的母亲。

"你女朋友?"

对方的目光集中在我身上,眼里充满了好奇。朔也回答:"我们要结婚了。"

"哇！田町先生也终于要跑到终点了呀。"

"嗯。"

朔也自我感觉良好地微笑着。

对面那位母亲"啪"地拍拍手说道："真是可喜可贺。不过啊，虽说是跑到了终点，但结婚就意味着，从今往后又是新的起点了呢。"

真是老套的祝福，对方带着过来人给晚辈精彩建议的表情。我满面堆着假笑，期盼朔也赶快带我离开。可朔也竟然回答："受教了。"

那位母亲听了，夸张地眯起眼睛，拍戏般做作地说道：

"你们现在是最好的时候呀！"

我勉强提着的嘴角不禁垂了下去。

我知道，这无非是结了婚的人常说的那套话吧。

但这句话仿佛在我心里抛下了一支锚，一支沉重得出人意料的锚。

——也就是说，从今往后，会一天不如一天？

为什么我要和朔也结婚呢？

因为我喜欢他？那如果以后不喜欢了呢？

因为我想追求经济上的安稳？不，只要我继续学校的教员工作，怎么也能养活自己。

还是因为想要小孩？现在还不是考虑这个的时候。工作时，看着那群正值青春期的敏感的初中生，我就知道，自己还没有为人母的自信。

难道是为了和他一起生活？这是最不堪一击的理由。单纯找人一起生活，那和谁都不成问题。即便对方是洁西卡这样第一次见面的外国人，不是也能住在一起吗？

"我越想越不明白，结婚这么重要的事，真的能如此简单地决定吗？我和朔也真的能平稳地走下去吗？现在就是最好的时候，可就算是现在，我也感受不到由衷的开心。我自己痛苦，好像也对不起朔也……也许，我本来就不适合结婚吧。"

两位老爷爷听我说完，"唰"地站成一排，一起伸出各自双手的大拇指说道：

"很好的旋涡！"

"……嗯？"

看着刻在他们大拇指肚上的一圈圈的旋涡，我不由得一阵晕眩。

就在这时。

墙上的海螺突然像发条一样骨碌碌地旋转起来。那究竟是什么呢？我疑惑地盯着它看，只见贝壳一下子掀开，有腕足从里面卷卷曲曲地伸出来。

"……呀！"

没想到那竟然是活物。我吓得连话都说不出，把身子藏在内卷先生后面。他平静地说：

"没关系。那不是什么可怕的东西，这是我们的所长。"

"所长？所长是……？"

仔细一看，这贝壳的样子我倒不陌生。不过我之前见的不是实物，而是插画或者别的什么。

"鹦鹉螺……？"

"不，是菊石。经常有人认错，菊石和鹦鹉螺好像类似于远房亲戚的关系。"外卷先生说。

如今这个时代，怎么还会有活的菊石？

菊石的腕足和身体的连接处出现了一只漆黑的眼睛，充满警惕地望着四周。尽管气氛已经极其诡异了，但看它的样子，不太像是会主动发起攻击的生物。我仍躲在内卷先生背后，观察这只被唤作"所长"的菊石。

所长轻轻松松地从墙上脱开。我不由自主地往后退了一步,不过它没往我这边来。它悬在空中,敏捷地上下活动着,发出"咯吱吱"的声音,这只菊石看起来意外地很有气势。

"嗯,"内卷先生点头道,"它说,联结是很重要的。"

"联结?这是所长说的?"

我半信半疑。

那不就是要我别想太多,直接结婚?这是不是内卷先生的意见啊?

这时,外卷先生摇着头说:

"不不不,它刚才的意思是,独立很重要吧?"

这次应该是外卷先生的意见吧?意思是,如果我还犹豫,不如一个人努力地生活下去。

内卷先生蹙起眉头道:

"不,所长说的确实是联结。"

"不不不,它说的是独立生活!"

"是联结!"

两张一样的脸孔吵了起来。

我急忙上前劝架:"二位别吵了,是什么都行。"

人鱼好像也是这样说的,结不结婚都随我的便。

"是吗?"内卷先生叹了口气,然后仔仔细细地整理好鬓角的卷发,一只手指向远方:

"那么,由我来为您带路。"

带路?去哪里?我沿着他手指的方向望去,前面一片白茫茫。

内卷先生向前走去,所长优哉游哉地飘在他的头顶,外卷先生紧随其后,我也跟了上去。

这里空间很小,但不知道为什么,我们好像走了很久。内卷先生把我带到房间里的一个角落,那里有一口大瓮,颜色是极浅的蓝色。

"好漂亮呀!"

我坦诚地说出自己的感受，内卷先生说：

"这种颜色叫瓮觑。关于它的颜色，有许多种说法，这里指的应该是映在水面上的蓝天吧。"

原来如此！我发出一声长长的感叹。

"以前的人都很讲究风雅呢。明明用'水蓝色'来形容就行了，却要给颜色取各种各样的名字！名字变了，颜色本身仿佛也不一样了。"

"呵呵，不愧是教员，很有文学气息的感慨。"

外卷先生频频点头，并站到瓮的旁边。

"我刚才有说自己是教员吗？"

外卷先生没有回答我的问题，而是朝我招招手：

"那么，梢小姐，请到这边来。"

我照外卷先生说的，走到他身边。见瓮里的水大概有八分满。

那是一缸无色透明的水，瓮觑的色彩晕染开来，显得瓮深不见底。这时，所长施施然飘到瓮的上方，一眨眼的工夫，一串水花溅起，是所长掉到了瓮中。它骨碌碌地旋转着，沉到水底，消失得无影无踪。

事发突然，我不禁慌张地看了看两位老爷子。但他们十分平静，一点也不惊讶。我问外卷先生：

"这个瓮没有底吗？"

"烦恼这种东西啊，是没有底的。"

外卷先生低声嘟囔了一句，很快又换上明快的语气对我说：

"您再瞧瞧看。"

我小心翼翼地朝瓮中望去。水面上漾出一圈圈的旋涡状波纹。旋涡外侧有一圈黑线，中间是奔涌的七彩色，像万花筒一般吸引着我的眼睛，水面渐渐停止了旋转。

这是……

"看到什么了吗？"

我如实回答了内卷先生的问题：

"寿司卷？"

像是惠方卷一类的粗寿司卷，放在助六便当里的那种。我还想看得更仔细些，但寿司卷的图案很快便从瓮中消失了。

"那么，给梢小姐的提示就是寿司卷。"

"嗯？"

外卷先生的话听得我一愣。这时，内卷先生说：

"它应该会成为帮助梢小姐的道具。"

外卷先生面对着我，再次肯定地说道：

"所长说的是独立生活哈。"

内卷先生也不甘示弱道：

"是联结！我不可能听错！"

没完没了了。看来并没有一个正确答案。

"啊……好了，这两个建议我都会好好记下的。"

见我站到两位老爷子中间，内卷先生轻咳一声：

"离开时请走这边的门。"

他手指的方向有一扇纯白的门。门就嵌在深蓝色的墙上，非常醒目。为什么刚才我没看到它呢？

我一面朝门边走去，一面嘀咕着：他们到底给了我什么提示啊？联结、独立生活、寿司卷……？

"请随意。"

循着外卷先生的声音，我看到门边有一个小柜台，上面放了一个藤编的篮子，里面盛了满满的蓝色糖果，是裹着透明玻璃纸的旋涡状糖果。"困惑时的旋涡糖"——旁边的卡片上这样写道。外卷先生小题大做地说：

"一位客人限取一颗。"

"哦。"

意思是遇到难题时可以吃糖解决吧。我捏起一颗糖果，随手扔进我的大手提包里，内卷先生仿佛看穿了我的心思：

"鹤冈八幡宫就在对面。"

"对面？这里不是地下吗？"

"那么，请您路上小心。"

两位老爷子齐齐向我鞠了一躬。这严谨的氛围感，简直让我觉得再追问下去都对不起他们。

"……非常感谢。"

我颇有几分不自然地道了谢，然后打开了门。

明亮的光线瞬间袭来，宛如舞台上的追光，让我不由得闭上了眼。蝉鸣声不绝于耳，湿乎乎的空气一下子裹住了我。我怎么就到地面上来了呢？我纳闷地睁开眼，眼前是漆成朱红色的巨大鸟居。这里是鹤冈八幡宫。

这是怎么回事？

我慌忙回头一看，那扇白色的门已经不见了。

只有若宫大路的参道，笔直地、实实在在地延伸向远方。

朔也发来消息，说他马上就到。和学生的谈话似乎比他预计的时间更长。

现在已经比我们约定的时间晚了十分钟，也就是说，我已经在这里等朔也二十分钟了。站在鹤冈八幡宫前面，我看了一眼手表，不知道为什么，时间还停在我离开风水屋的那一刻。

天气热得让我感觉昏昏沉沉的，但不仅仅是天气热的关系，我的大脑几乎已经不转了。那家咨询所到底是怎么回事？是我的脑子不正常了吗？那里面不仅有一对双胞胎老爷子，还有菊石，这怎么可能呢？

我呆呆地站在鸟居前面，直到朔也跑过来，连声喊着抱歉。向我谢罪后，他的目光停留在我的吊坠上。

"啊，那是，琥珀？"

他一声低呼，令我回了神。

"嗯。"

"给我看看，给我看看。"

朔也一把抓过项链，凑到我身边看。他平时对我戴的饰品几乎毫无兴趣，这块琥珀大概激发了他对自然生物的热情。他凝神看了看那琥珀，略带遗憾地说：

"里面没有虫子啊？"

"没有呀，虫子多恶心啊！"

"不恶心的。那里面可是封存了好几亿年的时光啊！多么浪漫。"

是吗？

如此想来，的确浪漫。但我还是不愿把一只苍蝇或者蚂蚁戴在胸前。

"《侏罗纪公园》里面不是也有吗？那个，提取了琥珀中的蚊子吸的恐龙血……"

朔也口若悬河地聊开了。我没看过那部电影，多半今后也不会看。

对物品价值的判断，真是人人不同。

艺人发表离婚声明的时候，经常说分手是因为"价值观不同"，看来一致的价值观对夫妻相当重要。想到这，我的不安又多了一些。

我们穿过鸟居，走在参道上，道路两侧摆着小摊。一面刨冰旗飘入我的视线，朔也也看到了它。

"看上去很好吃的样子。我们先去拜拜，回来吃了刨冰再去看流程吧。"

"……嗯。"

我忽然很想牵他的手。

朔也看出了我想吃刨冰的念头。虽说平日里抱怨连天，但我也不能否认，自己确实陶醉在他的温柔之中。

"个头好大啊！我们买一个，两个人分着吃就行了吧？"

从小摊前面路过时，朔也说。

两人分一个。

结婚或许也一样，就像两个人分吃一大碗刨冰。

但每个人对刨冰的软硬要求和吃法都不同，而且也不可能将刨冰整整齐齐地一分为二，总要有一方客气谦让，或者耐着性子吃下并不想吃的部分。

如今，我们手中各有一个小号的刨冰碗，想怎么用带勺子的吸管都随自己的意。可以趁冰还冻得脆脆的时候吃光，也可以等冰化掉再喝。我们可以按照各自喜欢的吃法，边吃边说着"好吃"，恋人就是这样。可成了夫妇之后，肯定就不能这样了。

我缩回了刚刚伸出去的手，默默地走在朔也旁边。

我们预约完婚礼的日期，回了家。

傍晚，朔也去了补习班，家里只剩下我和洁西卡。洁西卡在客厅看电视，看的是娱乐类的新闻节目。

洁西卡像孩子似的躺在榻榻米上，吃着花林糖，一点女孩子的样子也没有。看见我来了，她稍微转过脸问：

"害羞，是什么意思？"

电视屏幕上映出石川辽[1]的脸，原来是害羞王子啊。

"就是，不好意思的意思。"

"就是不好意思的意思？"

"嗯……就是英语的'shy'？"

"哦——"

洁西卡听懂了，又往嘴里塞了一块花林糖，把糖嚼得咯吱作响。

1　石川辽：日本高尔夫球选手，"害羞王子"是他的绰号。

石川辽今年只有十五岁吧，好像在上高一，几乎和我们学校的学生一样的年纪。他是日本高尔夫球巡回赛最年轻的冠军，未来可期。他不仅有运动天赋，还品行端正。小小年纪，为何性格能如此沉稳呢？我每天面对的初中生们则要幼稚得多，又爱耍滑头，浑身充满了不知该往哪儿使的力气。

"梢的王子，是朔也吧？"

洁西卡有点扬扬自得地说道。我只翘起一边嘴角，没有回答。

桌上堆满了洁西卡的私人物品，没喝完的百事易拉罐、卷边的手巾、用得破破烂烂的 MP3 播放器、一盒盖子破掉的创可贴，这些杂物旁边摆着一本崭新的单行本图书，简直让人怀疑这本书被放错了地方。看到书雪白的封面设计，我不禁将它拿了起来。

这是一本由一名叫黑祖洛依德的科幻作家写的新书。黑祖洛依德的书现在依然卖得很好，但大部分销量都是他的忠实粉丝贡献的。就在上个月，他获了一个家喻户晓的文学奖项，知名度陡然提高，算是当下的新闻人物了。

书名是《瓶中》，精装本，我还没读过。我漫不经心地翻开封皮，随即大喊出声：

"这是怎么回事啊？"

环衬上有黑祖洛依德的签名，还写着"尊敬的洁西卡"。

洁西卡欠起半个身子道：

"今天我去散步了，去了书店。那里在办，签售会？"

"书店？哪家书店？"

"书店在邮局后面，有玩具的餐厅前面……电话箱的旁边。"

"电话箱？"

"嗯？ Telephone box。'telephone' 是电话，'box' 是箱子嘛。"

"那个叫电话亭。"

"为什么？"

"为什么呢……"

总之，她指的应该是滨书房，我一听"有玩具的餐厅前面"，我就知道了。那大概是指一家名叫潮风亭的快餐店，店招牌上插着风车。这两个地方，朔也都只带我去过一次。滨书房是由来已久的旧书店，听说偶尔会办活动或个人展览。

我没听说这个消息。黑祖洛依德大概不喜欢抛头露面，他很少办签售会，就连参加颁奖典礼都不在媒体上露脸，也不上电视或杂志，所以我从没见过他的真面目。如果事先得知他今天会举办难得的签售会，我一定要去，毕竟我正好在镰仓。

"你见到洛依德老师了啊……真好。"

我其实并不喜欢他，只是觉得机会难得，所以才很感兴趣，至于黑祖洛依德的书，我几乎都没读过。

"老师？老师不是朔也吗？"

"日本人管作家也叫老师。"

唉，真是烦透了，和她聊个天都这么费劲。

"洁西卡也知道黑祖洛依德吗？"

"不知道，我刚认识他。看他的书学日语。"

她根本不认识黑祖洛依德，只是散个步就偶然碰上了签售会，全国的黑祖洛依德粉丝如果知道这件事，恐怕都会对她恨得牙痒痒吧。真是个走运的家伙——我合上了书。

第二天是星期天，朔也一大早就在院子里除草。

婚后如果住在这里，我也得干这些活吧。我刚想问他要不要帮忙，洁西卡就已经赤着脚跑进院子里，哈哈大笑着和朔也一起除起了杂草。于是，我便转身去厨房洗盘子。

我感觉水温有些不稳，说起来，浴室喷头里的水也不冷不热的。

夏天还好，但天冷之前，一定得把热水器好好修过再用。朔也似乎不介意，但我介意。

我按照洗碗的顺序，将碗盘扣在塑料筐中。

就这样，婚姻一点点逼近了我的生活，可我还没彻底做好准备。现在想回头还来得及——这个念头又在我心头闪过。

朔也从檐廊走进屋里，站在我身旁。

"明天洁西卡就要回国了。"

"嗯。"

"今天是她在日本的最后一天了，晚饭我想请她吃顿她爱吃的。洁西卡说想吃寿司卷。"

……寿司卷。

我想起瓮中浮现的寿司卷图案，那是能为我提供帮助的道具。

"你做过吗？"

我消极地摇摇头，代替了回答。

"那我们一起做吧。"

朔也笑着说。他很擅长做饭，但是买一份做好的不就行了吗？看到他那副不由分说的样子，我把到嘴边的话又咽了下去。

下午，我和朔也到车站前的东急超市，买了做寿司卷的食材和卷帘。

除了蟹棒、牛油果、黄瓜，我们还在生鲜区买了一块鲔鱼。朔也说，有了这些，再煎个鸡蛋就行了。

四点过后，我在电饭锅上设置好米饭的硬度，刚要按下蒸饭的按钮时，只听朔也大叫道：

"啊……忘记买海苔了！"

我下意识地捂住嘴巴。还真是没买，我们光想着凑齐里面的食材了。

"我去买一下。"

见朔也抓起钱包，我说：

"好了，我去吧。这段时间你来煎鸡蛋。"

"好。"他点头道，"不用去东急超市，附近那个像小便利店的地方就有海苔，你就去那儿买吧。"

他三言两语地向我交代了店的位置，边说边把钱包递给我。

"那家店叫桐谷商店。"

我有点惊讶地连忙摆手。把整个钱包都给我，这个担子太重了。

"不用啦，没多少钱。"

我拎起客厅角落里的手提包出了门，平时我常背它，自己的钱包就放在里面。

结婚后，也会这样不分你我、共用一切吧……财产，住宅，还有姓名。

姓名……

那我就要改姓田町了，以后就叫田町梢。尽管我对原本的姓氏"日高"没什么特别的感情，但要到什么时候，我才能习惯自己成了"田町梢"呢？接电话的时候，也要说"我是田町"吗？印章、驾照、保险证上的姓，全都要改成田町。这是否代表，我彻底属于朔也了？

桐谷商店是一家小小的食品杂货店。

店门口摆着各种口味的方便面和瓶装乌龙茶。盛夏的阳光直射着这些食品真的没问题吗？

我走进店里，在卖鲣鱼节和拌饭料的货架上找到了海苔。做寿司用的切片烤海苔，一份十片。这个应该就行吧？店里的空调开得太猛，给我冻得够呛。

我把海苔拿到收银台前，读杂志的大婶猛地抬起头来。她愁云惨淡的脸上挺着一副高鼻梁，那股魔女般的气质让我胆寒。

是人鱼！

我怔怔地将海苔放在收银台上，人鱼说："三百九十六日元。"这声音不会有错，她就是那位占卜师。

她见我一直愣在原地，便惊讶地抬起头说：

"三百九十六日元啊。你没带钱包？"

"哦，不是。"

我慌忙掏出钱包。这时，人鱼的目光忽然停在我的胸口。从那天以后，我一直戴着那块琥珀吊坠。

"……哦。你之前去过风水屋。"

"原来您是这家店的啊。"

"算是吧。我是桐谷商店的店主，偶尔也做占卜。"

人鱼扫了海苔包装上的商品编码。"嘀"的一声之后，她问：

"你住在这附近吗？"

"今后可能会搬到这附近……如果结婚的话。"

"我看你挺犹豫的啊，你讨厌你的未婚夫吗？"

"倒也没有。"我低下头。

人鱼看我这副样子，咧开嘴笑了。她的嘴唇弯出一个诡异的弧度。

"能和自己迷恋的男人结婚，是一种奢侈啊。做占卜的女客人，有一半都是想结婚却结不成，才来找我商量的。"

我知道别人会这样想。就是因为知道，我才没对任何人说。

人鱼接过我的千元钞放进收银机，又取出一些零钱。

"不过，最近和你状况类似的人确实越来越多了。就在前两年，人们还说女人一过二十五，就像过了圣诞节还没卖出去的圣诞蛋糕。那会儿好多快到二十五岁的女孩都很着急。"

"这话说得也太没礼貌了。"

按那种说法，三十二岁的我岂不是连元旦都拖过了？

人鱼将零钱找给我，边把海苔装进塑料袋边说：

"这么多年来，依我做女人的直觉，你那估计是蜜罐里的孩子才有的幸福的烦恼。你们之间没有什么阻隔吧？一旦有谁想拆散你们，你肯定会拼了命也要和他结婚的。"

"阻隔"，这个词让我想起由拉特的传说，于是问道：

"莫非您有过类似的经历？有一个相爱却不能在一起的人？"

人鱼正要将塑料袋递给我，却停下了手中的动作。

"……是啊。我也有爱过的男人呀。"

她的表情忽然柔和了许多。

"不过，现在的我也很幸福。我的老公是个正经的好男人，我们还有一个可爱的孙子，他就快十一岁了。珍惜在你身边微笑的人吧，俗话说得好：路遥知马力，日久见人心。"

这种感觉很奇妙。原来她已经结了婚，还有了孩子。我明知她是在比喻，还是回答：

"我不擅长骑马，这对我来说可能很难。"

人鱼叹了口气：

"哎呀，你这孩子怎么这么消极呢？想问题要灵活一些才好呀。我不是说了吗，要有一双善于倾听的耳朵。"

听听这粗鲁的说话方式，我为什么要被一个根本不熟悉的人百般指责呢？我不由得难过起来，说话也变得强硬。

"您说的那双善于倾听的耳朵，哪里有卖呢？这家店里有吗？"

人鱼嘿嘿一笑，将装了海苔的塑料袋递给我说：

"你耳朵里的旋涡，它知道这个问题的答案。"

"旋涡"，听到这个词，我想起了那家咨询所。

那也许是个梦吧——回家路上，我恍恍惚惚地想着，却在包里摸到了那颗糖果，我这才意识到，那段经历到底还是现实。我出神地凝视着卷曲的蓝色旋涡糖，又将糖果放回包里。

到家后，我走进厨房，见朔也和洁西卡正并肩站着，开心地聊着天。洁西卡手里拿着书，朔也正在切菜板上切牛油果。我看到朔也将鸡蛋煎得很厚，已经切成细长条，放在盘子里了。

洁西卡回过头说：

"啊，梢，你去食杂店了？"

"食杂店？那是桐谷商店。"

在我从塑料袋里拿出海苔时，朔也告诉我：

"听说在英语里，那种店就叫食杂店。"

真是个时髦的叫法，仿佛和我去的不是同一家店。一开始见到洁西卡的时候，她口中的食杂店，就是桐谷商店吧。

朔也说话时，手里还握着菜刀：

"洁西卡也想做寿司卷。"

"我努力！"

洁西卡单手握拳，把书放在碗柜上，是那本有黑祖洛依德亲笔签名的书。真是天真无邪的洁西卡。我对她原本没有好印象，但当我看到这一幕时，我还是觉得她很可爱。她对每个人都很坦诚，这很不错。

是啊，我羡慕洁西卡，这份情绪让我愈发感到自己的渺小。她能对刚见面的人敞开心扉，她会毫不犹豫地走进对方的圈子里——这些都是我做不到的。

我将蒸好的米饭端到餐桌上，朔也洒了寿司醋，我用勺子拌匀。米粒在蒸腾的热气中闪闪发光，酸甜的醋香味飘出来，勾起了人的食欲。洁西卡按照朔也的吩咐，拿着团扇在饭桌前"啪嗒嗒"地扇风，一会儿又手舞足蹈起来，像跳盂兰盆舞。我们三个都笑了。

"好，要开始卷了！"

朔也展开卷帘、放好海苔，又将醋饭均匀地抹在上面。然后像把睡着的孩子抱到床上似的，小心翼翼地把馅料摆在米饭上，然后灵巧地把帘子一卷，一下下地捏出形状，最后展开帘子，一个漂亮的寿司卷就出现了。看到它，我简直有种拆开礼物的感动，我和洁西卡不禁"哦哦"地欢呼起来。

但亲自上手，我才发现这比想象中难得多，经常是卷着卷着馅料就跑出来了，要不就是把米饭弄得里出外进。轮到洁西卡的时候，我们解释了半天，她还是分不清海苔的正反面，好像也没法将醋饭均匀地涂在海苔上。馅料被她胡乱地摆在一大块圆滚滚的米饭上，最后滚得到处都是。我们以为她会就此作罢，改做散寿司，她却果断地扯着帘子兴致勃勃地卷了起来，场面一度十分惨烈。

"梢用的米饭好像有点多了，还有就是卷得太小心了。做寿司卷的关键是要一气呵成，别犹豫，一口气卷下来。"

在朔也的指导下，我将做好的第一卷寿司放到盘子里，又在帘子上铺了一片海苔，从头再来。

关键是要一气呵成？我斜眼看了看洁西卡勇敢动手的结果。

"洁西卡的失败在于太奔放了。"

朔也笑了，洁西卡也哈哈大笑着问：

"失败，是什么意思？"

"嗯……失败是，error。"

洁西卡听了，疑惑地歪着头：

"error？ No，不是 error。我的和朔也的不一样，That's all。"

That's all，仅此而已。只是和朔也的寿司卷不一样，所以不算失败。

朔也一下子严肃起来，然后深深点头：

"是呢，对不起。"

我看着手中的第二片海苔，大受震撼。"That's all"也许正是这样。

我们将做好的三卷寿司切开，盛到大盘子里，当作晚饭。我们还喝了朔也亲手做的鸭儿芹麦麸球汤。

我们用小盘子分餐，想吃哪一卷就自己去夹。我做的那卷捏形时用的力气似乎不太够，刀一切就散开了。洁西卡的大作已经不能算寿司卷了，大家把它当成拌饭，一点点分掉。不过看样子她很满意。

洁西卡一口吃下一块朔也做的寿司卷，点头感叹道：

"有趣[1]！"

我和朔也相视而笑。朔也订正道："是'好吃'吧？"洁西卡边笑边说："是啊——"也不知道有没有真的听懂。

外国人学日语，应该比日本人学英语更难吧。洁西卡的日语说得磕磕绊绊，但一年的时间能有这样的交流水平，已经很厉害了。

我们三个一会儿用日语，一会儿用英语，聊了许许多多。

洁西卡说，她的哥哥曾经来日本留学，所以她也想试一试。回国后，她准备考心理咨询资格证。还告诉我们，她的妈妈是意大利人。

她去厕所时，我对朔也说：

"原来洁西卡是混血儿啊，她的父母是跨国婚姻。"

朔也边喝汤边说：

"嗯，但她好像也没因此有什么异于常人的地方吧？澳大利亚好像有好多这样的人，那是一个多民族国家，还有'熔炉'的称号呢。"

"熔炉？"

"人种的熔炉。澳大利亚混杂了许多人种和文化。"

朔也将汤碗放在桌上，凝神望了一会儿空气。

"人种不同，也能成为一家人。这样想想，结婚真是一件不可思议的事。"

一家人。

听到这个词，我有些紧张。朔也继续说道：

"不过，为什么国与国之间的差别又那么大呢？有的国家是一夫多妻制，法国不结婚一直同居的人也有很多。光是日本的风土人情，也随着时代变化有了很大改变。不过百年的时间，变化竟然翻天覆

1　在日语中，"有趣"和"好吃"发音相近。

地。人真是一种神奇的生物呢。"

结婚后我们就要做这件不可思议的事了，就要夸张地成为一家人了。

洁西卡回来了。她刚坐下，朔也说了句"我去切个西瓜"，就去了厨房。

洁西卡坐在我对面，捏起我做的寿司卷。

"朔也说了，你们的婚礼在神社办？"

"嗯，大概是。"

——如果不取消的话。

"真好！对吧！"

我没说"Yes"，也没说"No"，只是扯出一个笑脸。

没想到，洁西卡突然皱起眉头说：

"梢，你没笑。"

"嗯？"

"你真的没有笑。大家都知道。"

被人直截了当地这样评价，我感到浑身的血都在倒流，指尖一下子就凉了。

我深深地吸了一口气，仿佛忘记了怎样呼吸。

"西瓜要放盐吗？"

朔也悠闲的声音从厨房传来。

吃完饭，收拾完毕后，洁西卡上了二楼，她要去收拾明天的行李了。

我洗了澡，来到客厅，朔也正在桌前看教参，大概是在备课吧。

我用毛巾擦头发时，不经意间看到朔也手边的书，不由得吸了一口冷气。

书页上有一幅描绘耳朵构造的图，图上有一个小小的旋涡。

——你耳朵里的旋涡，知道这个问题的答案。

我想起了人鱼的话。

说起来，上初中的时候我学过这种人体构造。这个叫什么来着？这个旋涡到底知道什么答案呢？

见我一直盯着教参看，朔也抬起头问：

"怎么了？"

"啊，没什么。看着蛮怀念的，这个……像蜗牛似的东西。"

"哦，这个蜗牛啊，就是耳蜗嘛。"

朔也一下子把教参推到我这边，热情地讲解起来。

"声音是通过空气振动传播的，先捕捉到它的是鼓膜。接着振动由听小骨向耳蜗传递。耳蜗受到刺激后，振动再由听觉神经向大脑传输，到了这一步，人们才能真正听到声音。"

为了将振动传输到耳蜗，需要其他器官捕捉并传递振动，振动才能由耳蜗接受。

也就是说，耳蜗的一大使命是"接受"。人鱼话里的意思，应该是要我善于倾听，然后接受吧。

洁西卡刚才的话又在耳边响起。

——你真的没有笑。大家都知道。

她这样说，我要如何是好呢？我能做到的，只有这些了。我就是这样的人，又能有什么办法呢？

接受不了，我果然不善倾听。

我"唰唰"地擦着头发，朔也问：

"明天一起去机场送她吗？好像是十一点的飞机。"

"……嗯。"

我没有非去不可的义务。洁西卡不过和我在同一个家里住了三天，对我来说，她和路人没什么两样。但若直接说"不去"，未免显得我性格太过孤僻。

朔也忽然像想起什么似的，笑了起来：

"洁西卡真是个好孩子，她总是笑呵呵的，大大咧咧的。平时不卑不亢，也不是光说不做的人。"

我没有点头。我的心像被揉皱的纸一样，蔫蔫地缩成一团。

朔也不过是夸几句洁西卡，为什么我会感觉这么难为情呢？

我攥着毛巾的一角问：

"朔也为什么想和我结婚？"

"怎么又问这个？"他垂着眼角笑了，"因为想结，这样的回答不行吗？"

"我们像法国人那样，不去登记，住在一起不是也挺好的吗？"

"可这里是日本啊。我在厨房和你站在一起的时候，自然而然就想和你结婚了。"

"就是机缘巧合？"

"嗯，有点像吧。"

我的脑子里"咔嚓"一声，好像有什么东西在我的大脑中断裂了，瞬间，那些压抑在我心中很久的尖锐情绪一下子涌了上来。

"机缘巧合就行了吗？哦、啪、噼，就行了吗？"

朔也忍俊不禁，我却很认真。

"你总是活得那么随性，没来由地就决定那么重要的事，我完全无法理解。"

"嗯……"他终于面露难色道：

"机缘巧合，不也很重要吗？至少我一直以来都是这样生活的。"

"……结婚的事，再让我想想。"

朔也的眉毛跳了一下：

"我搞不懂了。这样真的好吗？我是不是不适合结婚？我这么让你不安？可这是我们结婚最好的时候啊，我不想这样。"

屋内突然响起"嗵嗵"的声音，有人下楼来了。

我不再说话。

"可以洗澡吗——"

洁西卡哼着歌，往浴室的方向走去。

我是铁。

硬邦邦的铁。

就算戴着琥珀，就算用心聆听，也不会变得柔软。

不会像洁西卡那样大大咧咧。

见我钻进被窝，朔也躺在我旁边，盖上了他的被子。我背对着他，假装已经睡着了，但他应该能看出我没有睡。他静静地看了我一会儿，也翻身背对着我。

我闭着眼，却睡不着。没多久，朔也沉睡的呼吸声传来，我又生了一肚子气。于是我下床走向厨房。

挂钟的指针指着十二点的位置。

我从冰箱里取出茶壶，将里面的大麦茶倒进杯子里，站着喝了下去。洁西卡买的那本《瓶中》还在碗柜上。

我拿过那本书，坐在椅子上开始读。

那是一部童话般的科幻小说，讲的是异世界矮人族的故事。

故事中有一个被关在玻璃瓶中的姑娘，她从小到大只能透过玻璃看世界。路过的矮人和其他生物都用新奇的目光端详着瓶中的姑娘。

一次，姑娘隔着玻璃谈了一场恋爱，对方是一个样貌和气质都出众的矮人族青年。青年对姑娘产生了好感，要姑娘从玻璃瓶中走出来。可姑娘说，瓶盖封着，瓶壁又是玻璃的，自己出不来。于是，姑娘继续待在了瓶子里。

其实姑娘知道，自己有翅膀，可以轻松地打开瓶盖。

但瓶子里是安全的，尽管无法和人拥抱，但也不会被人侵犯，所以她无法离开这里。她这样告诉别人，也这样告诉自己。

我坐在厨房的椅子上，一口气读完了这部小说。

那位姑娘简直就是我的翻版。

"我害怕去外面的世界。我非常担心，如果不隔着玻璃，他究竟愿不愿意接受活生生的我。既然如此，还不如待在原地好。"

姑娘的这句话令我潸然泪下。多年以来，她藏身于坚硬而冰冷的瓶子里，玻璃是阻碍她和青年接触的墙壁，也是她保护自己的盾牌。

是的，我一直都在害怕。我没有自信，无法坦率地接受命运的安排。我觉得，朔也不可能那么喜欢我，这很奇怪，我不可能是被选中的那一个。

原来，是我一直不允许自己拥有被某个人深爱，以至想要共度一生的权利。可是这本小说用最后一幕给了我启示，故事里的姑娘自信地张开翅膀，从瓶中飞身而出。

这本小说告诉我，被人选中并非真正的幸福。真正的幸福存在于自爱之中。

洛依德老师一定不认识我，我却被他写的这部小说救赎。

我不怕别人耻笑。我真心认为，这就是一本为我而写的书。

合上书，我看了一眼墙上的挂钟，就快六点了，窗外早已亮堂起来。

好久没有整夜不睡了，但我清醒得很，就算躺回被窝大概也睡不着。于是我从冰箱拿出茶壶放在桌上，打算再喝一杯大麦茶。

就在这时，我的手突然抖了一下。茶壶翻倒，大麦茶洒了出来。我慌忙把书拿开，但已经来不及了。褐色的水渍留在了书的封面上。

我出了一身冷汗，试着用纸巾轻轻地擦，但纸面皱了起来，褐色的茶渍越来越深。虽然没有沾到签名上，但如此贵重的书竟被我弄脏了，珍藏在书里的可是洁西卡在日本难得的回忆。糟了，怎么办呢？

这时，我忽然灵光一现：有了！困惑时的旋涡糖。我跳起来，去客厅抓起手提包，在里面乱摸一通，捏起那颗糖果。把这颗糖吃下去是不是就行了？书是不是就会恢复原状？

我剥开玻璃纸，将糖果放进口中。糖果是硬邦邦的，可到了口中却不知怎的一下子化开了，口腔中弥漫着一股辣乎乎的味道。

我盯着书看了一会儿，毫无变化。这时，耳边传来有人下楼的声音，是洁西卡。她睡眼惺忪地对我说："早上好。"

没有挽回的希望了，我做好了心理准备。

"洁西卡，对不起！这本书对你来说很重要，我却把它弄脏了。"

洁西卡瞪圆了眼睛，我一时停不下来，继续说了下去。

"能在刚刚读完这本小说真是太好了。它好像温柔地推了我一把，好像比谁都明白我在为什么烦恼。多亏了你，我才能遇到一本这么棒的书。我知道，再买一本新的给你也不能解决问题。世上只有这么一本写着你名字的签名书，我真的非常抱歉。"

糟了，我的语速这么快，想到哪儿就说到哪儿，洁西卡肯定没听明白。这时候应该先说"I'm sorry"。不过接下来该说什么呢？

洁西卡把书拿在手上，看了看那茶渍，不顾一旁惴惴不安的我，笑得露出了牙齿：

"没关系啦，这么一点点，根本不算脏。你想太多啦。"

……咦？

这回轮到我瞪圆了眼睛。洁西卡的日语竟然如此流利，是睡了一晚上突然变得这么利索的吗？我刚才说的那些，她似乎也都听明白了。

是啊，这也许就是那颗糖的效果。它没有让书恢复原样，而是给了我和她一次畅所欲言的机会。洁西卡坐在椅子上，我也坐了下来。

"梢是为了和朔也的婚事烦恼？"

"……我很不安。不知道朔也为什么非我不可，我没有自信。"

"你好傻呀！朔也明明那么喜欢你，谁都能看出来呀！"

"可是，他一个人生活似乎也没什么问题。他做饭比我做的好吃很多，不和我结婚不是也行吗？"

洁西卡疑惑地问："这是什么意思？"

她的语气和平时的疑问略有不同。

"朔也擅长做饭，就没有理由和梢结婚了吗？"

啊，对啊！

我一面对"女人是圣诞蛋糕"的说法不满，一面又深信做饭就该是女人的工作，并为自己的厨艺不如男人而感到羞耻、自卑。

"即便这一点不成问题，朔也和我的性格也完全相反，我们很难相互理解。"

"相互理解不代表就要变得一模一样呀！你们身上带有不同的特质，这不也很好吗？"

洁西卡这句话在我耳中就像一段愉悦的旋律。我知道，自己体内的旋涡——那只蜗牛实实在在地感受到了它的振动。

"……我能应对这么大的变化吗？"

听到我自言自语般的呢喃，洁西卡狡黠地问我：

"其实你早就知道，自己没问题吧？"

她的笑容触动了我。原来她把我看得比我自己更透彻。

我思考了几秒钟，然后深深点头。

没错，我是知道的，自己没问题。我能面对这一切，所以才会被那部小说感动。

我微笑着回应洁西卡。现在，我脸上的笑容变得真实了。

"你们两个，都起得好早啊。"

朔也来到厨房，他的头发睡得乱蓬蓬的。就在这个瞬间，空气的颜色一下子变了，眼前一切事物的轮廓仿佛更清晰了。

洁西卡对朔也笑着，僵硬的日语一如往常：

"梢！好棒啊！我很惊讶，她英语特别好，能对话。"

"嗯？什么嘛，明明是洁西卡的日语说得很流利呀！刚才你还……"

洁西卡愣住了。

……我们刚才说了什么？

回过头一想，我们好像什么话也没说。我们的沟通，更像是心与心的交流。

朔也和我目光相交，表情中有些尴尬，大概是想起了昨天晚上的不快。

"来做早饭吧！"见我爽快地开口，他好像松了一口气似的打开了冰箱门。

"是啊，昨天的食材还有剩。"

朔也将盛着食材的盘子放在桌上，洁西卡揭开保鲜膜，捏起一根蟹棒。

"喂！"

洁西卡不顾朔也的阻止，将蟹棒放入口中，嘿嘿地笑着嘟囔道："好吃。"

咦？

她正确地说出了"好吃"，昨天还说成了"有趣"呢。

啊，是啊。

我一下子安心不少。

只吃蟹棒，也很美味。

如果和其他食材放到一起，就会变得有趣。每一种食材都有其特质，所以才好。

原来洁西卡没有说错，她是明白其中的意思，才那样说的。

我们到羽田机场送洁西卡。

办完登机手续坐在大厅的时候，洁西卡忽然对着一个路过的人大叫："哇！"

"洛依德老师！"

"哎！"

我不由自主地站了起来。

听到洁西卡的叫声，那人回过头来。他穿着黑色衬衫配瘦腿牛仔裤，戴着一副深色的墨镜。

这个人……他就是黑祖洛依德？

"啊，你好。"

他对洁西卡微微一笑。看来他还记得自己在签售会上见过她。

"我要回布里斯班了。"

"是吗？真是好巧。我也正要去旅行。"

"洛依德老师的书，我会读的。我会学日语，然后给您写信。"

"等你的来信。"洛依德老师点点头。

见他拉着行李箱要走，我终于忍不住开口道：

"洛依德老师！"

洛依德老师又一次转过身来。

"那个……那个，我读了《瓶中》，这个故事拯救了我。我甚至觉得，这本书就是为我写的。"

洛依德老师沉默片刻，然后说：

"是啊。"

接着，他摘下墨镜，定定地望着我：

"就是为你写的。"

我的泪水夺眶而出。这是真的，原来真的是这样。能得到他的肯定我好开心。洛依德老师望着我，目光中带着怜惜：

"谢谢你读我的书。能让你有所收获，我很开心。"

我感觉到我的背上伸展出了一对大大的翅膀。

啊，今后我依然要做和书有关的工作。这辈子，我都会坚持做下去。

洛依德老师重新戴好墨镜，轻轻点头致意后走远了。

分别之际，我们和洁西卡交换了彼此的住处。我给她留地址时，用英语和日语各写了一遍。洁西卡指着我名字的汉字"梢"问：

"这是什么意思？"

上初中时，我第一次拿到英日字典就查了这个词。我得意地回答：

"treetop。"

"哦——"洁西卡的眼睛亮亮的，"会有小鸟飞来。"她边说边挥动着双手，做出张开翅膀飞翔的姿势。

目送洁西卡离开后，我和朔也步行去乘电车。

"……昨天很抱歉。"

朔也一听我道歉，立刻摇头道：

"没什么，我也很抱歉，是我没和你说清楚……"他提高了音调，"机缘巧合这个词，也许听起来让你觉得有点草率，准确地说，应该是'把握时机'。我很相信自己在这方面的直觉，有一种'抓住机会，就是现在'的意思。对我来说，这一点也不草率。"

感受到他的认真，我紧张的情绪放松下来，转过头望着他：

"朔也这么相信玄学吗？"

"不，这是科学呀，是自然的道理。"

他停了下来，我也跟着停下来。

"我知道，自己就算不结婚也能过得挺幸福。但这不是好或不好的问题，我只是觉得，我们在这个国家的不同地方长大，能在二〇〇七年选择成为一家人，也是很有意思的。"

好神奇。

如果放到昨天，听到他说这些话，我一定会觉得轻飘飘的不切实际。可现在，他这番话听在我耳中，却格外真挚且丰满。

我轻轻伸出一只手，朔也见状，也朝我伸出手。

两只手牵在一起。

现在紧紧抓住我的，不是我自己的手，而是朔也的。

我们是两个不同的个体，绝不会合而为一。

因此才可以手牵着手。

"……你的手啊。"

我们并肩走着，朔也红着脸开口道。

"嗯？"

"我觉得你的手，很漂亮。最初在图书室看见你的时候……"

我凝视着朔也，这样的话，是我第一次听他说。

"你摸着书的手啊，非常温柔。当时我想，你肯定是真心喜欢读书。你话不多，但把书递给学生的那双手，是那么惹人怜爱。我忍不住想告诉你，我就这样喜欢上了你。"

——朔也他啊。

他看到了我的翅膀。

我不会教十几岁的孩子们知识，也不知该如何引导他们。但我想，或许可以把读书的快乐分享给他们，于是我成了一名司书教谕。也许是因为，在我的少女时代，只有书是我的朋友，只有书拯救了那时的我。

朔也了解我喜欢的自己，并喜欢上了那个真实的我。这辈子，恐怕没有比这件事更让我踏实的了。

"我有个想法，也不是立刻要实施。"

朔也的手上添了几分力气。

"那座大房子，光是用来住有点浪费。爷爷以前是镰仓雕的工匠，为了搬运作品、方便人出入，把玄关修得很宽敞。我一直想把它利用起来。"

我也用力回握：

"那我想开一家租书屋。放一个大书架，每位客人都能来读书。除了租书，也接受客人读完的书。我想把它变成人与书意外相遇的地方。"

看出我赞同的态度，朔也不住地点着头笑了。

"好呀，嗯。好的，就这样。"

"不过，我还不知道今后自己要怎样，是继续做司书的工作，还是和你一起开店，或者偶尔给你搭把手，再或是做和之前完全不同的事。这些要走一步看一步。"

"嗯，当然。"

我隐隐地感到兴奋。今后的生活，会是怎样的呢？

许许多多的选择，许许多多种可能。有些事只有独自完成，有些事只能两个人合作。

啊，原来结婚既不是终点，也不是起点。它是我人生中需要经历的诸多过程中的一步。

就算我结了婚，开始了两个人的生活，那依然是我的人生。我的人生中有朔也，就像朔也的人生中有我一样。我不属于他，他也不属于我。

就算和朔也一起生活，我也要先成为独立的自我，先学会好好爱自己。到那时，我一定能和朔也好好地牵着手走下去。

结合与独立，对我来说，结婚同时意味着这两件事。

所以我决定了。
这一次就由我来求婚吧。

我将鬓角的头发别到耳后。
然后像抓住护身符一样，紧紧地握住了在胸前摇动的琥珀。

二〇〇一年

Sol 音符旋涡

鎌倉うずまき案内所

镰仓旋涡咨询所

巴士的车身倾斜,它正在缓慢地转弯。

鹤冈八幡宫马上就要到了,乃木君却还在说个没完。

修学旅行刚刚开始,大家从学校所在的静冈向镰仓进发。我的曾祖父家就住在镰仓,所以我之前去过好几次。和同一所初中、同一个年级的同学们一起去那里旅行,也因此让我有些不自然。

我们抽签决定了巴士的座位,我和身旁的乃木君之前只有点头之交,他平时为人低调,我万万没想到他这么能说。我告诉他,暑假里我去电影院看了两次《千与千寻》,乃木君便和我聊起了外国电影《2001 太空漫游》。大概是说得太起劲了,他热得解开了校服扣子,边解边说:

"我觉得,库布里克说不定真的来自未来。"

库布里克好像是《2001 太空漫游》的导演。乃木君从茑屋书店借来这部早前拍摄的以二〇〇一年为背景的科幻电影,他似乎对这部影片很满意,为之兴奋不已。

他黑亮的瞳仁里写满了认真。乃木君长着一张娃娃脸,像那种放倒便会闭上眼睛的洋娃娃玩具,脸蛋胖嘟嘟的。他也会在对话中试着用成熟的语气,但到底还是不适合他。

"本来就很奇怪嘛。这部电影是一九六八年公映的,拍摄时间早在阿波罗十一号登月之前,可电影中的飞船在月球着陆的画面和真实的影像如出一辙。"

"所以你觉得导演是从未来来的？"

"嗯。要么就是靠时光穿梭去了一趟未来，然后又回到了现在。不过，如今的人类发展还没有赶上库布里克看到的二〇〇一年的状况呢。电影里有个人工智能哈尔，人类躺在床上对它说'哈尔，把床调高一点'或'把显示器靠近一点'，它全都会照着指令来做。哈尔话很多，不过它不是人型机器人，顶多算是一个会说话的计算机，这个设定显得它不幼稚，还蛮帅的。"

"也不知道那样的时代会不会真的到来……"

我往窗外看去，人类今后真的会懒到那个程度，要依赖计算机去执行那些指令吗？十月的天空万里无云，一只大老鹰从秋季的晴空中飞过。

乃木君靠在座位上说：

"不过，迟早有一天，我们可以去月球旅行吧？就像做梦一样。我好想去呀！"

"哎，去了月亮上，恐怕就不会做梦了吧。"

月亮和行星，都因为太过遥远，人们轻易到不了，才熠熠发光，给人带来能量。

富士山也一样，远远望去是那么漂亮而神圣，可我小学和家人一起登富士山时真是累极了。山上光溜溜的没处下脚，又冷，山坡又陡。我差点因为那次爬山得了高山病，那时我一度怀疑自己就快死掉了。对在静冈县土生土长的我来说，富士山一直是温柔、守护的象征，那次登山之后，我却对它彻底没了好感。

这是人类的不对，人体还有的是地方需要进化。

比如有这样的事：

今天早上，我做梦了。

我梦到了小朔，我最喜欢的小朔。而且不是那种想做就能做的梦。

在梦里，小朔紧紧抱着我，对我说："一香，好喜欢你。"在梦

125

里，我是被他爱着、被他珍惜着的女人。醒来后，我明知那是梦，但我依然觉得满足，并且比之前更喜欢小朔了。

梦的威力真大啊！

即使现实世界中的小朔对我无动于衷，在梦里，我依然可以轻易地使他喜欢上我。

我怎样做才能出现在小朔的梦里呢？

什么登月，什么人工智能可以为人类做一切……比起这些，我更希望出现在小朔的梦里。

"那，你知道怎么能让喜欢的人梦到自己吗？"

听了我的问题，乃木君的大眼睛瞪得更大了，圆溜溜的。

"不知道，园森知道吗？"

"我也不知道，想想看呢。"

修学旅行是男女生混合制，先由三四个男生或女生单独成组，然后一组可以邀请另一组一同旅行。

我和平时总在一起玩的花音和琉美凑了一组。这时候连城君来邀请了花音，她想也没想，便一口答应下来。

于是我们这一组的男生是连城君、汤川君、乃木君。

之前我没怎么注意过乃木君，没想到他是个神奇的男孩子。

他很少提出意见，也不做惹人眼球的事，平时不会总和某个固定的人待在一起，他和谁一起玩都不会感到别扭，给人一种情绪一向很稳定的感觉。足球部的王牌连城君、名守门员汤川君的组合，再加上文学鉴赏部——又名归宅部的乃木君凑成一组，也没人觉得奇怪。

巴士上，多亏了坐在我旁边的乃木君，这趟修学之旅才格外欢快地拉开了序幕。

最开始，乃木君说"镰仓很久以前是在海底的"，我们借着这个话题聊到了姆大陆和诺查丹玛斯预言。于是我讲了自己一直暗暗感兴趣的地球历史、生物进化，还提到想去挖化石的事。"看到地层，我就很兴奋呢！"我兴奋地说道。乃木立刻点头道："我也是！"说这些的时候，我开心得都要哭出来了。

乃木君还一本正经地帮我想办法，好让我出现在喜欢的人的梦里：

"临睡前在电视里看到的人，是有可能梦到的对吧？那就在你喜欢的人入睡前，给他打电话试试？"

"那不行。就算他真的梦到了我，也会认为是我在睡前给他打了电话的原因，这样就没效果了嘛。必须得让他早上醒来发现：'咦？为什么我会梦见一香呢？'然后慢慢注意到我、喜欢上我。"

"这好难啊。如果你在梦里做了让他讨厌的事，又会起反作用吧。"

乃木君抱着胳膊说。

我看着他认真的侧脸，心里一阵感动。我还没有交到过这样的朋友。应该说，我好像从没和谁这样交流过。

在学校，我总要拼命跟上大家都在看的电视节目的话题，附和他们说同学的闲话，学着说那些流行语。我觉得说出我真正喜欢的东西、脑子里想的事情，只会让大家笑话，而且也根本没人想知道这些。

从静冈到镰仓的路上，我和乃木坐在一起聊个不停，他和我成了亲近的朋友。一开始，我们两个人都在小心翼翼地试探彼此，确认对方安全无害后，才像走进森林似的，到处都有新发现。

花音和连城君的笑声不时从我们前排的座位传来，再往前一排坐着琉美和汤川君。

抽签之神，谢谢你。即使我知道抽签的办法是花音想出来的，还是万分感谢。

我们在鹤冈八幡宫的停车场下车，分班进行自由活动。

连同午饭时间在内，四个小时后集合，再以班级为单位，移动到下一个地方。

"四点要回到这个停车场呀。请大家一定要遵守时间！"

学生们成群结队地离开了停车场，将反复强调集合时间的年级主任丢在身后。

我们班决定先去小町通探店，边逛边找个地方吃午饭。好像还有不少班级和我们想的一样。于是，本就人头攒动的小町通被穿校服的学生们塞得水泄不通。

穿黑色立领学生服的男生，穿深蓝色水手服的女生。

整条路上都是同样打扮的学生，学生们挤成黑压压的一团。

我们只有双肩包可以按自己的喜好选择，可大家的包也都以深蓝色或黑色居多。每个人的包上都挂着吉祥物或小徽章，我的包上晃悠着一只博美犬玩偶。每个人都想彰显自己的个性，可最后大家都变得差不多。

早些时候的初中生好像不流行背双肩包，大多背一种叫"学生书包"的黑皮包。我妈妈上学的时候用的就是那种书包，她说"大家说书包太厚显得土，就都给压得扁扁的"，不过我根本不明白她在说什么。听上去是说厚的土气，压扁了就比较炫酷。这种审美，是谁决定的呢？

密密麻麻的店家沿街排开，有的是日式装潢，有的是西式装潢。在一家和式点心店旁边，道路分成了两段。我朝旁边那条狭窄的小路望去，看到一块旧玻璃工坊的招牌。工坊窗户上贴着一张纸，上面写着"蜻蜓玉制作体验"。看到这行字，我怦然心动。

蜻蜓玉是有漂亮花纹的玻璃球，上面开了孔，可以穿在服饰或发簪上。所谓的"制作体验"，就是可以自己去做一个玻璃球。

"哇，是蜻蜓玉。"我对走在半步往前的琉美说。

"蜻蜓玉？"琉美不慌不忙地回头应了一句，忽然，远处传来花音的叫嚷声，琉美马上又转过身去。

"快看，好可爱呀——"

土特产店的店头放着陶器摆件。小兔子、小青蛙什么的。

"真的呢。"

我也走过去，表示同意。"真的呢"是我的惯用语之一，除了它，还有"是呢""确实""说得好"等等。我觉得自己好像个机器人，但比人工智能的词汇量贫瘠许多。

"好像你啊。"

连城君指着一只狸猫摆件，对花音说。花音喊着"好过分——"，轻飘飘地打了他几下。这种时候，其他人只要站在一旁微笑就好，这是最保险的做法。

琉美将摆件一只只拿到手里看，和花音一起"可爱"个没完。我往店里看了看，里面竟然还有跟镰仓大佛有关的物件和玩具刀。连城君打头阵，三个男生到店里去了，花音和琉美也跟在后面。我站在外面没动。

花音他们在店里吵吵嚷嚷，好像很开心。

就看一眼，就看一眼。我好想看看蜻蜓玉是怎样做出来的。

我离开土特产店，独自走进小路。

玻璃工坊的门半掩着，入口处的台子上摆着蜻蜓玉，还标了价钱，但店家似乎无意售卖，也不出来揽客。路过的人看也不看工坊一眼，都直接走了。

我悄悄往店里瞧，一个女人正坐在角落里做着蜻蜓玉，有位脖子上挂着毛巾的工坊大叔在一旁指导。除此以外，屋里就没有别人了，整座工坊好像一间会偷偷使用魔法的秘密小屋。

大叔发现了我，问道：

"你要试试吗？"

我摇头。

"我只想在旁边看一小会儿。"

"好啊，到这边来。"

我走过去，女人也转过脸来。我不由得"啊"地叫了一声。

我认识这个人。是那位嘴很大、额头很宽的女演员……呃，我想不起她的名字了，但她演过电视剧。

见我吃惊地站在一旁，女演员微笑着朝我挤挤眼，像是在说："别告诉别人。"一定是因为涉及隐私，她不想把事情闹大。我重重地点头，表示："我知道了，不会说出去的。"

女演员将一根细长的蓝色玻璃棒放在火上熏烤，然后用金属棍将化成糖稀似的部分打着圈取下来。原来蜻蜓玉是这样做出来的。

玻璃被火焰裹着，化开的红色部分被女演员用金属棍卷啊卷啊，逐渐卷成了一个球形。岩浆或许就和化掉的玻璃差不多吧。

我还想多看一会儿，但差不多得回去了。再不走，大家就会发现我不见了。我向他们二位鞠了一躬，决定往回走。

可从小路走出来，我便愣住了。明明应该走到小町通了，路两旁却没有店家，反而全是整整齐齐的家宅。我吓得又想折回玻璃工坊，可连那条小路也没了。我分明是刚从小路上走过来的啊！

我缓慢地环视四周。

路两旁的家宅形状各异。有西洋风格的，也有平房。精心打理的庭院花坛中，有小松鼠的摆件。车库的角落里，停着红色的三轮车。一栋二层的公寓阳台上，晾着洗好的衣物。

一切都很寻常，却不知为何没有真实感。也许是因为一切都隐约带着复古情调。

难道——

难道，这就是乃木君说的时光穿梭？或者，这里是异次元？也可能，我根本就不在地球上。

我东张西望地走在路上，可完全摸不着头脑，而且路上一个人也没有。周围有这么多住宅，每家每户都像有人居住，我却没见到一个人影。

很奇妙的是，我也不觉得害怕。非但不怕，我还隐隐感到兴奋。啊，如果乃木君也在就好了。

转过一户有高高围墙的人家，我看到了一家店铺。

店铺的外墙之前可能是白的，如今却通体黑乎乎的。玻璃门上挂着"闭店"的提示牌，往里面望去，一整面墙上都挂着钟表。

看样子这是一家钟表店，这里每个表的时针都指向不同的时间，也不知道现在是几点。这次旅行每个班都有一位同学负责计时，我们班的负责人是汤川君，所以我没戴表，如今大感后悔。敲定人选的时候，应该再找一个替补的同学才是。

忽然，我发现钟表店旁边立着一个招牌，那陈旧的木板上有"镰仓旋涡咨询所"几个手写字。是日语，看样子我还在地球上，这里应该是日本。

旋涡——这个奇妙而让人兴奋的名字使我迈开了脚步。招牌上有一个朝下的红色箭头，沿着箭头的方向，我看到了一段狭窄的楼梯通往地下。

我压抑着冲动的心绪往楼梯下面走，走到头是一扇褐色的铁门。说不定这扇门连着另一个世界，我一边这样想着一边抓住了圆形门把手，做了个深呼吸，猛地拉开门。

一团漆黑……

我紧张的情绪只持续了一秒钟。这是……黑洞？

但微弱的灯光很快便出现在眼前，告诉我里面不是宇宙空间。旋转楼梯在脚下延伸开来，扶手上绑着几个小电灯泡。我沿着像星星般闪烁的灯光，一级级地踏下楼梯。

漆黑的墙壁逐渐变成了蓝色，仿佛夜明前的天空。

走下最后一级台阶，我眼前出现了两位老爷爷。

那是一片小小的空间，大概能放六张榻榻米，和我的屋子差不多大。两位老爷爷在墙边的木质圆桌前对坐，正在下奥赛罗棋。他们中间的墙上，还挂着一只菊石的仿制品，像刚才那家钟表店的挂钟一般。菊石的壳上有一圈圈的螺旋花纹，很漂亮，选中它的人品位应该蛮高的。不过除此以外，这家咨询所一无所有，令人吃惊。

这两位，是人类吗？

他们能不能听懂我说话呢？不过招牌上写的是日语，沟通上应该没问题吧。

我不知所措地站了一会儿，两位老爷爷"唰"地同时转过脸来。

一模一样……

两人的眼睛、鼻子、嘴，都像是一个模子刻出来的，可气场却不同，这是为什么呢？

是发型的缘故吧？刘海的发尖，一位是跳脱地向外翻，另一位是圆润地向里扣。仔细观察，他们的鬓角也是这样的。

头发向里扣的爷爷说话了。他手中的奥赛罗棋子是白色的。

"你和朋友走散了？"

太好了，他的声音很温柔。

确定老爷爷可以和我顺畅交流，我松了一口气，开始思考"走散了"的意思。

怎样算是"走散了"呢？回过神后，我有种深深迷失在某个奇怪地方的感觉。

不，也许老爷爷问的不是我找不到路的事。

是啊，也许我真的走散了。

和朋友，和学校，和自己。

我毫不犹豫地点点头。

"哎呀呀。"头发向外翻的老爷爷朗声说道。他手中的奥赛罗棋子是黑色的。

两位老爷爷一齐站起来，朝我鞠了一躬。

"我是外卷。"

"我是内卷。"

这可真好懂，也真好记。

我不由得开心起来，好心情略微冲淡了刚才的悲伤。

"我是园森一香。"

听了我的自我介绍，内卷先生和蔼地说：

"那就让我们听听一香的故事吧。"

故事。我的故事，是指什么？

我想问两位老爷爷的事，倒是不少……

"我的故事没什么意思。"我低着头嘟囔道。

内卷先生提示道：

"不用挑那些我们听了会开心的讲。"

我抬起头。内卷先生白色的刘海像钢琴线似的闪着光。

"是啊，我们的作用是给一香指路。"

外卷先生对我笑着。

两位老爷爷都穿着灰色的西装，系着深海蓝的领带。我怔怔地望着他们一模一样的衣服，不由得脱口而出：

"两人一组……"

两人一组的诅咒——这大概是现在最让我痛苦的事。

二年级的时候，我、花音、琉美，还有一个叫由奈的同学，成了好友四人组。花音和琉美爱打扮又活泼，在班上很是引人注目。起初，我很纳闷她们为什么愿意和朴素低调的我在一起，但能和她们一起玩，我还是很高兴的。

由奈是我们的气氛担当，我们聊得不深，但只要有她在，我就会很开心。"花音和琉美""由奈和一香"，我们自然而然地分成了两组，成了两组四人的小团体。

四个人的时光是快乐的。我们互相学编织、借漫画，周末在麦当劳聊些没营养的话。

但我发现了，那其实不是快乐，我想要的只是安心。我希望自己在学校不是一无所获，能像普通的初中生一样，过着平凡的生活。我拼尽全力，希望得到她们的认可，让我成为"好友组的一员"。所以花音好几次让我借作业给她抄，我都没有拒绝；借给琉美的漫画一本也没还回来，我也什么都不说。

从去年开始，我就有这样的感觉。

我和花音、琉美的差异，就像种族之间的差异那么大。

比如，她们被受女生欢迎的连城君揪住了马尾辫，会边说"快放手"边笑，似乎蛮开心的。课间，她们用小镜子照自己的脸时，看上去也有模有样的。

我则从来没被男生突然碰过，如果有人拽住了我的头发，那无疑是对我的欺凌，我只会惨叫着瑟瑟发抖。我从没有过在教室看自己脸的想法，也从不会把装着小镜子的手袋带去学校。

一次，我和由奈两个人相处时，她对我说：

"她们俩和我们俩，就像公主和侍女。"

这话尽管是自嘲，她却仿佛并不厌恶，反而全盘接受，好像对她来说，做个侍女也挺轻松的。我从由奈身上看到某种豁达，甚至有些佩服她。

二年级结束后的春假，我们四个一起去车站前的商场玩。那商场像一个大型超市，但在这种偏远的乡下，也是为数不多的商业设施了。学生们出来玩一般都先坐车到车站，然后到商场里逛逛。

那天，我们聊到希望三年级还能分在同一个班，花音便提议"买一样的小挂件系在书包上"。她的话不像提议，更像是命令。

花音在精品商店中看中的，是一个叫"博小美"的博美犬玩偶。花音很喜欢这个形象，她的铅笔盒和手帕上都有博小美。

琉美高叫着"超可爱——"，由奈说"花音的品位真不错"，我也附和着："真的呢——"

我和花音她们一起站在收银台前，购买了四人组的会员证。但这跟我是否觉得它可爱并无关系。

我曾期待上三年级后，班里的成员变了，自己也许会交到新的朋友。可负责分班的神明似乎又将扮演侍女的工作交给了我，而且放眼全班，并没有新成员愿意和我成为一组。

于是，我决定继续和这个好友组保持亲密的关系。这样在毕业之前，我至少不会无处可去，所以我总还是要对此心怀感激的。

只有由奈被分到了隔壁班，我们在走廊碰上的时候，她总是垂着眉眼，露出一副"只有我被分出去了"的悲伤表情。

我有些羡慕由奈，而且我觉得，由奈心里也在暗自庆幸。

黄金周结束后，我在上学路上看到由奈书包上不再有博小美，也没能和她搭话，花音和琉美也不再聊起和由奈有关的事。放学后，我们三个有时会一起回家，但周末好像都是她们两个一起玩。九月，迪士尼海洋要开始营业了，她们约定一起去，好像也绕开了我。不过这样也好，即便邀我一起去了，我肯定也只会觉得窒息。

但三个人一起的时候，每当她们聊起那些我听不懂的话题，被排挤和封闭的感觉都会让我浑身紧绷绷的，我想，忍到初中毕业就好了。所以我总是攥紧了拳头，安慰自己。

"有时候我也想像由奈那样，把博小美摘下来，给自己一个解脱。可是我害怕被班上的同学排挤，变成孤单一个人。这种恐惧和不安胜过了前面的想法……也许我真正害怕的，不是孤单本身，而是被其他同学认为：她是孤零零的一个人啊，她被大家讨厌啦。"

我摸了摸背包上的博小美。它没有错，但是……

没想到，两位老爷爷忽然在我面前站成一排，"嗖"的一下朝吃惊的我伸出他们双手的大拇指。

"很棒的旋涡！"

我呆呆地望着他们，只见四根大拇指上的旋涡纹骨碌碌地旋转起来，我的眼睛也快要跟着转起来了。

突然，墙上的菊石滴溜溜地转了一圈。

"咦？它是活的吗？"

外卷先生开心地对吓了一跳的我说：

"如您所见，它活着。它是这家咨询所的所长。"

"所长先生！"

那竟然不是仿造品，而是真的菊石，这让我兴奋不已。这时，菊石……所长先生合着的口盖"啪"地打开来。我知道，它的口盖也叫头巾。现在这口盖里弯弯曲曲地伸出许多条半透明的腕足，腕足和身子相连的地方出现了一只浑圆的眼睛。

啊，它真的活着！说不定我的确穿越了时空！

"这个世界现在是什么年代？差不多有侏罗纪那么久远吗？"

听了我的问题，外卷先生回答道：

"这里没有你所说的时间概念，想念可以自由自在地超越时空。"

这时，所长先生倏地从墙上离开，晃晃悠悠地飘在空中。我屏住了呼吸。所长先生发出拔浴缸塞子时的那种"咯吱吱"的声音，它在桌子上方绕了一圈，猛地斜着身子向下俯冲。没错没错，菊石就是这样在海里飞身游走的。它身上清晰而鲜艳的旋涡纹样，看得我神思恍惚。

"哎呀呀。"内卷先生摸着自己的下巴说，"所长说，请您脚踏实地。"

"请我？它是在对我说话吗？"

"是的。"

我向内卷先生投去尊敬的目光，他竟然能听懂菊石的话。好厉害啊！真让人羡慕。

"那么，由我为您带路。"

内卷先生举起一只手，为我指路。

我顺着他指的方向看过去，咨询所的角落里有一个瓮。房间好像一下子变大了许多。我和外卷先生一起，跟着内卷先生向前走，我不无感动地望着在我们头顶翩然飞舞的菊石所长。好棒啊，我们现在生活在同一个时空里。

大家来到瓮边上，这个瓮大概有太鼓那么大。

"好漂亮的水蓝色……"

瓮美到令人叹息，那抹浅蓝淡雅而深沉，又让人感到轻飘飘的温柔。

内卷先生告诉我：

"这种颜色叫瓮觎，别名觎色。应该是悄然一瞥映在水面上的天空的意思。不过也有好几种说法。"

"给颜色取名字的人看到的天空，应该是晴天呢！"

"谁知道呢。也可能是那个人心里希望天晴，于是看到了这样的颜色。"

我若有所思地望着内卷先生问：

"是指印象吗？"

内卷先生点头。我舒了口气，自言自语道：

"小朔经常说……"

他经常说，印象是非常重要的。

小朔是横滨一所中学的理科老师。他和我相差十五岁，今年已经三十岁了，最棘手的问题还在后头——他是我妈妈的弟弟，也就是我的舅舅。我偷偷怀抱着的，是绝对无法与人说起的爱恋。

"小朔。"

外卷先生学着我的话。

"他是我舅舅，教理科的老师……我喜欢他，不过这件事对所有人都要保密。"

听了我的告白，外卷先生"嘭"地拍了下自己的脑门。

"真是够劲爆的！"

"果然不能说吧？"

"因为足够劲爆！"

外卷先生坏笑着强调了"劲爆"的发音，我这才意识到他的冷笑话。"老师"和"劲爆"。[1]

他在戏弄我。这句傻里傻气的玩笑话,不由得让我笑出了声。

"哦——听懂了听懂了!"

外卷先生朝内卷先生得意地努了努嘴,内卷先生却仿佛充耳不闻。外卷先生催促我站到瓮前。

"好了,一香同学。请到这边来。"

我看到瓮里盛了很多水,水质清亮透明。

所长先生一个转身飞到我面前。没想到,我竟有机会如此近距离地观察真的菊石。

好想让乃木君也看看。这个念头刚刚在我心中产生,所长先生便一个猛子扎进了瓮里。

瓮中的水"啪叽"一下溅起水花。我慌忙弯腰去看,可所长先生转眼间便沉到水底,看不见了。

"……消失了!"

"不必担心。它没有消失,只是换了个地方。"

外卷先生说。

"它去哪儿了?"

"没事没事,您再往里面看一看。"

外卷先生指着瓮,我又瞥了一眼瓮里的情景。

所长先生溅起的波纹划出好几条圆弧。我凝神望着,这些弧线渐渐变幻成某种形状,是用黑色的线条绘成的一个符号。

"看到什么了吗?"

内卷先生沉稳的问话声传来,我答道:

"……Sol 音符?"

下一秒,水面上的 Sol 音符迅速褪去颜色,像化在水中一般了无影踪。外卷先生像宣布什么重要消息似的提高了音量:

1　日语中,"老师"一词和"劲爆"一词开头的发音相近。

"那么，给一香同学的提示就是 Sol 音符。"

"嗯？这是什么意思？"

内卷先生的声音盖住了我的问话。

"Sol 音符应该会成为帮助一香同学的道具。回去时请走这边的门。"

他所指的方向有一扇白色的门。

深蓝色的墙上浮现出的那个长方形，一定是连接现实世界的出口。站在门前，我挤出一句话：

"……我还想在这里多待一会儿。"

内卷先生温柔地笑了：

"这里啊，不是一香同学长留的地方。这里的存在，是为了让你原本生活的世界更加丰富多彩。"

到底还是不能留下啊。我落寞地垂下眼帘，转头发现门边有一个小台子。台子上放着一个藤编的篮子，里面堆着许多糖果。糖果被透明的玻璃纸包着，是蓝色的旋涡形状。

"困惑时的旋涡糖"——看到卡片上的字，我不由得伸出手。外卷先生说：

"请您随意拿取，一位客人限取一颗。"

一人一颗。

好想给乃木君也带一颗。我捏起一颗糖，放进裙子兜里，怯生生地问：

"我可以……给朋友也带一颗吗？"

外卷先生一歪头，脖子"咔"地响了一声。

"非常抱歉，这个恐怕很难。我们只为来这里的客人服务，规矩就是规矩。"

"是吗……"

没办法了。这个世界里也有规矩吗？看来无论走到哪里，都不存在真正的自由。

"外卷先生和内卷先生穿着同样的衣服，也是这里的规矩吗？还是因为你们关系好，所以穿成一样的呢？"

两人听了我的问题，面面相觑。过了一会儿，内卷先生回答我：

"倒不是故意穿成一样的。只是我们找了适合自己的衣服来穿，凑巧一样了而已。"

适合自己。

那高雅的灰色西装和暗蓝色的领带，确实很适合他们二位。

内卷先生说：

"玻璃工坊就在对面。"

"咦？"

我看着内卷先生。原来如此，我什么都没说，但他全都看透了。

"那么，请您路上小心。"

两位老爷爷异口同声地说着，向我鞠躬。我下定决心，打开了门。

好耀眼。

在刺得眼睛发痛的光亮中，我紧紧合上眼帘，做了一个深呼吸，才悄悄地再睁开眼。

刚才去过的那座玻璃工坊就在眼前。

……我从那个世界回来了。

我回过头，不出意料，果然没有了咨询所的踪影。这里是通往小町通的那条横着的小路，我现在就在迷路之前的地方。

我看了看工坊里面，那位女演员正将金属棒前面的蜻蜓玉放在火上熏烤。看来时间还停留在我出门的时候。

我朝土特产店走去。说不定还能再一次……不过这一丁点期望还是轻而易举地落空了，我平安地找到了那家店铺。

花音手里拿着一个小猫布偶，她发觉我进了店，只偏头看了一眼，就继续和琉美吵嚷不休，完全看不出等了或找了我好久的样子。

我神情恍惚地看着印有镰仓地图的手绢。手绢上的插画活泼有趣，有镰仓大佛、江之电、大银杏、鸽子。

没过多久，连城君说了句"我们走吧"，花音和琉美便什么也没买就离开了店，三个男生手里反倒都提着带店家商标的塑料袋。

不知道为什么，我的脑子里像有一团糨糊似的。我紧跟在大家后面，默默地到隔着三家店铺的荞麦面店吃了午饭。

那真是一趟绝妙的体验。我去了一个那么棒的地方，并且回来了。

我愈发开心起来，虽然我不想告诉别人，但乃木君肯定能和我分享这份喜悦。等到只有我们两个的时候，我就悄悄告诉他这件事好了。

离开荞麦面店后，我们走出小町通，来到若宫大路上，决定在回鹤冈八幡宫的路上，去荏柄天神社拜一拜。

连城君说荏柄天神社的学问之神很有名。成绩数一数二的他，在备考静冈屈指可数的名门高中。

"你毕竟要成为政治家嘛。"

汤川君边走边说。大家都知道，连城君的爸爸是市会议员。"还不知道呢。"连城君苦笑着回答。

"像小泉总理那样，不是挺帅的吗？"花音对连城君说。

我对政治不太了解。不过，四月份那个叫小泉纯一郎的人当上了总理大臣之后，我能隐约感觉出，舆论的方向好像和往常不太一样了。连城君想成为小泉总理那样的人吗？

我们走在路上，看到有意思的店就进去逛逛。不知不觉间，六个人像坐在大巴上时一样两两成对，连城君和花音一组，汤川君和琉美一组，我和乃木君成了一组。

乃木君问：

"园森要考哪所高中？"

"波高吧。"

"啊，我也是。"乃木君笑了。

原来我们要考同一所学校，我有点开心。

一直以来，我们学校大概每年都有一半的人会考到波高。这所国立高中离大部分学生的家都很近，几乎走着就能到。成绩平平的孩子都会报考那里。

我放缓脚步，和前面的四个人稍微拉开些距离。

"跟你说一件事，不许告诉别人。"

我凑到乃木君耳边和他讲悄悄话。他的脸一下子红了，点了点头。

"我刚才，穿越了时空。"

"……真的吗！"

乃木君的圆眼睛瞪得老大，眼珠子都快掉出来了。

"也许和穿越时空不完全一样。我不是单纯地去了未来或者过去，更像是去了异度空间。那是一个叫镰仓旋涡咨询所的地方，在一家古老的钟表店旁边，有一段通往地下的楼梯。楼梯下面有一扇铁门，打开之后是一段旋转楼梯。下去以后，有两个双胞胎老爷爷，还有会飞的菊石……"

说到这儿，我忽然感到一阵不安。

我就像一个刚睡醒的人，把自己睡着时做的梦一股脑地讲给别人听。那就像是一个没头没尾、莫名其妙的故事，讲故事的人说得起劲儿，听故事的人恐怕会觉得无聊至极。

乃木君死死地盯着我看，他的表情认真到可怕。我见他大概听得烦了，便停顿了一会儿。

"那……那个地方，在哪儿？"

这回是乃木君凑到了我的眼前。看来他还没听烦，于是我继续说下去。

"刚才我们去的那家土特产店旁边的小路上，有一家玻璃工坊。我去里面观摩了一下，想要去找你们时，却突然迷路了。"

"那亏你还找了回来。"

"嗯。我其实还想多待一会儿的，却被强行送回来了。回到这边的世界一看，时间还没有变。"

乃木君深吸一口气，又长长地吐了出来。

"好棒。好棒啊！园森。"

他对我的话没有一丝一毫的怀疑。即使那怎么都像是脑子不正常的人说出来的话，他还是百分之百地信赖我。与其说他相信我，不如说他本身就相信，有那样的世界存在。

"……我们去看看吧。"

说这话时，乃木君没有回头。我咽了一口唾沫，因为我也在想同一件事。

"如果是土特产店旁边的那条小路，那从这里一直往前，走不多久应该就到了。既然你被强行送了回来，就代表那个世界的生命不会把人类关起来，试图对人类做些什么。所以，对方肯定还会把我们平安地送回来。如果回来后的时间和去的时候没有变化，大家也不会担心。"

我点头答应。我还想再见见那两位老爷爷和菊石，想和乃木君一起拥有这样的体验。

我们边走边留意那条小路，乃木君看见玻璃工坊后，对我使了个眼色：

"咱们先去玻璃工坊，然后再往小町通走试试。"

我和乃木君离开若宫大路，从小路往玻璃工坊走去。前面的四个人全都没有察觉。

"哦，说起来，工坊里有位女演员。"

"嗯？是谁？"

"我忘记她的名字了……也许你看到就认识了。她好像不是为了公事去的工坊，而是出于个人兴趣。"

"大城市就是不一样啊！"乃木君喃喃道。

我们到玻璃工坊的门口往里望，女演员已经走了，只有那位大叔还坐在工坊角落的折叠椅上打着瞌睡。

"从这边往小町通走，对吧？"

"嗯。"

我们开始朝土特产店的方向走。刚才，风景就是在这段路上突然变化的。

但这次一切都很正常。几个同年级学生和我们擦肩而过，跟乃木君打了招呼，一下子冲淡了异度空间的气氛，现实感变得很强。

"再走一遍试试，完全按照之前的走法再来一遍。"

我们先到土特产店里探了个头，然后去玻璃工坊，再往回走。

还是不行。我和乃木试了很多次，但不过是在同一个地方来回打转。

"哎——"乃木君仰头望着天，蹲在马路牙子上，"园森，肯定是这么回事。"

我也在乃木君旁边蹲下来。他冷静地说：

"真想去的时候，反而去不成了。考虑得太多，就不行啦。在自然法则中，许多要素复杂地结合，空间的裂缝才会凑巧出现。哪怕人类用尽办法想挤进去，肯定也不会成功。"

"那，这次估计是去不了了吧……也没法带乃木君去看那个世界了。"

听了我的话，乃木君温柔地咧开嘴角说：

"谢谢你。刚才你能去咨询所，大概是受了某种必然因素的影响。如果哪天我具备了这种必然条件，一定也能去。所以今天我还是算了吧。能听你讲这些，我就已经满足啦。"

跟大部队走散了少说也有十分钟了，我们回到若宫大路，开始寻找班上的人。

"啊，找到了找到了。"

汤川君先看到了我们。他在香皂店门口高高地举起双手。我们小跑着过去，连城君说：

"你们上哪儿去了啊？害我们担心死了。"

乃木君双手合十道："抱歉抱歉。我们被可丽饼的味道吸引，拐进了一条岔路。然后就跟大家走丢了。"

"你们两个好奇怪啊。"

汤川君吹起口哨来。

我僵住了。就算乃木君再怎么好脾气，因为我这种人被说闲话，肯定也会不开心。

没想到，乃木君嘿嘿一笑道：

"不要羡慕我呀！园森会不自在的。"

我大为吃惊。

乃木君把我当作一个女生尊重。更让我吃惊的是，看到他这种态度，连城君和汤川君也极为自然地笑着接受。

花音和琉美没有评论，只向我投来冷冷的一瞥。

"好啦，我们走吧。"

在连城君的号令下，六个人再度一起出发。

修学旅行结束后，我和乃木君说话的机会变多了。

每周一、三、四的早上，在另一座教学楼的理科教室有补习班，报名就可以参加。乃木君说，周二和周五他也会提前来学校，待在空荡荡的理科教室里。

"在理科教室不是能看到山嘛。补习的时候，我曾在那座山上看到过三次 UFO。上课时老往窗外看会被老师骂，所以周二和周五我就一个人过来，在第一节课之前，尽情地看看天空。"

"感兴趣的话，园森也一起来吧"——在他的邀请下，我也调整了作息，开始提早去理科教室。以前早上总是起不来的我，也开始习惯早起。

我们经常聊起那间咨询所。乃木君说，他去图书馆查了有关菊石的资料。

"听说菊石的壳，起初是细长的圆锥形呢。经过漫长的时间，才逐渐变成那种旋涡的形状。"

"漫长是有多长？"

"大概三亿年。"

"……真是难以想象。这种变化，研究人员是怎么发现的呢？"

我叹了口气。

乃木君边看窗外边说：

"可能研究人员从化石当中可以了解到不少信息吧。海洋馆里不是有那种泡在福尔马林中的标本吗？我很怕看到那个东西。应该是因为我从中无法感受到生命力吧，即使勉强维持标本的形状，最后还是免不了腐烂。化石就好多了。还是在广袤的时间中自然留下来的东西，给我的启迪和想象更多。"

的确如此。他总能把我表达不好的东西完美而准确地表达出来。每次和乃木君聊天，我都感到内心深处渐渐宽广，就像被逐渐开垦的土地似的，变得柔软而舒畅。

对我来说，乃木君是救世主一般的存在。虽然跟花音和琉美的相处常常令我难过，不时也会发生让我失去自信、觉得自己很糟糕的事，可清早和乃木君共度的那段时光，总会让我的心变得平静。

"啊，对了。"乃木君说着，从书包里拿出一本名叫 *DAP* 的杂志，那是一本信息类杂志。

"这上面说，库布里克受了卓别林的影响。"

乃木君告诉我，也许因为今年是二〇〇一年，所以常有杂志做和《2001 太空漫游》或库布里克相关的专题。

我不太了解卓别林，但对杂志上登的那张黑白肖像照有印象。

"他是喜剧演员吧？"

"嗯。他本身参演喜剧，自己也写剧本、做导演，拍过很多电影呢。"

乃木君说了几部卓别林导演的电影，还说他最喜欢的是《城市之光》。

"他这小胡子蛮不错的。长大后，我也要留。估计这样就不会显得我有一张娃娃脸了。"

"哎——好想看你留小胡子的样子呀！"

原来乃木君不喜欢自己的娃娃脸啊。其实那根本没什么。

今天也没有看到 UFO。乃木君哗啦啦地翻着 DAP。

"啊，做杂志真好。也不知道，要怎么才能成为编辑或撰稿人。"

他边看电影信息的部分，边如痴如醉地说。

"大城市就是好。动不动就能遇到艺人，还有很多有意思的活动。有大书店，还有主题公园。咱们这儿，就是去看个电影都得换乘两趟公交或电车。同样是三年的高中生活，在乡下读和在大城市读，今后的发展肯定完全不一样吧？哎，我好想住在东京啊。"

"说过的话就会成真啊。"

这也是小朔的观点。他说无论好事坏事，说过就会变成真的。乃木君的目光离开杂志，看着我。

我不假思索地说出了心里话：

"你知道'狼来了'的民间故事吧？"

"少年总是撒谎说'狼来了'，等到狼真的来了，却没人相信他了。"

"嗯。那个故事告诉人们，老是说谎，就会失信于人。但我想……还有一种说法是，说过的话就会成真。"

乃木君仿佛很感动，他深深地点头，像表决心似的果决地说：

"那我今后要住在东京。将来要做杂志、写报道！"

"一定会成真的。"

"我还要留小胡子！"

"这用不着说那么大声吧，想留就留喽。"

"对啊。"乃木君笑了。

到了十一月下旬,早上实在冷得可以。班里有空调,理科教室的空调却不开。今天是周二,乃木君的手缩在裤兜里,和我讲小说家黑祖洛依德的故事。

他说,黑祖洛依德是出道两年左右的科幻作家。我平时读的书都是海外的儿童文学或者校园派的少女小说,很少涉猎科幻领域。

"三年前,一本叫《海原》的文艺杂志公开向大众征集微型小说的稿子。大奖奖金是五十万日元!"

"乃木君报名了吗?"

"想报来着。我觉得自己语文不错,之前的读后感也曾被杂志选上过,说不定也能写篇幅短小的故事。可我发现,自己很难顺利地写完一整篇,怎么都不行。那时我才知道,用来写作的脑细胞有很多种。"

"有很多种?"

"嗯。我的脑细胞不适合创作故事,但看完一部故事,书写对它的感受更能让我的大脑兴奋。"

乃木君很擅长自我分析。

他知道自己喜欢什么,擅长什么,不擅长什么。

"于是我就断了报名的念头。最终杂志上公布了十部作品,除了作家和编辑等评委,还计划让读者参与投票。我就这样读到了黑祖洛依德的作品,心想,这个人的小说绝对是最有意思的,就毫不犹豫地把票投给了他。"

"那黑祖洛依德得了大奖?"

"没有,大奖给了别人,黑祖洛依德获得了读者奖。不过他因此认识了不少编辑,第二年出版了单行本,就此出道。"

乃木君自豪地颔首,就像出道的人是他自己似的。

"那就是说，乃木君帮助黑祖洛依德完成了作家出道嘛！"

"不，票又不是只有我一个人在投。但说实话，我确实觉得其中有自己的一点点功劳，所以我一直很支持他。他让我更相信自己的眼光了，我也希望他今后多出作品，不辜负我的期待。"

乃木君的眼睛闪闪发光。是他让我明白，人在谈论自己喜欢的东西时，是如此耀眼。

"下次我借你他的书，你读读看。"

"嗯，谢谢你。"

乃木君看了一眼墙上的表，站了起来。班会的时间要到了。

"啊——今天也没看到 UFO 啊！"他边说边打开了理科教室的门。花音正好从门口路过，她傻呆呆地望着我们。

花音最近因为那个传闻心情不好。

有八卦消息说，连城君有女朋友了。对方是其他学校的学生，好像和连城君上同一个课外补习班。

所以我比平时更加小心，避免刺激花音的情绪。我一直没有告诉她自己去理科教室的事，每次换班的时候，都故意和乃木君错开一点时间。这一点，乃木君也许不曾留意。

今天早上碰面的时候，花音在理科教室门口看到了我们。但她什么也没说，她飞快地扭过脸，往教室相反的方向走了。她是当天的值日生，可能是去老师办公室取资料了。

课结束后，花音拿着英语作业本坐到我前面。原本坐我前面的同学正在教室后面跟琉美交换 MD。最近大家流行编辑自己喜欢的歌，和朋友换着听。

"作业借我抄一下。"

"哦，好。"

我紧张地打开本子，花音把我写的英文抄到自己的作业本上。

"早上怎么了？没事吧？"

来了。

花音向我施压，她手中的自动铅笔一刻不停地在纸上写着。我尽量保持平静。

"有什么事？"

"我看乃木君叫你出去了，他是不是跟你说了什么？"

"没有。路过理科教室的时候，他正好在里面。我只是跟他问了声早。"

"嗯。"

花音自动铅笔上的博小美正望着我。我心里清楚，自己在艰难地搪塞。

她冷嘲热讽地笑着说：

"那家伙没救了，老是说自己今天又没看见 UFO。"

"嗯？哦，他好像是说过。"

"真让人恶心呀——所谓的'电波系[1]'，就是乃木那样的吧。"

"的确是呢。"

我笑了。

——的确是呢。

她说了乃木君的坏话，而我竟然表示赞同。

我快要哭出来了。

乃木君就像我的救世主，我却说了背叛他的话。

内心深处早已开垦得柔软的土地，又叫嚣着变得僵硬。

"不过，修学旅行的时候，你好像就看上乃木了呀！你看着挺老实的，实际上挺有两下子嘛！"

硬邦邦的心上，传来锤子敲打的声音。花音抄完作业，合上了本子。

看到她作业本的封皮，我不由得屏住了呼吸。

1　电波系：日本流行语，泛指有妄想症、难以与他人沟通的人。

手写的字母"KANON（花音）"旁边，画着一个 Sol 音符。说起来，花音经常在写名字时，将 Sol 音符画在旁边。很久以前她说过，她的妈妈会吹乐器，给她取名"花音"，是希望她能喜欢音乐。

帮助我的道具出现在了花音的本子上。那是什么意思呢？花音似乎已经做完了要找我做的事，离开了座位，到琉美她们那边去了。

第二天是周三，理科教室有数学课的早间补习。

老师讲的内容我完全听不进去，桌上摊着书本，我却一直往窗外看。山上有一个黑影掠过，我瞪大了眼睛仔细瞧，是一只乌鸦。

昨天花音找过我之后，就再没和我来往。放学后，琉美在教室的角落和花音聊天的时候，还偷偷看了我一眼。我想，这些并不是我的错觉。

如果她们两个从此就对我视若无睹，要怎么办呢？

这意味着我初中生活的尾声就要在地狱中度过了。二月份还有毕业郊游，又需要各自和喜欢的朋友结伴，编成组。毕业典礼结束后，全班还要拍合照、传同学录。

到那时，我可不想成为多出来的那个让人讨厌的家伙。我费心费力，好不容易和她们几个成了一个小团体，要是再被排挤出来成了孤零零一个人，就太可怕了。

而且，我也不知道花音和琉美准备考哪个学校，说不定我们还会上同一所高中。要是她们和还不认识的同学说我的坏话，可要怎么办呢？

乃木君如果是女孩就好了。那样的话，我们就不用鬼鬼祟祟地在理科教室见面，每天都能光明正大地在一起。

我是个软弱的人。软弱又狡猾，我好肮脏。

汤川君戏弄我的时候，乃木君爽快地用一句"不要羡慕我呀"保护了我。我却无法在花音面前保护他。

不管花音或琉美怎么想，我只要珍惜和乃木君的关系不就好了吗？那样的朋友，也许一生都难再遇到了。乃木君对我来说，就是这样特别的人啊——这些事，我心里很清楚，却迟迟行动不起来。

怎么办？我到底该怎么办？

老师在黑板上写着数学公式。

我真正想要的答案，学校的课堂却根本不会教给我。

补习结束后，我回到教室，把课本塞进课桌，乃木君走到我的座位旁边说：

"给你，昨天说的黑祖洛依德的书。"

他将一册单行本递给我。

我的目光立刻在教室中寻找花音的身影。她正和琉美一起站在窗边，看着我这边。

"谢……谢谢。"

"特别有意思。书的话，你想什么时候还都行。"

乃木君爽快地说完，就回了自己的座位。

我急忙到教室后面的储物柜前面，把书藏进包里。我转身往回走，花音和琉美却又腰挡在我身前。我像石像似的僵住了。

琉美半笑不笑地问：

"你在和乃木君交往？"

"不是的……"

"是吗？吓了我一跳。我差点以为一香有那种癖好。"

花音一言不发，只是沉默着注视我，观察我的反应。

我强颜欢笑，夸张地摇晃着脑袋：

"怎么会！我有喜欢的人呀。"

"嗯——是谁？是谁？"花音和琉美将我围住，步步进逼。

"不是这个学校的……一个比我大的人，住我家附近。我喜欢显得成熟的，乃木君那张娃娃脸，根本不是我的菜。"

"呦——"琉美的目光偏向一旁。

我顺着她的目光望去，乃木君正从储物柜里拿词典。我吃了一惊，但也不可能跟过去。他一只手拿着词典，面无表情地离开了。

……他肯定听到我的话了吧。

我这尊石像仿佛生了裂缝，从头顶嘎啦啦地崩坏。

班主任泉老师走进教室，告诉我们社会课老师因为要开班会而请假，第一节课临时改成自习。

老师离开教室后，花音大概是痛快了些，问我："一香，你带电子宠物了吗？"我跳起来，把手伸进包里。

——我知道了，就这样吧。

即使不能再和乃木君说话，我无非就是回到了修学旅行前的生活。但要是被花音她们从三人组中排挤出去，麻烦的事可就多了，尽管我知道那是虚假的友谊。所以说，我不能惹怒花音和琉美。如果不想受排挤，只要顺着她们的意思来，就万世太平。

原来 Sol 音符的意思是"好好跟在花音身后呀"。看来这就是它给我的建议。

第二天，我将借来的书装进纸袋，在补习马上就要开始、班里的人都走光的时候，放回乃木君的课桌抽屉里。我只在书的封面上贴了一张写有"非常感谢"的便笺。

我连和乃木君做朋友的资格都没有了。我的心情，有如践踏了基督圣像的教徒。[1]

那本书我没有读。我既没有读书的心情，也觉得自己不该和乃木君再有任何瓜葛。

从那以后，我不再在周二和周五去理科教室了。我和乃木君本来也没有什么特别的约定。

1　日本江户时代镇压基督教徒时，为了区分是不是基督教徒，曾在木板或金属板上刻基督像，令教徒用脚踩。

日子就这样一天天过去，我尽量不和乃木君有眼神的交流。

直到十二月初的一天，放学后，我正要出教室，却被乃木君叫住了。

"嗯……你来一下好吗？"

花音和琉美在门口看我。我们约好了三个人一起去商业街的面包店。那家店好像在做活动，买一个面包就会收到一张打折券，集满十张后就能兑换有博小美图案的盘子。花音想要这个赠品，于是要我也一起去。

"我有话想和你说。"

"我有急事……"

乃木君沉默了大概三秒，低声询问："那你什么时候有空？"

他的声音里几乎带了哭腔，而我早就要哭出来了。我真想现在立刻和他到理科教室去。

"这是要向一香告白吧？"

琉美对花音说，却故意用了能让我们听到的音量。

我将目光从乃木君身上移开，喊道：

"你不要再来找我了！"

我的话中带着愤怒，那不是对乃木君生气，而是对我自己生气。

我不敢看乃木君的脸。我们之间，大概就这样完了。

我跟在花音和琉美身后，到商业街买了三个并不想吃的面包，把付款时拿到的优惠券给花音。那是让我留在三人组中的兑换券。

三周后的班会上，泉老师说：

"有一个突然的消息，乃木君上完第二学期的课就要转学了。"

我惊讶地抬起头，班里一阵窃窃私语。

今天是周五，下周一赶上节日，算上周末连休三天。周三开始，就要放寒假了。第二学期算上今天，也就只剩下两天了。

全班同学都望着乃木君，他有些不好意思地低下了头。老师利索地解释道：

"乃木君的父亲突然有工作调动，所以全家要搬去东京。虽然现在是三年级的末尾，但趁着这个机会，反而可以不受限制地去考东京的高中。乃木君之前跟我说，想在学期末尾再告诉大家这个消息，所以就拖到了今天。来，乃木君，跟大家说句话吧！"

乃木君害羞地站起来，只说了一句话就坐下了："还有两天，请大家多多指教。"

"怎么就说这么一句啊——"汤川君说。大家都笑了。

是的，乃木君不是在大家面前滔滔不绝的人。而我看到的他却表情生动、絮絮叨叨，这都是他对我敞开心扉的最好证明。

原来他那天想和我说的，是这件事啊……

我用力咬牙，忍住了眼泪。如果这时候哭了，不知道花音她们会说我什么。我装得气定神闲，玩玩头发、看看指甲，等着时间过去。

那周六，家里的亲戚办婚礼，我和爸爸妈妈一起去了横滨。

妈妈和小朔的表弟俊介是这次的主角，我好像应该叫俊介表舅父。

我还在为乃木君的事消沉，但能见到小朔毕竟是件开心的事。看到穿奶绿色连衣裙的我，小朔说："你好像个小公主啊！"

婚礼在教堂举办。俊介穿晚礼服的样子很帅，新娘也美丽可爱，看着他们就觉得很幸福。在牧师的引导下，新郎新娘向神起誓他们彼此相爱，我们这些参加婚礼的客人唱起赞美诗。

一连串仪式结束后，会场移动到一幢别墅模样的房子里。屋里也摆了宴席，但露台的窗户全都开着，人们可以自由出入庭院。整个婚宴是自由的公园派对的形式，办得很成功。

我和小朔坐在露台的座席上吃蛋糕，我充分发挥"黏人外甥女"的属性，成功地霸占了他。我也有如此狡黠的一面，花音说我"看着老实，实际上有两下子"，也许她并没看错。

"小朔也打算结婚吗？"

我抛出问题后，他沉吟了一阵：

"如果光问我想不想结婚，我也说不好。如果有一天，我遇到了喜欢的人，想要和那个人结婚的话，就一定会结。"

精彩的回答。这就代表，小朔目前还没有喜欢的人。我天真地说：

"到时候，我也会为你唱赞美诗吧。"

我从挎包中拿出一张纸，上面印着教会刚刚发的乐谱：第312号赞美诗——《恩友歌》。

我第一次唱这首歌，跟着风琴伴奏，学着唱诗班的调子，勉强可以哼得下来。

拿到乐谱时，我有些疑惑。因为上面有一句歌词是"恩友耶稣"。

"小朔，这个'恩友耶稣'是什么意思？怎么还能管耶稣叫朋友？"

小朔会回答我的每个问题。只要他答得上来的，便会耐心地讲给我听；答不上来的，就和我一起思考。我由衷地觉得，做他的学生真好。

"因为耶稣也是人。"

"嗯？是吗？"

小朔温柔的下垂眼望着吃惊的我：

"嗯，有人觉得耶稣是神，其实他是人，他是神的使者。《约翰福音》里好像写过，耶稣对大家说：你们不是我的仆人，而是我的朋友。"

原来是这样。原来救世主是朋友……

"所以那些秘密信教的人，踩的是朋友的画像啊。"

我觉得，这似乎比践踏神像更让人难过。

出神的时候，小朔的手放在我的头上拍了拍。

"怎么啦，一香公主有什么烦恼吗？"

"我才不是公主……我是侍女。"

他将手移开，轻轻地放在我肩上。我再也忍不住，声音里带了哽咽。

"我一味地迎合她们，怕被排挤，却对好不容易相互了解的唯一一个朋友做了过分的事……"

我哭得稀里哗啦，小朔温柔地搂着我的肩膀，说着"是啊是啊"。露台边上略微形成一个死角，俊介的朋友在拉小提琴，庭院里的其他人都听得入迷。

"我明白你的感受呀。初高中阶段很容易给人一种感觉：如果不和大家一致，就没法往前走。就像这个五线谱一样，人人都想把自己放在一个定好的格子里，偶尔就会看不清自己的位置。有时候，我这个当老师的在旁边看着都觉得心酸。我时不时会想，如果大家不在学校这个大集体里，而是在小一点的圈子里能彼此交流就好了。"

小朔的话令我有些意外。我一直以为他在初中当老师，当得很开心。难道他有一天也会换工作吗？

"和别人不一样，并不是多么糟糕的事。我想每个人都有自己的个性就很好，这个社会理应包罗万象才对。我也相信，多花些时间，时代会慢慢变成我所希望的样子。"

他看着乐谱，边说边指着 Sol 音符。

"那，你知道 Sol 音符的意思吗？"

"嗯……"

小朔的口中说出"Sol 音符"这个词，我的心怦怦直跳。直觉告诉我，它将带给我全新的美妙启示。

"是这个……"小朔停下来，对端着空托盘从我们旁边走过的服务员说："不好意思，有圆珠笔吗？"服务员从围裙口袋里取出一支笔递给小朔，转身往院子里去了。

他将复印的乐谱放在桌上，在 Sol 音符的位置下笔。

"Sol 音符在这个旋涡的中心，这里有一个十字架似的交点吧？这里就是 Sol 的位置。"

"是这样吗？"

我提高了声音。小朔意味深长地笑道："是呀——"小朔这玩梗的水平不输给外卷先生。[1] 我不禁破涕为笑，他也和蔼地笑了。

"Sol 音符原本用字母 G 表示。经过了漫长的时间，才变成现在的样子。"

"……就像菊石一样。"

我喃喃道。菊石经过漫长的时间，才变成了旋涡的形状。

"菊石？"小朔眨了眨眼，继续说下去，似乎没有特别留意我说的话。

"现在的音阶是'Do Re Mi Fa Sol La Ti Do'，不过很久以前，音阶是从 La 开始的。'Do Re Mi Fa Sol La Ti Do'用英文字母'ABCDEFG'来代替，日语的音符读法是'I Ro Ha Ni Ho He To'。所以，Sol 对应的是 G，日语里对应 To。所以 To 音符指的就是 Sol。"

小朔一边说，一边在纸张空白处写下英文字母、片假名和平假名。

"一切都在慢慢变化，这就是所谓的无常。一千年后，就连这个

1　在日语中，"是呀"和"Sol"的发音相近。

To 音符也许都不是现在的样子了。也许音阶不再从 Do 开始，乐谱也不再是五根线。但无论时光流逝带来多少改变，只要 Sol 有一根清晰的轴线，知道自己的位置，就不会变调。名曲就永远能美妙地奏响。"

他的指尖摩挲着《恩友歌》的曲名。

"我知道，你担心自己从五线谱中滑出去。没办法，对学生来说，学校和家就是你们生活的全部。不过，以不被嘲弄、不被笑话为轴线，也许你的确不会受到排挤，但可能也很难交到真正的朋友。所以，一香要找到属于自己的 Sol 音位置，无论被谁嘲笑都不会放在心上的位置。这样的话，今后无论环境怎样变化，你都不会失去自我，也能收获真正重要的朋友。"

小朔将圆珠笔放在桌上。

我的 Sol 音，在旋涡的中心。

我紧盯着小朔画下的那个 Sol 音符。

服务员端着空玻璃杯回来了。小朔特意站起来，将笔还给服务员，道了谢。

我们在横滨的外婆家住了一晚，星期天的晚上回了静冈。

休假的星期一，我去了商场。

明天是能见到乃木君的最后一天。我要真诚地向他道歉，向他道谢，再送他一个礼物。

我从没送过男生礼物，不知道该选什么好。而且，我也没多少零花钱。

最后，我打算送书，便去了商场里的书店。那里肯定有黑祖洛依德所有的书，我打算买一本图集或写真集。

来到店里，文具专区旁边贴着一张"化石展销会"的海报，我瞪大了眼睛。这家书店经常会临时卖一些和书或文具无关的东西。我来到放化石的台子前面，心里有如小鹿乱撞。一块化石大概要多少钱呢?

化石被放在火柴盒大的塑料盒里,整齐地摆放着。有恐龙的牙齿、三叶虫、猛犸象骨。

还有菊石,我看到了。

有浅棕色的,有带点灰色的,还有发白的。每个大概有五百日元硬币的大,各个都不同。

我细细品味,选中一只螺壳形状最紧实的大理石色泽的菊石。

盒子角落里附着一张标签,上面写着"白垩纪"。距今一亿四千万年的菊石,是我用零花钱也能买得起的售价:一千一百日元。算上百分之五的消费税,是一千一百五十五日元。

我刚要伸手去拿,就听到身后有人叫我:"一香。"是花音和琉美。

"哎,搞什么啊,化石?"

"哇,好恶心!"

一瞬间,我有点打退堂鼓。

但想起昨天小朔为我画的 Sol 音符,我又忽然开心起来。

我没说话,径自将为乃木君选的那只漂亮的菊石拿起来,朝收银台走去,留给她们一个背影。这是我第一次觉得,不知道她们的表情和交谈的内容也无所谓。

"这是我要送人的礼物,能帮我包起来吗?"我问店员。对方莞尔一笑,回答:"好的。"

直到我接过印有书店名字的包装纸包好的小盒子,花音她们好像都在看我。一出店门,她们两个等在门口。花音说:"你不会是要送乃木礼物吧?"看她的样子,像是说给琉美听的,其实我知道,那是说给我听的。

"送男生化石,好好笑啊!"

琉美刻意捂着肚子,哈哈大笑起来。

"明天见。"我笑着和她们点了个头,便往电梯口走去。

我没必要瑟瑟缩缩地说谎，也没必要较真地问她们送化石有什么不好。

我喜欢化石，乃木君也喜欢，我希望他记得，我们曾起劲地聊着化石，度过了一段快乐的时光，所以我想送他这份礼物。无论被谁嘲弄或笑话，都要有一根不放在心上的轴线。我的 Sol 音符就在这里，脚踏实地。

电梯缓缓向下。我的余光仍能看到花音和琉美呆立在楼上。我笑了笑，嘴里念叨着："不要羡慕我呀。"

第二天一早，我就去了理科教室。

其实，前一天晚上我想给乃木君打电话的。但今年开始，学校的联系名册停用了，我没找到他的号码。

乃木君不一定会来，但我想在这里等他。

我坐在窗边的座位上，看远方的山顶。

乃木君。

乃木君，乃木君。

抱歉啊，对不起。

和乃木君成了好朋友，我其实特别开心，可我这个软弱的人，却选择了疏远你。

我不想就这样，什么都没有告诉你就让你离开。

我就这样一个人一动不动地坐在教室里，寒意袭来，我把冻僵的手揣进衣兜。"咔"一声，我的手好像碰到了什么东西。

对啊！我差点忘了，还有"困惑时的旋涡糖"。

还有这么个好东西，只怪我到现在才想起来。

我剥开玻璃纸，将糖果放入口中。没想到糖一下子就化了，糖果是蓝色的，我以为会是苏打冰棒的味道，实际却酸酸甜甜的，有点像柠檬味。

我再次合拢双手，许下愿望。

乃木君，快来，你快来呀！

就在这时，山上"唰"地闪过一道光。

"啊！……"

我跑到窗边。

银色的圆形飞船在空中划过，然后一下子消失了。

……UFO。

好厉害！我看到了，真的有UFO！

到了班会的时间，乃木君还是没来。

"乃木君感冒了，今天请假。"听老师这样一说，我几乎全身脱力。

"他说今天就是最后一天了，虽然很遗憾，但发烧太严重了。"

"困惑时的旋涡糖"一点用也没有，也可能是我的使用步骤有问题。我想见到的不是UFO，而是乃木君啊！

……我们大概就这样无法再见面了吧。

要问老师乃木君家的地址，放学后去看他吗？不过，如果他高烧卧床，我再去打扰就不好了。我没跟花音和琉美聊起昨天的事，只是寻常地问了一声"早安"，对方也答了句"早安"，仅此而已。大概是她们看出我不再惴惴不安，便觉得欺负我也没意思了吧。

今天的课只到上午就结束了。

我们做完扫除，拿到通讯录的时候，乃木君竟然走进了班里。

"乃木君，你发烧好了吗？"

老师惊讶地问。

"好像彻底退烧了。"

他不好意思地挠了挠头。

啊，太好了。

无论如何，一会儿我也要和他说说话。想到这儿，我的心就怦怦直跳。

不经意间，我对上了乃木君的目光。

不知道为什么，他好像露出一个舒心的微笑，我也被他感染着笑了。于是我们心照不宣，都知道一会儿要去理科教室集合。

放学后，我在理科教室等了一会儿，乃木君拎着一大包东西来了。他要带回家的东西很多。

他将纸袋一股脑放在地上，喘了一口气，走到我面前。

我毅然决然地低下头道：

"对不起！"

看我先道了歉，乃木君有些疑惑："呃，你这是……"

"和乃木君成为好朋友，我很开心，你真的让我有一种得救的感觉。可是，我却介意花音她们的看法，对你说了过分的话，还故意躲着你。真的真的非常抱歉！"

"好啦，我已经听了很多了。"

"嗯？"

我抬起头，看到乃木君的目光中充满温柔。

"我梦到园森了。"

梦到我了？

"早上我发了高烧。虽然觉得可惜，但我还是告诉妈妈今天不去学校了，然后又躺回了被窝。睡着之后，我梦见你在这里等我。梦见你合着双手，都快哭了，一个劲地跟我道歉。"

说到这儿，乃木君把一只手插进校服兜里。

"而且，不知道怎么回事，你手里还拿着这个——我周末刚准备好的东西。"

他的手从兜里伸出来，手心处放着一个书店的包装纸包好的小盒子。

这……不会吧！

"这是我在商场的书店看到的，送给你当礼物。"

乃木君满脸通红地将小盒子递给我，我颤抖着手接过来，傻愣愣地说了句"谢谢"。他的语速忽然变快了许多：

"接着，发生了了不得的事。我醒了，一边呆呆地想着刚才梦见了园森，一边从被窝里爬起来。然后我觉得窗外好像有什么东西一闪一闪的，我觉得好奇，就拉开窗帘一看……"

"UFO！"

"对！"

乃木君竖起一根手指。

"尽管只是一瞬间的事，但UFO确实从我眼前闪过。大概有一辆车子的大小，银色的，圆圆的，中间有个旋涡的形状。我'哇——'地大叫一声，它已经像发送暗号似的闪着光消失了。再后来我就觉得身体舒坦了许多，热度也彻底退下去了。UFO治好了我的感冒！"

他看着窗外，雀跃不已。

原来，那颗糖果这么有效。它让我出现在乃木君的梦里，连UFO都让我们看见了。也多亏了它的力量，我才能和乃木君见面，在这里和他聊天。

但是——

但在这里发生的事，不再是糖果引发的奇迹。我从包里拿出小盒子，递给乃木君。

他看着我，大为吃惊地问：

"咦？咦！我可以打开吗？"

我们站到窗边，同时拆开了手中的包装纸。两个人的手里，都出现了一枚小小的菊石化石。

"……神了……"

乃木君为我挑的菊石米色中带一点点红，相对可爱一些。他吸了吸鼻子：

"抱歉，我要哭了。我好高兴啊，谢谢你。"

他身旁的我也感慨万千。这对菊石就像我和他一样，自然而然地凑成了一对。

乃木君边擦鼻子边说：

"人心是不是长在脸的正中央啊？不然为什么高兴或感动的时候，鼻子就会酸啊？"

"但是，难过的时候，胸口就会感到疼痛或沉重。我一直觉得，分泌感动泪水和悲伤泪水的，应该是两个不一样的器官。"

"啊，这也很有意思。说不定人心是像气球似的东西，会在身体里飘来飘去。开心的时候就向上飘，难过的时候就蔫蔫地向下沉。"

我想一直和乃木君这样聊天。

如果没有男女之分，也没有距离的阻碍，想聊天的时候就这样一直一直聊下去，那该多好啊！人的肉身，是多么沉重而麻烦的负担啊！

"园森说得对，说出口的话就会成真。"乃木君忽然说，"可我说错了话呀。我说想住在东京，其实是想在很久很久以后，等我长大以后再去东京住。现在……我还是想在这个连电影院都没有的乡下小城，和园森一起读高中啊。"

我也一样。我想和乃木君一起上波高，和他聊说不完的话，和他一起走向未来。但我没把这份心愿说出口，只是双手握住了那块菊石。

我们还是孩子，生活中的一切都会因父母的变动而改变。仅凭我们，大概没办法阻止这场离别。

但我知道，这并不是结束。无论分隔多远，我们的关系不会就这样结束。

我们终将褪去初中生的身份，再修满高中的课程，就这样不断地改变下去。菊石的外壳会从笔直变成旋涡的形状，我们也会在时光的洪流中不停蜕变。

"谢谢你，乃木君。今后我会经常想起和你聊天的时光，无论何时，想到这些我都会开心，就算发生了难过的事，想到这些，我一定也能坚强地渡过难关。因为我很清楚，这里才是真正属于我的地方。"

今后，接触到库布里克、卓别林的电影，或者黑祖洛依德的小说，我一定会想起乃木君。在新生活的浪涛中起起伏伏的我们，一定还会再见面。

"我也是。"我的朋友乃木君说，"我也不会忘记。即使长成了蓄小胡子的大人，我也绝不会忘记和园森一起度过的这段时光。"

菊石一圈圈地转出旋涡。我们手握着一亿四千万年的光阴。
思念可以超越时空。想起彼此的时候，我们随时随地都能相见。

乃木君忽然一惊，向窗外望去。我也吃惊地大喊一声。
一道银光在山顶闪过，一圈圈地打着转消失了。
像是用力挥手的朋友，笑着对我们说："再见啦！"

一九九五年 **小红花旋涡**

镰仓旋涡咨询所

鎌倉うずまき案内所

盼望是一种悲伤的傲慢。

昨晚，我在打字机上敲下这行字，很快便删除了。

尽管是从指间自然而然流淌出来的文字，但用来做台词似乎不容易传递情感。我想起舞台剧的巨匠阿久津芳朗在杂志采访中说过，那些只有少部分人能懂的剧本，成名后再写也不迟。

剧作家鲇川茂吉如果想成名，就得写出更多触动人心的台词。前天我就满四十岁了，我那小破剧团还迟迟没走上正轨。茨城老家的父母念叨我："干不出一番事业就回家吧。"第二句是："枉费我们呕心沥血，让你上了 W 大学。"

心情沉闷的我眺望着海平面。

四月份的由比滨海风萧瑟。我拆开路上在便利店买的长条夹心面包包装，细长的面包卷夹着口感独特的奶油，算上百分之三的消费税整整九十日元，这就是我的午饭了。我把包装袋向下褪四分之一，盘腿坐在沙滩上嚼起面包来。天上有老鹰在盘旋。

"……好想在大箱子里演啊……"

听见我的抱怨，广中苦笑起来：

"你从去年就一直这么说了吧。"

"箱子"是指剧场。不是我们平时表演的那种座位数一百人左右的小剧场，而是能动员八百人的大剧院，就像阳光剧场那样的。我迫不及待地盼望剧团能早日成名，不必再由自己人辛辛苦苦地搜刮经营剧团的费用或亲自在街上派发海报，盼望着赞助商介入后，有人扎扎实实地帮我们宣传。

广中从刚才一直弯着腰，好像在找什么。

"广中，你在干吗？"

"嗯……我看看。"

我拿着面包站起来，走到他身边。

广中是我主办的剧团"海鸥座"的演员，和我有十二年的交情。

他身上有我没有的温柔，还有一副甜美的面孔，显得教养颇佳，是个很不错的男人。他长得有点像演员三田村邦彦，黑亮的眼睛和侧脸那种小少爷的感觉都跟三田村邦彦相近。可实际上，广中并不是有钱人家的公子哥。大家总觉得他父亲是某地方公务员，他本人几乎没有工作，因为他即使什么都不做，也能随随便便被人恭维或照顾。于是，野心或执念之类的东西不会在他身上发芽，他浑身只散发着没吃过苦的气场。

事实上，他和我同龄，我们二十八岁认识，今年我们都四十岁了。他一直在各个地方辗转着打零工，兼做演员。我觉得，就这样和他一起，一边写戏一边变老也不错。

今天有大学时的学弟找我们帮忙拍电视剧，于是我们来了镰仓。

拍摄进度比预计的要快，没到中午就结束了，我们决定在附近转转。我和广中都住在中野，这是我们第一次来镰仓。听说沿着若宫大路往鹤冈八幡宫的反方向一直走就能走到海边，我们步行十五分钟，来到沙滩上。

广中蹲下来，从沙滩上抓起一个东西。

"你捡着什么了？一百块钱？"

我的话刚说完，手里的面包"嗖"地不见了。

怎……怎么回事？变戏法？

我看着长条夹心面包的包装袋从空中轻飘飘地落下来，整个人都呆住了。原来是被老鹰抢去了，而且它灵巧地只叼了面包。

"……我的面包……被老鹰……"

"被叼走了？老鹰叼的？好厉害啊，一瞬间的事。"

广中看看天，再看看我，笑了。

可恶，我的午饭没了。

"把我的饭团给你吧？"

"不要。"

广中的手握饭团不是在便利店买的，而是他的女朋友绫子做的。我还没落魄到欢天喜地地侵吞别人爱情渣滓的地步。

"你捡了什么？"

广中沉默了一会儿，低下头，有些犹豫地摊开手。

是樱蛤。

"……茂吉。"

"啊？"

"我不想再演戏了。"

"嗯？"

一股怅然若失的情绪突然袭来，那感觉就像被老鹰抢走了面包。我慌忙抓住广中的手腕说：

"干……干吗啊？怎么这么突然？"

"不突然，我一直都在想这件事。我想演完七月的公演就不干了。"

七月的公演报名参与了戏剧节，我刚把剧本写得差不多，正要开始和大家对台词。

我在这场戏上下了赌注。这次的活动规模很大，不仅是区域复兴，还有电视台协助，如果这场戏能被大家认可，就有机会一举成名。再说，这次的评委会委员长是阿久津芳朗，活动方事先和参与者约定，若能摘得桂冠，剧目就能得到阿久津芳朗的支持，在大剧场再演一次。

"你……你别这么说啊。我都开始构思戏剧节之后的剧本了。是中年男女的纯爱故事。女方有家庭,却在丈夫外出的几天里和一位摄影师坠入情网。不错吧?我会找一个超漂亮的女演员的。"

"不就是照搬《廊桥遗梦》吗?"

"呃!"我松开广中的手,按住胸口。

我没打算照搬热门小说的梗,但故事情节确实像他说的那样。

"啊,那……这样呢?讲一个生活穷困的少女,遭受父母和周遭的迫害,还坚强地抗争……"

"可怜我就给钱。"

广中苦笑道。他大概觉得这情节是照搬了高收视率日剧《无家可归的小孩》。"可怜我就给钱"是电视剧中有名的台词。

"不是照搬,这叫戏仿。"

他望着嘴硬的我,目光中充满怜悯。我急忙补充道:

"哎呀,我可能有点灵感枯竭,不过这是一时的,每个人都有瓶颈期嘛。下回我一定写出一部名作,你就等着瞧吧!最近就先这样,做点电视剧的活,同时……"

"这不就是群众演员吗?剧组连普通人都收。都不拍我们脸的。"

的确如此。塚地请我们干的是群众演员的活,岂止不拍脸,能拍到一个背影都算幸运的。当群众演员,在电视剧上根本找不到自己。但这也是正经的戏剧工作,至少我引以为傲。

刚才,我和广中一起,演了在鹤冈八幡宫参拜的"角色"。

我们在通往正殿的台阶上来回走了好几遍,反复路过种在旁边的大银杏树。那棵树树龄千年,可以说是长生不老了。但作为一棵大树,千年似乎不算老迈,它生机勃勃的,有种正当年的感觉。挺拔的枝干似乎不会因为遇到一点小事就意气消沉,似乎也让我觉得不努力不行。我苦口婆心地感化广中:

"可是,你有很多粉丝呢,他们都会难过的。要是以后没人来看演出可怎么办啊?"

"最近的调查问卷，几乎没人写我的名字了吧？"

"哪有的事！那，你再好好考虑一下吧，我还想和你一起干呢。我们一直都在一起追梦的呀！"

"追什么了啊！"

广中像是要掩饰什么，他大叫起来。我吓得没敢说话，他不再看我，像是要把情绪卸给沙滩似的，他冷冷地说：

"……根本就没追。现在的我们，不过是被梦赶着走罢了。"

我沉默着。广中凝视着手心里的樱蛤，告诉我：

"我要结婚了。"

"……结婚。"

"她怀孕了，现在有三个月了。"

我知道广中和绫子现在在同居，绫子好像在做牙科医生之类的工作，广中和她在一起就像个吃白饭的。

"虽然对不起茂吉……但我打算认真工作，守护绫子和孩子。"

他似乎心意已定。广中这家伙，平时总是笑呵呵的，现在居然一本正经地板着脸。

我两手插在牛仔裤的裤兜里，转身背对着他说：

"我去买午饭。"

"嗯，我在这儿等你。"

我刚朝便利店走去，又突然站定了，转过身说：

"广中啊……"

"嗯。"

"同情我就揽点客人来。"

他皱皱眉，然后虚弱地笑了："我才没同情你。"

要说我为什么生气，就是气他那句"虽然对不起茂吉"，总给我一种居高临下的感觉。怎么就对不起我了？是因为他要去过幸福的生活了，所以感到抱歉？还是可怜我打着光棍，还无法靠写戏养活自己？这不就是同情吗？这家伙变了啊。至少他以前不会在我聊剧本的时候打断我。

该死，我流泪了。四十岁的大叔因为被搭档扔下哭了，这是短剧情节吧？我用手背吭哧吭哧地擦着眼泪，忽然一个激灵，望了望四周。

……这是哪儿啊？

离海边最近的便利店，就在走路不到五分钟的地方。沙滩上修有方便走到路上的台阶，爬上去马上就能看见，来的时候我们还路过了。我本来打算去那家店的，但受到悲伤情绪的刺激，好像在胡思乱想之间，不知不觉走到了奇怪的地方。

路的左右两边各有一排大号的独栋住宅，附带漂亮的大门、宽敞的庭院。一栋洋房似的白色住宅的车库里，停着一辆绿色的美系车。

看来这一带住的都是有钱人，也不知道这样的人家一年能赚多少钱。不知道这些人相不相信，这世上还有拿一个长条夹心面包当午饭的男人。

但我又觉得有点不对劲。这里明明是住宅区，却不见一个人影。而且，离海这么近的地方，怎么会有这么多民宅呢？

视线一角好像有个东西在动，我将目光移过去，一只巨大的凤蝶翩然飞过，大概有我的手掌大，这蝴蝶大得有点吓人了。我看着蝴蝶正这样想着，它竟飞到我脸前来了。哇，别过来！别把鳞粉撒我一身！

我绕开那只凤蝶，转过墙角，遇到一家古董店似的店铺。透过门上的玻璃，能看见店里有许多旧钟表。

门上挂着"闭店"的牌子，看来店家今天休息。真是一个人也没有。这一片到底是怎么回事啊？好像所有人约好了一起休息，从这个世界缺席了似的。

仔细观察，我发现店旁边有个招牌。"镰仓旋涡咨询所"——木板上有这么一行粗壮的手写字，还画了一个向下的箭头。这栋建筑配有户外楼梯，似乎通往地下。

既然是咨询所，应该能帮我指路吧——如果有人的话。我走下台阶。

下面有一扇铁门，看来店家还挺傲气的。开咨询所，应该再平易近人一点吧。转动圆形门把手开门，里面一片漆黑。我一度怀疑这里也休息了，却发现里面亮着一盏盏小灯。不久，我的眼睛适应了黑暗，原来再往下还有一段旋转楼梯，许多小灯泡挂在扶手上。

我沉吟片刻。

这里的黑暗、促狭、怪异，对我来说有种莫名的亲切感。

这种亲切感……

是排练房。没想到镰仓的海边也有这样的小屋子，在镰仓演一场也不错。场地租借费估计不低，但不妨进去看看，就当提前踩个点。

沿着旋转楼梯往下走，黑色的墙壁渐渐变成了深蓝色。这种演绎方式挺好，开演之前先勾起大家的兴致。

我走到最底下，停下脚步，才发现这里的空间狭小得让人无话可说，四个演员并排站都困难。也没有灯光和观众席，只有两个穿西装的老头在墙边的小圆桌前坐着下奥赛罗棋。墙上挂着一只海螺，大如砂锅。起初我以为那是一块表，但螺面上没有数字，也没有表针。

"请问……"听到我说话，两个老头齐刷刷地看过来。他们……长得一样。

"你和朋友走散了？"

一个老头问。

我的心好像被谁猛地揪了一下。走散了？

他顶多是问我是否迷路，听在我耳朵里却格外沉重，好像意味深长。

是啊，我确实走散了。和广中、和戏剧走散了，也和社会走散了。

我呆呆地想着，不自觉地答道："正是这样。"

另一个老头颔首："哎呀呀。"然后他们同时站起来，向我鞠了一躬。

"我是外卷。"

"我是内卷。"

听到这里，我马上明白了，他们俩是双胞胎漫才[1]组合。仔细观察就会发现，他们的刘海和鬓角都如名字一样，一个向外卷，一个向内卷。

"镰仓旋涡咨询所"也许是他们组合的名字？我没听过这个组合，也没见过这两个人。

不，他们看起来已经年过七十，如此沉稳，也可能是元老级人物，只是我自己学艺不精。我可不能失了礼数。

"我叫鲇川茂吉。"

我也弯腰低头回应。

外卷先生忽然吃惊地向后仰身：

"鲇川茂吉！"

怎……怎么回事？难道他们认识我？！

看来我还没彻底被幸运抛弃，这么多年的努力没有白费。如果能借此机会拉上关系……

"真是一个好名字呀。"

外卷先生向外捋着鬓角笑了。

什么嘛。就这样而已？原来他不认识我。我吸了口气，不再浮

1　漫才：日本的一种喜剧表演形式，类似中国的对口相声。——编者注

想联翩。

"噢……这里是排练的地方吗?"

"排练的地方?"

内卷先生稳重地偏头反问。

"呃……我以为这里是排练房才进来的,可屋里没有观众席。"

"人生的一切,都像一场戏呀。"

外卷先生闭着眼,若有所思地点头。内卷先生接过话头:

"既然如此,茂吉先生,就让我们听听你的故事吧。"

"故事?没什么,我只是想去便利店,结果迷了路……"

我的脑子麻了一下。千言万语涌到嘴边,而我不知道为什么,正打算将它们说出来。

如果是剧本,我会这样写:

舞台变暗。

——成立海鸥座是十八年前,我刚大学毕业的时候。

就读的 W 大学有几个舞台剧团体,我加入的戏剧圈子名叫"皇帝"。

如今说起这些,已经是陈芝麻烂谷子的事了,不过学生时代,大家都说我是"皇帝"的领军人物。从我写剧本开始,"皇帝"的人数显著增加,观众提前三小时排队取票也是常事。"皇帝"成了备受瞩目的剧团,上了杂志和报纸,我作为团长和剧本创作者,接受了很多采访,获赞无数。

升上大四,我依然没找工作。除了继续写戏,我不做他想。

就这样,几乎刚一毕业,我就组建了自己的剧团。三位同级的学生报名参加,成了创始成员。尽管我没特意宣传,但还是有不少人主动打听海鸥座的情况,并志愿加入其中。那时的我们,被美好壮阔的青春和错觉支配着,相信剧团很快就能走上正轨,大有所成。

我花了五年时间才意识到海鸥座和大学生剧团截然不同。光是观众就和从前不一样。愿意去大学礼堂看戏的学生不可能直接转化到剧院，更重要的是，我们自己也很难再像大学时一样，即使没有正经工作、没有生活费，仍能全情付出。没有想象中的收益，连生活都难以为继。团员的想法和价值观也各有不同，有人离开，又有新人进来，在此过程中，正式团员越来越少。每场公演，我都想方设法到各个地方拉人来客串。即使是这样一个补丁连连的剧团，我也把它当孩子般爱护。

剧团组建六年后，有阵子我常去一家爵士咖啡馆写剧本。有一天，广中主动和我搭话。他和我一样，经常点一杯咖啡就在咖啡馆坐上半天，埋头读二手的文库本，看上去永远都很闲。我问："要不要和我一起演戏？"他毫不犹豫地回答："好呀。"听起来气定神闲。

广中是个没有固定工作的流浪汉。尽管他之前没演过戏，却看过很多书和电影，颇有演员的天分。而且我们很少发生摩擦，这是最让我欣慰的一点。

站上舞台后，广中立刻收获了观众的尖叫声，他也是公演结束后收到花最多的人。我觉得，只要有他在，要我写多少个本子都不成问题。广中也说过，和我一起演戏很开心。

十二年弹指一挥间。如今，海鸥座的正式团员只剩下广中一人了。

半年前，广中上了《笑一笑也无妨！》的"艺人模仿秀"栏目，我也去了，为他举了牌子，上面写着"不做必杀工作的三田村邦彦"。模仿成功与否要看节目嘉宾们的感觉，获奖者能拿到奖金。但我们并不是冲着奖金去的。

我举的牌子一角有一句广告：

"剧团海鸥座"。下面是戏剧的公演日程和地点，我特地将公演安排在一星期后。

这可是面向全国播出的节目啊，这可是《笑一笑也无妨！》啊，主持人可是塔摩利啊！经此一役，海鸥座的名字一定会在全日本家喻户晓。塔摩利一定会主动问起："你还玩剧团吗？"就算塔摩利不问，关根勤[1]他们说不定也会想着问。这样一来，只卖了一半的票肯定马上就会卖光。要是有电影导演看中了广中，请他参演影片，海鸥座肯定一下就火了。

但这份期待轻易就破灭了。

我举的牌子顶多在镜头中出现了两秒，广中的脸出现了三秒，模仿秀的票选结果是一半通过，一半否定，属于我们的时间就这样结束了。场上观众只给了几声干笑，塔摩利和关根勤一句评价也没有，助理就撵着我们退场了。

离开信息大厦，走在新宿的街上，我说：

"今天这事就这样吧。总有一天，我们会登上'电话惊喜'栏目。到时候，今天的这段录像就会成为他们的宝藏！"

"电话惊喜"是《笑一笑也无妨！》中的明星栏目，由塔摩利和嘉宾做双人对谈。嘉宾人选按照接力形式，由艺人或文化人介绍各自的朋友来参加。要想参加节目，首先要成为当得起名头的知名人士。

"就当免费培训了。"我笑着说。

就当免费培训了——每当我输得一败涂地时，就习惯这样念叨。今后成了大人物，这些丢人的悲惨故事也会成为一桩美谈，眼下的一切都在为今后做准备。当务之急是在这些主流娱乐节目上露脸。我们已经在富士电视台留下脚印了！

可是票依然卖不动，不仅电影导演没来问候，连和我们一起打工的员工也一句"我看到了"都没说。开演前要准备的工作越堆越

1　关根勤：日本搞笑艺人、演员、歌手、主持人。1985年至2014年作为常驻嘉宾，参演综艺节目《笑一笑也无妨！》。

多，没法再用俏皮话糊弄过去了，我却假装什么也没看到。

不过，上了《笑一笑也无妨！》，也并非一无所获。唯一联系我的人，是塚地。

牌子上写的那场公演结束后不久，他在半夜打电话给我。电话里的声音醉醺醺的，一开始，我根本不知道对方在说什么，以为是骚扰电话。刚打算挂掉，那边来了一句："是我啦，塚地。'皇帝'剧团的！"

塚地是我在"皇帝"剧团时的学弟。他平时总是待在后台，我一直以为他是个喜欢见风使舵的家伙。那时候，他经常把剧团当成自己家，勤勤恳恳地干这干那，还时不时搓着手奉承我。

《笑一笑也无妨！》我看啦。当时就想：不会是茂吉吧！结果还真是你。我以为你的电话号码会换，没想到你还住在原来的地方。中野的木质公寓！"

我们聊了一阵，大学毕业后，塚地去了电视台工作。得知他正在参与电视剧拍摄，我便问他，最近能不能见一面。

"好啊。"他爽快地答应下来，没选咖啡厅或居酒屋，而是把见面地点定在了他工作的电视台大厅的休息室。真是感激不尽，我想。这样我们大概就不会只顾着回忆往昔了，如果能拉上关系，也许还能接到工作。我们又是老相识，说不定他会介绍业界强人给我认识。

约定见面的那天，我在前台办好会客手续，在宽敞通透的休息室等了一会儿，塚地来了。他比上学时胖了不少，戴着一副怪异的白框眼镜。

"哎呀呀，好久不见了。"

塚地一屁股坐在我对面。很明显，他上了年纪。当然，我也一样。

他从皮质名片盒里抽出一张名片递给我，看到"制作人"的头衔，我大吃一惊。

"你的剧团怎么样？"

他说着点燃手中的万宝路香烟。

"啊，嗯，还算顺利，不过还想再努把力吧。前阵子不是上了《笑一笑也无妨！》吗？那次的演员蛮有人气的……"

我说话时，有位红光满面的西装大叔路过。

"嘿，小塚！"

"啊——早上好。"

塚地抬起夹着万宝路的手，和对方打招呼。已经过了中午，竟然还在问早安。影视圈的人还真是这样打招呼的。

"上周的收视率好像不错嘛。"

"嘿嘿，托你们的福。"

两人聊了几句，好像说的是偶像剧的事。"小塚"说话间不时带几句猥琐的玩笑，跟起码比他大十岁的大叔相谈甚欢。

我还等着他和那位大叔介绍我，大叔却一眼也没看我就离开了。塚地点燃第二根万宝路，问我："咱们刚才说到哪儿了？"

就当免费培训了——好了伤疤忘了疼的我，又开始在心里念叨。

"我想，海鸥座除了舞台剧，差不多也该开始往影视领域发展了。"

"哦——"

"最近在观察有没有走进影视圈的机会。电视剧或者电影什么的。"

"哦——"

塚地吐出的烟圈蒙住了他的脸。

"那我们缺临时演员的时候，就跟你说一声。"

"……嗯，拜托了。"

临时演员啊……

是啊。看来期待塚地能帮我什么忙，是我想多了。

接下来，我们聊着从前的朋友和如今的生活，聊以前常去的某家店倒闭了，他又吸了三根万宝路。

　　然后，他炫耀似的给我指了指他的劳力士手表："我差不多得回去了。"起身时，他笑着对我说："茂吉很努力呢。"

　　塚地真来请我去做临时演员时，我犹豫过要不要接。我怀疑他是在滥用职权，把我当傻子耍。

　　但我还是邀广中一起，接受了他的委托。不管塚地究竟是怎么想的，能接触这类场合毕竟是宝贵的经验，说不定机会就在哪里等着我们呢。戏剧节的消息就是塚地告诉我的，打工的薪水虽然有限，但我仍是感激他的。

　　"这几年，我总觉得我盼望的东西都在一个个背叛我。但最近，我终于明白了。那不是背叛，怪就怪我怀着与身份不相称的傲慢，一味指望对方施恩于我。到了今天，广中跟我说要退出剧团……可我满脑子想的还是戏剧，尽管我活到四十岁时又失去了最后一座靠山。但我也许只是意气用事罢了……我也说不清。也许我只是走到了这一步，没有退路可走了吧。"

　　听我说到这里，外卷内卷组合突然站在我面前，两人齐刷刷地举起双手的大拇指，异口同声地喊道：

　　"很好的旋涡！"

　　"嗯？"

　　四根大拇指上印着一圈圈的指纹。看着它们，我渐渐有种喝醉酒的奇妙感受。

　　这时，墙上的海螺开始打转，就像 LP 唱片一样。

　　"咦？"我忍不住又叫了一声。它是怎么动起来的？有遥控？

　　我仔细盯着海螺，只见它的口盖"啪"地打开，里面扭来扭去地伸出好几条腕足。喂，它难道是活的？

　　"这……这是什么东西？"

　　见我向后退了几步，内卷先生冷静地说：

　　"不用害怕，那是我们所长。"

"你居然说，这长得像菊石的东西是所长！"

"不是'长得像菊石'。它就是菊石，是这间咨询所的所长。请注意您的措辞。"

内卷先生皱起眉头，语气严厉。性格沉稳的人生起气来真是可怕。

"对不起。"我一面道歉，一面再看那所长。只见它腕足和身子的连接处露出一只大眼睛，一只漆黑的眼睛。这眼睛，我好像在什么地方见过啊。

"……好像乌贼啊。"

听到我的自言自语，外卷先生闪身走到我身旁。我以为说了乌贼什么的，又要被骂，他却说：

"高水平的回答。菊石是头足纲，它不是贝类，而是乌贼、章鱼的近亲。"

"咦，这样啊？"

"别看它这副模样，其实是肉食动物。以小的甲壳类动物和微生物为食。"

"哦——"

外卷先生微微一笑：

"怎么样，很漂亮吧？"

嗯？

那句"怎么样"，是他在玩谐音梗？[1]

外卷先生看我的目光中有几分挑衅。我明白了，这是测试啊。他们一定是在考验我的词汇量和幽默感。我做了个深呼吸：

"果然是乌贼的近亲呢。我还担心不是呢。"

话音一落，我眼见着外卷先生也深吸了一口气：

"您还想知道什么，我都会尽可能说明。"

1　本节下文加点的用词，在日语中都与"乌贼"的发音相近或类似。

"培训费要多少？"

"免费。因为和您聊天很愉快。"

"愉快有悖道德。"

"胡说！你这样说，我可要生气了。"

"为这点事生气，还不如小学生呢。"

"你才该留神，用不着绷着脸说话。"

没完没了，停不下来。

我们都喘起了粗气，内卷先生道：

"你们二位，别再闹了。"

我和外卷先生面面相觑，外卷先生凑过去说道：

"……你刚刚那是？"

"啊？"

"你说'别再闹了'，对吧？"

内卷先生红了脸，摇头道："不不不。"

这时，所长"扑哧"一声，从墙上一跃而起，像浮潜似的发出"啵啵啵"的声音，慢悠悠地往前飞去。

"咦，它在飞……"

"所长今天好像有点困呢，不慌不忙的。"

"……嗯。"

所长晃晃悠悠地摇动着两条腕足，像在跳草裙舞。内卷先生见了，笑呵呵地点了头。

"它对您说，差不多该把壳子摘下来了。"

我顿感浑身无力，没想到菊石还会跟我说话。

"……呃，所长是这么说的啊。"

要我把壳子摘下来啊。

它仿佛是要我金盆洗手，不再碰戏剧，不要让过去的光环一直罩在自己身上。我一下子就泄了气。

"那么，由我为您带路。"

内卷先生举手示意。地方这么小，这是要把我往哪儿带？

我疑惑了一下，但没想到咨询所的墙离得这么远。内卷先生和外卷先生并排走着，所长悠闲地飘在他们头顶，活像一条翻车鱼。我也跟在他们身后，慢吞吞地往前走。

内卷先生把我带到一个瓮旁边，瓮大若太鼓，颜色是带点水蓝的白。

"好漂亮啊！"

听到我不由自主的呢喃，内卷先生说：

"这种颜色叫瓮觑。有人说，它是蓝染时，把布放进染缸浸一下就拉起来的颜色。"

"蓝染……"

"瓮觑是蓝染中最浅的颜色，要求职人具备极为精湛的技艺。因为它是浅到极限的蓝。"

我认真端详着瓮的颜色，心想，从古至今，不知有多少职人挑战过这一极限，又有多少人挑战失败。不会有比它再浅的蓝色了，若是染深了，出来的颜色也不叫瓮觑了。顺利染出瓮觑时，也不知职人会多么欢喜。

"好了，茂吉先生。请到这边来。"

外卷先生在瓮前向我招手。我按他说的走到他旁边，观察那瓮。这瓮构造奇妙，一眼望不到底，里面盛着许多水，有点像浴桶。

所长轻飘飘地浮在空中，施施然来到瓮上方。很久很久以前，菊石就灭绝了吧。它为什么会出现在这里？周遭的氛围一派祥和，我正愣愣地望着这一切，所长却突然一个猛子扎进了瓮中。

"咦？咦？？"

所长在水面上划出一条条圆线，渐渐沉到水底，身影越来越小，在我不知所措的时候缩成豆粒大小，终于看不见了。

"刚才那是事故，还是它自身的意志？"

"让一切顺其自然。"

外卷先生的语气像在念台词。

"到底是怎样啦，支支吾吾的，让人火大。"

"总之，不必担心。您再瞧瞧里面。"

我凑过脸去。所长消失后，水面的波纹涨大了些。能看出一圈圈的波纹摇曳、旋转着，拼凑出某种形状。

红色的粗线……波纹外围还有蕾丝似的花边……

内卷先生问：

"您看到什么了吗？"

"嗯？小红花？"

我的话音刚落，小红花一下子就消失了。这是在搞什么嘛，到底怎么回事？

"那么，给茂吉先生的提示就是小红花。"

外卷先生愉快地说。我正纳闷着不知该如何反应，内卷先生便微笑着说：

"小红花大概就是能帮助茂吉先生的东西。离开时请走这边的门。"

"哎？什么门……"

这边还有门？我四下一看，还真有。

那是一扇纯白色的门，白到有些诡异。紧挨着门有一个柜子，上面放着一个提篮。我走到门边，提篮中放着透明玻璃纸包裹的蓝色糖果，旁边还有一张卡片，上面写着"困惑时的旋涡糖"。糖果上确实有一圈圈的旋涡纹。

"请您随意拿取，一位客人……"他的话还没说完，我已经把糖全抓在手里，满满的一大把。困惑的时候简直太多了，多到我想把整只提篮都拎回去。

外卷先生"啪"地打了一下我的手。

"这不行。一位客人限取一颗。"

"这不行"冷笑话大战又开始了。

我把糖果放回提篮，只捏起一颗迎战：

"一人一颗，遗憾极了。"

如何？遗憾极了！外卷先生眉毛一挑：

"这场对决，还要继续吗？"

我正要回击，却被内卷先生劝住了：

"适可而止吧，时间快到了。"

厉害……说不定内卷先生才是真正的高手。

外卷先生动了动嘴巴，似乎还想多说几句，最后还是"扑哧"一声笑了出来：

"嗯，行吧！"

看到外卷先生开心的笑脸，我也回以一个笑容。不知怎的，我全身好像放松了不少。我似乎好久没这样开心地笑过了。

"便利店在您对面。"

内卷先生这句话仿佛是个暗号，话音一落，两人便一齐向我鞠躬：

"那么，请您路上小心。"

对面是便利店？怎么会这样？这里不是地下吗？

我莫名其妙地转动了门把手。

打开门，外面吹来一阵冷风。空气里有海的味道。

便利店真的就在眼前。我愕然地转身回望，不远处就是刚从我手中夺走长条夹心面包和广中的由比滨。

T恤、短裤、牛仔裤和毛巾搅在一起，旋转不休。透过玻璃门看到洗好的衣物在烘干机里旋转，那情景让我想起了那间咨询所。两个老头，飞舞的菊石，瓮中的小红花。那究竟是怎么回事？

在投币式洗衣店等衣服干的时候，我用红笔画着圈做标记。我的打工以在录像带出租屋干活为主，还会把批改函授学校的试卷当副业。批卷子挣不了多少钱，却可以利用碎片时间来做。洗衣店有几把椅子，靠墙还摆有柜台。虽然柜台不算桌子，但我还是常垫着它给试卷打分或构思剧本。

一位卷发的大婶拎着垃圾袋进来了。这家洗衣店旁边是浴场，洗衣店和浴场好像是同一个老板开的。大婶负责日常管理，有时坐在浴场的前台，有时去给浴场补充水果牛奶，有时来打扫洗衣店。

大婶灵巧地给垃圾箱套上袋子，屋里传来窸窸窣窣的声音。垃圾袋一般是黑色的，可从去年开始，东京大多用上了这种半透明的袋子。

我们都看到了彼此，我用目光向她致意。大婶苦着脸说："打扫卫生，真是永远都看不到头啊！""是啊。"我尽量不得罪她。

"真是的，能不能找人发明一个自动的扫地机器人啊？"

"啊哈哈，那是科幻世界里的事啦。"

"是哦。"

她笑起来时，有一颗露出来的牙齿闪着金光。不一会儿，大婶拎着口袋走了，我的目光又回到试卷上。

初中二年级，国语，须贺勉同学。名字写作"勉"，读作"tsutomu"。

错，错，错，错。勉君这一次的汉字也都写错了。他简直是创造新字的天才。既然能在家学习，就事先查好了再写啊……不过，这么做也许有悖他的原则。他凭实力决胜负，每道题都答了，没有空着的，这一点很了不起。

勉君不擅长国语，也不擅长社会、理科和英语，唯独数学成绩出众。由于是函授教育，我们不知道彼此的长相，也没说过话，更是一次面也没见过。同一位学生的卷子不一定每次都会给同一个人来判，但判过几次同一个学生的卷子，跟对方交换过亲笔字迹，似乎就会萌生一种奇妙的感情。会不由自主地想象他的性格，会想多宠宠他。

阅读理解题。阅读下面的文章，说明作者在画线部分的情感。

这是一篇女作家的随笔，作者观察鸟巢时，看到小鸟在睡觉，身子圆滚滚的。试题在"宛如一朵花"这句话下面画了线，要求学生写下作者此时的心境。标准答案是"作者觉得鸟很美，意思是鸟看起来像一朵漂亮的花"。

勉君在答题栏写道："作者把鸟和花搞混了。"错！我写下批改意见："鸟蜷着身子，让作者想到了花，于是觉得鸟很漂亮。"

"嘎"的一声，自动门开了，进来一个上衣裹在身上的女人。那种衣服好像叫露脐装吧，穿上后肚脐会被人看得清清楚楚。我斜着眼睛偷瞄她的肚子，女人的目光忽然瞥了过来。

我慌忙移开视线，重新抓起红笔。不知为何，女人停下手里的动作，好像一直在盯着我看。

"嗯——"

女人大大咧咧地朝我走来。我吓得抬起头，眼前的陌生女子瞪着双眼叫道：

"鲇川茂吉！"

"……哎？"

多半是什么地方写着我的名字，她也像外卷先生一样，要说一句"真是一个好名字呀"。惶恐之际，女人咧开大嘴笑了。她涂着厚厚的口红。

"这副穷酸相，果然没错。你是鲇川茂吉吧？海鸥座那个。"

"……你认识我？"

"我以前是你的粉丝嘛！"

女人说着，朝洗衣机走去，从印有时装店商标的纸袋里掏出衣服。

"我之前一直住在镰仓的老家，这个月开始在东京工作。姐姐住在中野，所以我也搬到了这边。之前我就听说鲇川茂吉也住这一带，今天真是好巧。"

　　粉丝，她说是我的粉丝，真的吗？办皇帝剧团的时候我也许是有几个粉丝，现在几乎没有人会这样向我介绍自己了。我大为感激，放下红笔，站了起来。

　　但是，等一等。她说"以前是"我的粉丝，过去式？不，也许只是顺嘴一说。

　　"你看过我写的戏？"

　　"嗯，最开始是上高中的时候，和戏剧部的前辈们一起。大概九年以前了吧？在下北泽车站前的剧场。"

　　"怎……怎么样？"

　　"完全没看明白。"

　　"……呃。"

　　"可是，戏很有意思。每句台词都闪着冷冽的光，像冰柱似的刺向我，疼痛但舒坦。结尾的部分又一下子变得柔软。看完好几天还想回味，还想享受那种冰柱融化的感觉。那场戏就给我这样的感受。"

　　这是多棒的夸赞啊！我瞬间热血沸腾。这女子在我眼中立刻成了美人，不是那种正统的美，而是富有个性和魅力的美。我真想把这个女人，不，把这位女士说的话录下来，反复聆听。最起码也应该写下来，反复阅读。

　　我的粉丝——这位貌美如花的女士将衣服放进洗衣机，倒入洗衣液，继续说道：

　　"所以，后来我去看了好几场你的戏呢。但没多久，我就因为自己的事忙得不可开交，直到去年，才又去看了一场。没想到这次的戏无聊透顶，还有种穷酸相，让我大吃一惊。"

　　女人投入硬币，按下开关。洗衣机开始转动。

　　我恨不得像菊石所长一样，坠入瓮底销声匿迹。才被人夸得尾巴翘上了天，马上又掉了下来。

　　"……是怎么个无聊法？"

我坐在椅子上，靠着椅背。女人此刻已不再如花似玉。我刚才装没听见，但她说的"穷酸相"到底是什么意思？太没礼貌了吧。

"戏里的故事我好像在哪里听过似的。这种戏，我何必要看鲇川茂吉的呢？"

嘀嘀嘀——电子音响起。我用的那台烘干机好像停了。

我慢腾腾地走过去打开烘干机，取出衣物。穿旧的衬衫和短裤都像猫儿一般温暖，成了我现在唯一的慰藉。

"我终于试镜成功了。"

女人叉着腰，忽然来了这么一句。

"这十年，我到处试镜，终于以女演员身份出道了。"

我目不转睛地望着她。

她笑起来瘆人的大嘴，大小不一的双眼，有特点的大脑门。女人主动报上自己的姓名和年龄：

"我叫红珊瑚，二十六岁，是个演艺圈新人。"

听说她试镜的是明年上映的日本电影，尽管没演成主角，却被导演看中，拿下了配角出道。

她之前没参加过任何剧团，也没有经纪公司，此番终于加入事务所，有了自己的经纪人。

虽然她还是未正式出道的新人，却也是不折不扣的艺人了。我猜她现在应该还不太忙，便试着请她来演一场我写的戏。没想到我立刻遭到拒绝："我不要！"

"不过，我想去你们排练的地方看看，作为职业女演员，给你们提些意见。"

尽管我听不惯她自大的口吻，但中肯的意见或许正是我们现在需要的。

这次七月的公演，包括我在内的五个人都要踏上舞台。我们平时的排练借的都是公民馆的房间，于是我请她三天后的星期六来观摩。

除了我和广中，还有不时参加客场演出的多美惠和有栖，以及第一次演戏的良平。多美惠和有栖三十多岁，白天在公司工作。良平是和我一起在录像带出租屋工作的大学生。

"今天，我请到了明年要参演电影的女演员来观摩我们的排练。"良平听了我的话，立刻兴奋地探出身子说："真的吗！"他一头齐肩的蓬松长发，我看着都觉得热。他好像是在学木村拓哉，但扮相差远了。四年前，大概从江口洋介主演的电视剧《东京爱情故事》一炮走红后，留长发的男人就越来越多。

"你排练的时候给我把头发扎好！"我指着他的脑袋说。

良平"哎——"了一声，用皮筋把长发束在脑后。

这时，珊瑚大喊着"你们好"走了进来，屋里仿佛立刻明亮了许多。

"我是红珊瑚。"

她仍是涂了厚厚的口红，笑嘻嘻的。她旁边还跟着一张陌生的脸孔，年纪大概和她相仿。

"喏，我带朋友来了。这家伙的目标是小说家，笔名是黑祖洛依德，请多关照哦。"

黑祖洛依德脸上没有笑模样，眼睛朝上望着我，说了句"多关照"。他的头发在后脖颈的位置低低地扎着，跟良平的发型相近。

"你在写小说？"

我问的是洛依德，珊瑚却滔滔不绝地讲起来：

"是啊，他现在的小说都登在同人志上，放在镰仓的旧书店。不过他的小说可有意思了。"

洛依德战战兢兢地递给我一本册子，封皮上写着"旋涡"。

这本同人志用打印纸装订，我翻了翻，打印稿和手写稿都有，不时还夹几幅插画。

"茂吉先生，你好歹是 W 大学文学部毕业的吧？读完和他谈谈你的感受吧。"

我的学历和读小说之间毫无关系，而且她那句"好歹"真是多余。不过，当场顶回去就有点耍小孩子脾气了。

"我也就读一读，没有别的本事。"我说着将同人志放进包里。

大家围成一圈坐好，按顺序做完自我介绍。

良平问："珊瑚小姐，你的真名叫什么？"

"珊瑚就是我的真名。我姓桐谷。"

"哎，你真的叫珊瑚？"

"因为我出生在镰仓的海边，父母喜欢这个名字。顺带一提，我的姐姐叫乙姬，妈妈叫人鱼。"

"哇！"大家欢快地吵嚷着，不再那么拘束了。

镰仓的海啊，前不久我才去过。我不由得想起那次奇遇。

"之前茂吉在由比滨被老鹰叼走了面包呢。"

广中说笑着。大家见我苦着脸，珊瑚哈哈大笑道：

"在海滩吃东西可危险啦。海边应该有告示牌，提醒游客别被老鹰盯上吧？"

"……我没注意。"我站起来，拍了拍手说，"我们开始吧！"

珊瑚和洛依德退到墙边，抱膝而坐。我们从发音练习开始，重新围成圆圈，开始读剧本。

剧本已经基本写好了，但还需按照演员的具体演绎做细微调整。戏剧节下个月开始，演出时间为五十分钟，这是运营委员会事先要求好的。

"喂，剧本能给我看看吗？"珊瑚问。

良平把自己的剧本递给珊瑚。珊瑚翻阅着，面无表情。我们紧张地观察着她的反应。忽然，珊瑚目光犀利地对我发问：

"这是茂吉先生写的吧？为什么会这样呢？你看这句台词。"

她指着摊开的一页说。

"这有什么问题……"

我一时语塞。

"……不是应该表现冲突吗?"

听了我含糊其词的回答,珊瑚似乎并不接受。她将剧本还给良平,默默走回墙边。洛依德依然抱膝坐着,沉默地望着我们。

什么嘛,这女人真是不讨喜。既然说要给我建议,又何必这样呢?

我正想着要不要下逐客令,珊瑚已经拉着洛依德,留下一句"我们还会再来的",就走掉了。

"她生气了,我好开心。"广中自言自语地嘟囔着莫名其妙的话。

"有什么值得开心的? 不就是在鸡蛋里挑完骨头就跑了吗?"

"看来珊瑚小姐真是海鸥座的粉丝,她应该还会再来的吧。"

广中若有所思地说。

说起来,我和珊瑚还没交换过彼此的联系方式。之前我只在洗衣店告诉了她地点和今天排练的时间。就算以后见不到,也没什么稀奇的。

"谁知道呢,大明星的情绪可真是反复无常。"

我的心情低落着,重新开始排练。

没想到,我很快又见到了珊瑚。

一周后,一个星期一的傍晚,我在投币式洗衣店,一边等洗好的衣服烘干一边批卷子,珊瑚又提着纸袋子来了。

"啊。"

"……嘿。"

我有些尴尬地低头用红笔写字,尽量不去看她。

珊瑚将衣服放进洗衣机,设好程序,把空纸袋挂在胳膊上朝我走来。

"上次见你的时候,你也在干这个,这是什么?"

"函授教育。给初中生判卷子是我的副业。"

"哎，干这种事，会让人觉得你脑子不错。"

"好歹也是 W 大学毕业的嘛。"

我的话里带了几分挖苦。珊瑚穿着一双凉鞋，鞋底厚得不像话，跟京都的歌舞伎有一拼。尽管时下流行这种厚底凉鞋，但她居然不会崴脚，我还是不得不佩服她这一点的。

"你还在录像带出租屋打工吧？"

"嗯，干了快十年了。最近换了店长，比我小八岁呢。"

"茂吉先生现在的收入来源，就靠判卷子和在录像带出租店打工？"

"嗯，差不多吧。偶尔……"

"嗯？"

"哦，没什么。"

"什么嘛，这么神秘。"

我想说偶尔也给剧组打打下手，但终究没说出口。今天的我没心思虚张声势。

嘀嘀嘀——这时，刺耳的电子音传来，似乎和洗衣机、烘干机告知用户程序结束的声音不同。珊瑚从热裤口袋里拿出一个火柴盒似的四方形物件，是传呼机。

"好的，好的。"

珊瑚按停了呼叫音。

"是事务所让我带在身上的，因为我的住处没安电话。办一个NTT 的电话要七万日元呢，谁会傻到去花这个钱。我去打个电话，一会儿就回来。"

离浴场不远的地方，有个电话亭。

珊瑚出门后，我想起今天塚地给我打来的电话。

他问我要不要做代笔——说是邀约，不如说是委托。

"不是有个明星叫前岛弘树吗，我认识他那家经纪公司的社长。人家想帮前岛制造话题，让他出道成为小说家，所以请我帮忙找个嘴严又能写东西的人。大概就是这么个事，茂吉只要正常发挥，随便写写就好。对方说，只要做好保密工作，报酬肯定不少。"

塚地在听筒另一端干笑道。

我告诉他自己现在满脑子都是戏剧节的事，过阵子才能给他答复。没错，明明是一秒钟都不用犹豫就可以拒绝的事，我却说过阵子再答复。不仅如此，我还探了探口风，问他报酬大概是多少。

"前岛弘树这个名字就能轻轻松松卖掉十万本，买断再加上封口费，估计得二百万日元吧。还不错吧？也就是一百五十张稿纸的文字量。后面还要写第二本、第三本呢。"

……二百万日元。

我不清楚代笔的市场价格，但在录像带出租店干一个月的工钱只有十万日元出头，改卷子挣得多的时候也就两万日元。如果再加其他零工进来，肯定就挤不出时间写剧本或排练了。如果照他说的，写满一百五十页稿纸就能拿到那么多……

不过，比钱数更让我动摇的是塚地接下来的话：

"而且，如果跟这家社长搭上关系，至少也能吃喝不愁吧？"他说这话时异常用力，"现在你无论是想把剧团做下去，还是想转行做上班族，不是都挺难受的吗？你也差不多该脱离现在这种状态，试试那个方向了吧？经济泡沫期也过了，组个剧团，一边给人家代笔，一边跟人家搞好关系，让别人给你写个剧本不就得了吗？我和你说这些，可都是好意啊！"

我听着电话，不禁想起在镰仓那家咨询所听到的那句话：

"差不多该把壳子摘下来了。"

塚地现在对我说的，也许就是这个意思。

很快，珊瑚就回来了。

"唉，好烦啊！挂电话之前，他们竟然跟我说：你年纪不小了，为了皮肤状态，早点睡吧。他们把我当个阿姨。"

"才二十六就年纪不小了？"

"没办法啊,事务所的成员净是些十来岁的孩子。"

珊瑚在我旁边的椅子上坐下,伸开光滑纤细的腿。在我看来,她年轻得很。

"不过,我马上就要成为真正的阿姨了。我姐怀孕了,现在三个月了,我可期待了。"

现在三个月,大概会和广中的孩子在同一段时间出生吧。

"对了,洛依德的小说,你读了吗?"

"啊,嗯。"

我说了谎。那本同人志还在我包里原封未动。

"那孩子可努力了呢。他在山崎面包的工厂,边上班边写小说,他还报名参加了新人奖评选。他用黑祖洛依德这个笔名已经六年了吧,落选了很多次,却从不气馁,一直投稿。"

我脑海中浮现出洛依德穿着白大褂在工厂上班的模样。在由比滨被老鹰叼走的那根长条夹心面包,说不定就会成为洛依德灵感的来源。他回家后,一定会抓着头发拼命抓住这个点写小说,并相信自己的作品总有一天会入选。

想当作家的人多到数不清,他们呕心沥血地写作,我随便接受人家的委托写的稿子,署上前岛弘树的名字就能出书了吗?就能轻而易举地卖掉十万本吗?

"不过是被梦赶着走罢了。"

广中是这样说的吧?被梦赶着走。梦,到底是什么?

"录像带出租店平时忙吗?"

珊瑚双腿交叠着问。

"店里也卖CD,周末的生意还可以吧。但只要见识过年号从昭和变到平成时的生意有多红火,就知道现在的客流量根本不算什么。那会儿的电视,哪个频道播的东西都一样。"

"我记得!电视台都不播平时的节目了,一直放天皇的特辑。"

"对,所以录像带出租店遍地开花。那会儿真是够呛啊,就连平时根本没人动的那种积了灰的录像带都被借走了，货架上空空如也。客人来还录像带时我们也忙得要死，光是想想就脊背一凉。"

珊瑚扬声大笑。

"茂吉先生有推荐的电影吗？"

我毫不犹豫地报上了名字，那是我这辈子最喜欢的电影：

《巴格达咖啡馆》。"

"嗯，我也告诉洛依德一声。"

珊瑚忽然扭头拿起红笔，抓过我的胳膊，写下一行数字。

"这是我传呼机的号码，你们再排练的时候告诉我。"

四天后，我来到公民馆门口，看见珊瑚和洛依德蹲在那里。

为了拿借的那间活动室的钥匙，我总是第一个来。看上去这两个家伙比我来得还要早不少。珊瑚看见我，站了起来。

"那，这些植物，是公民馆的人养的吗？"

我平时从未留意过，原来公民馆门边的小路连着后院，摆了几个花盆，里面长着植物。珊瑚指着其中的一盆，那盆植物的黄绿色叶子几乎长疯了。

"这是小番茄吧。"

"是吗？"

我对植物毫无了解。

"但这株徒了。"

"徒了？"

"嗯，不开花也不结果，光是茎和叶子一直在长。"

"这个叫法真难听。"

这株植物简直和我现在的情况一样。

不开花当然也不会结果，只是徒劳度日，过一天算一天。

我在前台拿了钥匙，打开房门。进去后，珊瑚留下一句"我去趟厕所"就跑远了。

活动室突然就只剩下我和洛依德两个人。

洛依德苦着脸，默不作声地站在我身旁。我也不知道该和他说什么，便胡乱找着话题：

"你的小说，我看了。挺有意思的。"

无所事事的我，一不留神又说了谎。

"听说你已经投稿很多年了。"

即使一直落选——我将这句话藏在了心里。洛依德眼睛朝下看着，只是点了点头。

"你为什么这么能坚持？"

听了我这个单纯的疑问，洛依德低着头回答：

"……因为，想写给人看。"

他断断续续的声音，在寂静的房间里听来有些瘆得慌。我有些心惊胆战地问道：

"写给谁呢？"

"我也不清楚。不是某些特定的人，只是想写给人看。我心里一直有一种冲动，想写给什么人，一些应该看到我作品的人，不写就不行。我也不知道我面对的是几个人，不知道他们什么时候才能看到我写的东西。但我相信，一定会有人看完我写的小说，认为那就是为他而写的，就是这样的感觉。"

我愣愣地看着洛依德，他的目光依然落在地板上。强烈的痛楚传来，仿佛要将我的五脏六腑拽出身体。我很明白洛依德话里的意思，或者说，他的话让我想起了曾经的自己，想起了在太多事情的干扰下，不知不觉间被我深深埋在心里的情感。如今的我，还有如此单纯的热情吗？

我一言不发地沉默着，洛依德忽然抬起头看着我说：

"我借了《巴格达咖啡馆》的录影带看了。很好，特别好。"

……被推荐后，他立刻就看了啊。

"我说，你今年多大？"

洛依德呆呆地回答："二十五。"

二十五岁。他长到我这个年纪，还有十五年。

"……你一定会成为小说家的。"

我本着鼓励的意思说出这句话，话中也带着确信。虽然我还没看他的作品，但我相信，这家伙一定能行。

洛依德满不在乎地瞟了我一眼说：

"我现在就是这样打算的啊。"

我无话可说，然后立刻笑起来，带着完败的心情。是啊，对不起。

那一天，大家到齐后正打算开始排练，却发生了猝不及防的事。

多美惠说她这次不上台了。

"真的很抱歉。公司安排我参加一个项目，我之前就很想加入。今后少不了加班，周末可能也要出勤，好像还要出差。我想集中精力去做项目。"

多美惠在一家小型设计公司上班，她之前总是抱怨公司交给她的几乎都是事务性工作。三十一岁的她并没有做职业女演员的打算，一直以来，她只把演戏当成业余生活的一部分。自己的本行若是走上正轨，她肯定会优先那一边。毕竟在海鸥座无法以专业演员的身份糊口，她这样选择也是没办法的事。

多美惠抱歉地说：

"现在应该还来得及找人替补吧？"

"这个嘛……"

我说着看了看珊瑚，广中、良平、有栖也和我一样将目光投向她。

珊瑚察觉到大家的反应，瞪大眼睛说："啊？"

良平憨笑着问道：

"珊瑚小姐，可不可以拜托你帮忙啊？你电影的档期还在后头吧？"

珊瑚猛地一转身说：

"不行，我才不要。"

刚才那招不奏效，良平的邀请太草率了。

我一本正经地恳求道："拜托了。我会给珊瑚的角色多加台词，多排你的戏份。"

听了这个，珊瑚的表情更难看了：

"找我帮忙，请先通过事务所批准……"

"事务所说行就可以了吗？"

"不可以。"

广中忍不住笑出来，滑稽地说："那不还是不行嘛。"

这有什么好笑的？广中那副事不关己的态度让我愤怒。我走到珊瑚身边，心想哪怕是下跪也要拜托她帮忙。

珊瑚见我走过来，露出无畏的笑容：

"现在不是正好？"

"啊？"

"不如把剧本从头写过呢？"

"……不，就用之前那个。"

"那我再问你一遍，为什么要设计那些打人的情节？为什么要写那么多粗暴的台词？"

我给出了下意识的回答。理由只有一个：

"……因为阿久津芳朗是评委会委员长啊。"

珊瑚扑哧一笑：

"就是这么回事吧。你觉得阿久津芳朗更喜欢暴力的舞台风格，为了博得评委会委员长的欢心，就写出了那种蹩脚的东西。"

她利索地起身道：

"我以后不来了。拜拜，各位。"

珊瑚快步走出房间，洛依德慢悠悠地跟在她后面离开了。

三天过去了，我的衣服该洗了，我却不愿见到珊瑚。

我并不生气，只是她的评价过于精准了。一个人最脆弱的地方被直截了当地指出来，正视它需要很大勇气。

我干干这个，又干干那个，脏衣服越积越多，运动短裤都没的穿了，只好在一天上午去了洗衣店。之前两次遇见珊瑚都是傍晚，早上去估计不会碰见。为了稳妥，我身上没带兼职的卷子，虽然麻烦了点，但我还是打算洗完衣服先回趟家。

可我刚把袜子扔进洗衣机，珊瑚就进来了。我简直怀疑她一直埋伏在外面，不过看她的样子也很吃惊。我们八成是想到一起去了，于是做了同样的选择。

珊瑚也许觉得就此折返也是扫兴，干脆大踏步地走进店里，打开洗衣机的门，将从纸袋里拿出来的衣服胡乱塞进洗衣机。

"啊，暴力男也在。"

她将门"咣"地一关，仿佛才看到我似的说。听到她趾高气扬的谩骂，我心里不悦，却也隐隐松了口气。

"既然有人给你取了'珊瑚'这么漂亮的植物名字，你不该文静一点吗？"

"你这是什么话？叫女人文静，这不是男尊女卑吗？能不能多学点性别文化？而且，珊瑚不是植物，是动物。你连这个都不知道？"

"……是吗？"

好像还真是如此，我在电视里看到过珊瑚产卵。

"是啊。珊瑚和海葵、水母它们是同伴。"

听到这儿，我也不由得开口道：

"那你知道菊石和乌贼是同类吗？"

"嗯？菊石和乌贼是同类？不是和贝壳同类？"

哎——珊瑚发出朴素的感叹。

"没错，菊石和乌贼一样，都有很多弯弯曲曲的腕足……"

我好像越说越开心，竟一个人笑出了声。那两个老头子现在在干什么呢？也不知道所长从瓮底游上来没有。

"你笑个什么劲？怪人。"

珊瑚也被我带得笑了，她的目光忽然停在某个地方。

"啊，管理员换了一盆新的。之前那盆垂叶榕总是没精打采的。"

洗衣店的角落里摆着观叶植物。枝干中带着圆润，深绿色的叶子郁郁葱葱，是常见的品种。我不记得以前放的那盆植物长什么样了，但这盆的确是新面孔。珊瑚走到花盆旁边，轻轻摸了摸叶子。

"这盆是榕树，我奶奶家的园子里也有。"

"观叶植物都是这样，一年四季都只有叶子啊。这也是'徒了'吗？"

"这种不算徒了吧。像绿萝之类的，听说十年才开一次花，而且看到它们的花是很幸运的。花一下子就开了，只有天神才知道它们开花的时间。"

就像珊瑚一样——我想。

历经十年，突然绽放的花朵，这就像珊瑚一样，不知何时才会绽放，却一直把女演员当作人生目标。

"幸好你开花了。十年，很努力呢。"

我的话里没有嘲讽也没有恶意，是打心里这么觉得。

珊瑚和善地笑了。

"常有人说，我是晚开的花。我还没打算开花呢，只是好不容易才发芽。"

她也许是有点不好意思，缩着脖子，把话题往轻松的方向带。

"说起来，上小学的时候，我好像在奶奶家见过榕树结的圆果实，但不记得它开花的模样了。也许榕树是不开花的。"

"哪有不开花就结果的事嘛。"

她无非是见过却忘了，或者单纯没有赶上榕树的花期。

"我啊……"

我在椅子上坐稳。

"看来我是要徒一辈子，一生都不会开花啦。"

珊瑚摇头：

"你说什么呢，现在还说不准的呀！"

"我知道的，如今的我一无所有。我不再年轻，没有才华，没有毅力，也没有钱。广中马上也要离开了。"

那次排练后，我读了黑祖洛依德给我的同人志。坦白地讲，他的小说还很稚嫩，设定也过于简单，读来却有一种灼热而明亮的力量，能把故事写到人心里。而他才二十五岁，对此，我羡慕得心疼。

洛依德相信自己，相信读者，相信小说，而我多半已经失去了这种专注。十八年的岁月，已经让我足够疲惫了。

原本不该是这样的。

成立海鸥座的时候，我描绘的未来怎么可能如此寒酸？

那时我以为，到了四十岁，我早就大获成功，每次公演预约开放一分钟票便被一抢而空。我会有一群艺人朋友，上过"电话惊喜"，动辄在夜景一览无余的酒店最高层摇晃着白兰地酒杯。

"如果这次戏剧节不被认可，我就解散海鸥座。这是我最后的赌注。"

"……就用那个剧本？"

"嗯。"

我改了主意，既然怎么努力都不能做得更好，还不如接下代笔的工作。说不定隐姓埋名的生活也适合我。

珊瑚抬高了声音说：

"那不过是在讨好阿久津芳朗吧？我不是说阿久津芳朗不好，可他的戏剧不是单纯的暴力，还有许多信息隐藏在暴力的背后，所以他才被人们称为巨匠。如果你只学表面，一下子就会露馅。我劝你还是别这么做，多展现你的优点……"

"照我想写的方法去写，写到天荒地老，不还是默默无闻吗？"

"出名就那么重要？"

"重要！这是再自然不过的道理啊。就算我写得再好，如果大家都不知道就毫无意义，赚不到钱就活不下去，必须先成名才行。出名就意味着名气，默默无闻最终就会被当傻子耍。你不是也因为没名气，才到处去试镜吗？"

接近怒吼的谈话停顿了一阵，珊瑚平静地说：

"我……我觉得，无论出名、赚钱还是获奖，都会慢慢跟上来的。"

"……"

"也有不少人说我坏话，说我没有女人味、品位不佳、长得太丑、不年轻了……但我就是这样。如果大家不喜欢这样的我，就一点意义也没有，就算迎合评委的喜好做出来的东西幸运地被认可，也走不远。因为那根本不是真正的自己嘛。"

珊瑚的话的确是对的。但在我听来，那不过是已经得偿所愿的人站着说话不腰疼罢了。

"不要说得这么残忍啊，我和你不一样，我已经四十了。"

"你要再相信观众一点。"

珊瑚忽然冒出这么一句。

"茂吉先生真正想传达的东西，一定会顺利地传达到适合它的人心里，只是你没看见而已。你有仔细读过调查问卷吗？有认真看过观众的表情吗？你关注的，只是来看演出的人数吧？"

我低着头发问：

"……如果我重写剧本，你愿意来演吗？"

"不愿意。"

照例是冷冰冰的拒绝，接着，珊瑚重重地说：

"我去演出就不能当观众了啊！我还想以粉丝的身份，再坐在观众席上一次呢，再看看自己曾经的最爱——海鸥座的舞台。"

我们都不再说话。

我的袜子和珊瑚的 T 恤，还在不同的洗衣机中旋转不停。

勉君这次的国语卷子简直绝了。

我在家里批他的试卷，他只写对了一个汉字，其余都错得离谱。叉，叉，叉。打完分，我把卷子翻过来，发现上面写着字——

我不觉得花漂亮，那股让人恐惧的生命力压制着我。

花是厚脸皮、恐怖且有微携性的东西。

我不知道其他人怎么想，至少我是这样觉得的。

我笑了。

他说的是上次那道阅读理解的事。"微携"应该是把"威胁"写错了。

函授教育的学生如果有个别问题想问，或有话想对老师说，可以写在专门的纸上，他却这样悄悄写在试卷背面。这很对我的胃口。

要怎么回应呢？我笑着重读了一次他写的话，却不知为什么，突然落了泪。

谁说花一定就是美的了？那竟然成了正确答案。

学生感受到花朵旺盛的生命力，并为之恐惧。这份敏锐的感知力反而更值得称赞啊！

勉君直爽的发问和困惑打动了我的心。

阅卷人的工作，是在课上或考试中教会学生怎样答题才能得分。但在我看来，绝不能给勉君对花的态度打叉。我的红笔在纸上游走着——

很好，请保护好你那颗自由的心。

在卷子上写这种话，我也许会被阅卷公司批评，但我并不介意。

我在勉君写了几行丑巴巴的字的试卷背面，夸张地画了好几个圈，又在最外面的一圈添上花瓣——

一朵小红花。

放下红笔，我忽然有些想笑：勉君不觉得花漂亮，我还给他画了一朵小红花，这算怎么回事啊？不过，花朵坚强而且脸皮很厚，我就是想把那份旺盛的生命力送给他。反正勉君也没说他不喜欢花。

我将卷子整理好，把打字机放在桌上，插上电，打开屏幕。

是的。

不知从什么时候开始，我一味地寻找所谓的正确答案。

一味地模仿会被世人认可的东西。

因为我不想再试错了，但这意味着，我亲自否定了自己。

我已经不知道到底怎样做才是对的了。我只关心买票的人数，觉得不够、还不够，却不想了解每一位到场观众的感受。可也许洛依德口中的那个"特定的人"，就坐在台下。

我为什么会喜欢戏剧？

又是为什么开始写剧本的呢？

我错了。认识艺人朋友，上"电话惊喜"栏目，住进高层酒店，这些都不是我的目的。我只要写好剧本，这些东西都会随着好剧本而来。无论赚到多少钱，我恐怕还是会接着吃长条夹心面包。不是因为它便宜，也不是因为我没有别的选择，而是我爱吃这种面包才买来吃。

我像被什么东西附体了似的，开始敲击键盘。

场景浮现在眼前。

台词应运而生。

演员在我脑海里动了起来。

身体里的细胞斗志昂扬，仿佛要将我撕碎一般，把我变得不知疲倦。

某个在这种时刻才会出现的温柔生物滑入我的灵魂，指挥我敲击键盘。

一股幻觉袭来，身体仿佛是自己的，又仿佛不是。我像卷在旋涡中一般，开始写作。

写，写，写写写写……

那些我想说的话，那些我想表达的东西。

广中、良平、有栖，对不起。事到如今我竟然改了剧本，对不起。

但请让我改下去，海鸥座的舞台本该是这样的。

我竟然觉得自己一无所有，为什么会那么想呢？我明明拥有一切啊！我有健康的身体，有一台贴合手感的打字机，还有一间不被任何人打扰的破公寓。而我想写的东西，如今喷涌而出。

我脱去了自己以前的躯壳。

等着吧，走着瞧。四十岁的我才能写出的剧本，即将在这里诞生。

我花了两天时间，几乎是一气呵成地将剧本写完，我不想中途停下来。

我跟打工的地方请了假，靠之前囤在家里的鸡肉面和电饭锅里的剩饭拌味噌对付了几餐。况且，我本来也不太饿。

我废寝忘食地写到结局，外面已经彻底黑了。现在是晚上八点。

我确认文件完好地存进了软盘，便一面用热感纸打印，一面犯起了难，我不知该如何处理这部剧本。

如果是以前，我会第一个给广中看。

但现在，我想到的是那个五官不对称的狂妄女人。

恐惧萌生了枝芽。我在这部剧本中倾注了自己的全部，如果珊瑚读完还说不行，我恐怕真的再也爬不起来了。

也许我根本没必要给她看，说不定她已经讨厌我了。

她写下的传呼机号码就在手边，我好几次拿起话筒又放下。到底该不该给她发消息呢？

"好烦啊！"这句话脱口而出的时候，我忽然想到：

困惑时的旋涡糖——不是还有这玩意吗？

我找出去镰仓时穿的那条牛仔裤，幸好还没送洗。牛仔裤我通常穿两个月才洗，这个规矩终于给我带来了好运。

我剥开玻璃纸，将糖放入口中，糖果入口即化。我本以为糖是甜的，吃起来却咸咸的，吓了我一跳。没想到糖竟然是咸口的。

然后电话响了。我一直犹豫要不要打的那通电话，对方竟然主动打了过来，我的心跳瞬间加速。

"喂？"我摘下听筒，听到一个让人纳闷的声音。

"干吗？"

听到这傲慢的语气，我立刻确定就是珊瑚，但还是忍着激动，不服输地提高了音量：

"你打过来的，却问我'干吗'，这是什么道理？"

可她怒气冲冲地说道：

"哈！不是你打了我的传呼机吗？"

"啊？不，我没……"

哦，看来是那糖果搞的鬼。

我下定决心要给珊瑚看一看剧本。要让她从头到尾地看一看。

于是我请她到洗衣店来一趟，她干脆地回了一句："好吧，真拿你没辙。"

热感纸不需要油墨，但若是处理不当，很容易留下印痕。我急着出门，没将稿子装进口袋，抓起来就走，纸边留下了一团皱在一起的线条。

"……想让你看看。"

我直接将一沓崭新的剧本递给珊瑚，她抿了下红嘴唇，神情严肃地接过来。

珊瑚坐在最靠边的椅子上，我却没心思坐在她旁边，只是在洗衣店里漫无目的地走来走去。我的脑子里只有剧本，也没拿要洗的衣服来，眼下无事可做。珊瑚也是空着手来的。

过了一会儿，管理员大婶进来了，她来给那盆榕树浇水。

珊瑚依然板着脸，凑近了热感纸瞧。

我有些坐立不安，留下一句"我去打个电话"，便走出了洗衣店。

我朝浴场前面的电话亭走去。电话亭立在昏暗的路边，亭子上的玻璃映出一道冷白的光。

走进电话亭，我摘下听筒，插入电话卡，里面还剩四十五个点数，应该足够我讲完一通电话。

我输入塚地的手机号码，呼叫音响了大概十次，就在我打算挂掉时，他终于接了起来。

"啊——喂？"

他那边的声音很嘈杂，可能是在酒吧。

"……我是鲇川。"

"哦，茂吉啊。可以等我一下吗？"

塚地好像拿着电话去了其他地方，我等了一会儿，眼看着电话卡的点数在逐渐减少。

"好了，不好意思，请讲。"

他的声音比刚才清楚了些。我有些紧张地开口：

"是关于……代笔的事。"

"嗯嗯，我知道。"

"对我来说，这工作可能还是太重了……我大概干不了。"

"哎——不是吧？你只要随便写写，然后闷声发大财就行了啊。"

"我就是没法随便写写。"

"唉——"对面传来一声长叹，塚地似乎很无奈。

"我……我还想再相信一次。"

"相信？相信什么？"

相信什么呢？

相信自己，相信观众，相信戏剧。我似乎是想相信这一切，又好像是想相信别的什么。虽然我说不清楚，但那是某种环绕着我的无比巨大的东西。如果我假意糊弄，或者心怀不轨，那东西立刻就会像云雾一般无法把控。那是像怪物一般不露真身的旋涡，随性操纵着我写下故事的旋涡。

"茂吉，你好像，热情满满呢。"

"喂——小塚上哪儿去啦！"听筒里远远传来一个大叔的声音。

"我在这儿——这就来——"塚地回答他。

塚地这家伙在成为制作人之前，想必也有无数辛酸的经历吧。当助理制作人时，他一定也咬牙熬过了不眠不休的日子。他口中的"好意"，大概也是认真的。

"谢谢你啊，帮了我许多。"

"啊？"塚地发出奇怪的声音，"嘿，你加油。"

"嗯，加油。我会加油的。"

"拜。"

电话断了。

我如释重负地放下话筒，就在这时，电话亭的门突然开了，吓得我急忙转身。与此同时，珊瑚钻了进来。

"你……你干吗？里面就这么点地方。"

"那，我问过管理员了。问她榕树是不是不开花。"

"什么？"

"她说榕树的花啊，开在果实里面。真是个奇怪的物种，可能是生性害羞吧。"

花，开在果实里？

这真是个怪胎，要是不大大方方地开花，谁能看见呢？

"你一定也是这样。现在出不出名无所谓，作为剧作家，你已经结出果实了。花在果实里面开得好好的，你看，这不就是吗？"

珊瑚将那沓热感纸抱在胸前，凑到我身旁。

"写得很好，特别好！"

说完，她的嘴唇碰了碰我的脸。我的脸蛋被软软地吮了一下，我整个人都要化了。

"你，你干什……"

"写得很好！"

珊瑚眼含热泪。

夜幕下，电话亭的玻璃门成了一面镜子，映出我们的身影。

……竟然是脸蛋。不过，也好。

喀，好的吧。

玻璃上那个一脸穷酸的男人，忍不住红了脸。

他的脸上，映着一朵鲜艳的小红花。

一九八九年 冰激凌旋涡

 镰仓旋涡咨询所

 鎌倉うずまき案内所

我生在时代的罅隙之间。

一九二六年十二月二十五日，年号从大正变为昭和。母亲在昭和的第一天生下我，昭和元年从那天开始，到十二月三十一日结束，只有七天。

爱写文章的父亲为我取名"文太"，时光荏苒，我的人生已经走过了六十四载。

降生在短暂的昭和元年，我并不觉得有什么特别。不过，那段时间属实是光阴的边角料，就好比白面包的面包皮，或者毛线围巾的流苏装饰。这些比喻，和我本人也多少有相近之处，兴许我就是随着自己的意志，生在了这样一个绝不会被聚光灯照射的角落。

※

一月三日，星期二。

新年已经过去两天了，我打算今天开门营业。

我在镰仓经营着一间名为"滨书房"的旧书店。这个店名我很喜欢，是我随意取的，并无半点深意。不管怎么说，这个名字足够好记、朴素，似乎随处可见——我就是中意这一点。小店约五十平方米，出了镰仓站东口，背对着小町通，就在刚过邮局的一条后街小巷最里面。

我家在镰仓站西口走路十分钟的地方。我这个没老婆也没孩子的单身汉，在家过年和在店里过年本就没有很大区别，如果能有几个新年来镰仓拜神社的人光顾，反而在店里守着更好。

滨书房旁边的房子已经空了很多年，也不知主人是谁，只听说房主是住在逗子[1]的有钱人，这里是他的另一套住宅。对面的潮风亭和滨书房大约开在同一时期，这是一家快餐店。店招牌上的风车是它家的特色标志，和观光客[2]相比，潮风亭更受当地人的欢迎。

潮风亭的老板娘千惠子性格开朗，今年应该已到花甲之年，她仍旧勤勤恳恳，手脚麻利。她时不时会给我送些小菜来，让我"当晚饭吃"。

我到滨书房的时候，千惠子正在店门口扫地，她抬头笑着向我打招呼道："阿文也从今天开始啊？"看来潮风亭也是今日起营业。

这大过年的，我本想对她说"新年伊始，万象更新"，但我顾虑再三，还是没有开口，千惠子一定也是一样吧？从去年九月开始，媒体一直报道天皇身体欠佳，日本举国随之进入谨言慎行的时期。许多节庆活动暂缓，就连一些电视广告的用词也跟着发生了变化。这辞旧迎新的时刻，气氛尤其凝重。

"今年也请多关照，承蒙照顾啦。"

我只说了这样一句，朝千惠子轻轻一鞠躬。"哪里哪里。"她一面回答，一面继续扫除。

我拉开卷帘门，打开店门，一边通风一边用扫帚扫地，用旧抹布擦书架，用羽毛掸子草草掸落书上的灰尘……对多数旧书店来说，用掸子不是拍拍打打，而是轻轻从书上擦过。关上门，打开空调，我在收银台前的椅子上坐了下来。

这里起初放的是一把折叠椅，后来，我换成了一把舒适的小木

1　逗子：日本关东地方南部的城市。——编者注
2　观光客：此处应指一家名为"观光客"的快餐店。——编者注

椅，在上面铺了一个薄坐垫。不用干活也没有客人的时候，我就坐在这里，一心一意地读书。

从我成为这家店的主人开始，不用干活也没有客人的时间一直是一抓一大把，卖新书的书店大概不会如此清闲。我坐在这里，通过书本与许许多多作家久久地相会，钻进各式各样的故事中，走进各式各样的空间和各式各样的人生。

作家是否健在，作品是虚构还是纪实，对我来说几乎没有意义。在我读书的时候，每位作家都活着，每一个登场人物也都真实存在着。

"啊，开门了开门了。"

十一点刚过，店门打开，进来两个熟悉的面孔，是两位常来的高中生。我合上读了一半的书本问：

"一年刚开头，怎么就到这儿来了？"

"在家待着也无聊。电视里报的全是天皇的事，与其和父母大眼瞪小眼，还不如到阿文这里来。"

笑嘻嘻说话的男孩名叫黑户六郎，他的刘海长得很别扭，我以前曾满怀好意地问他需不需要帮他剪掉，惹他发了好大的火。看来他有自己的时尚品位。

另一位女孩叫九十九梦见，此时她正站在文艺区的书架前，专心致志地浏览着书目。这是她来店里必做的仪式。

他们好像是看了当地报纸的文艺同好会招募，参加活动时认识的，两个人都在同人志上写小说。大概一年前，两人找到店里，问我能不能把同人志放在书店展售。从那以后，他们就经常到店里来。放寒假后，他们几乎每天都来。他们都在读高三，六郎已经定好要去工厂工作，梦见则已确定被推选去短期大学[1]。

---

1 短期大学：致力于培养学生入社会后的必需技能的短期学制大学。——编者注

可能是相关的仪式已经办完了，梦见的样子很轻松，她束在脑后的发尾一晃一晃的。

"新年快乐，阿文。"

"……嗯。"

我轻轻点头微笑，起身走出收银台。

"对你们的作品感兴趣的人好像多了呢，十二月一下就卖了五本。"

他们的文艺同好会成员以高中生和大学生为主，同人志《旋涡》是隔月出刊，免费获取。我把它放在一进门的展台上，跟老电影的小册子、海报等摆在一起。

"我报名参加了一个叫《海原》的文艺杂志办的新人奖，我这还是头一遭。他们近期差不多该联系获奖者了，我还蛮有信心的，我写了个很棒的故事。"

六郎说着，摸了摸鼻子。

同人志中，六郎的小说尤其受欢迎，同好会成员在杂志最后放了问卷调查，投票结果永远是他的小说排第一。读者感想的那一栏评论中，经常会出现"天才"等字眼。

"其实我是想用笔名投稿的，但想了很多类似'黑户六郎'的名字，也没想出太满意的来。阿文，你要是想到了帅气的笔名，就告诉我吧。"

"你写的是一个什么样的故事？"

六郎听了我的提问，眼睛里立刻放出光来：

"以平行世界为主题的上乘之作！"

"平行……？这个词好像听说过啊，是什么意思来着？"

六郎拽过兼作梯架的小圆凳，伸开双腿坐下来。

"平行世界就是……我们不是活在三次元吗？但从四次元的角度来看，一定还存在无数个和此刻平行却不同的世界。"

他侃侃而谈，我却听得稀里糊涂。我敷衍地应和一声，他竟然连说带比画了起来。

"比如我现在在滨书房，但刚才我完全可以选择待在家里。在平行世界中，我可能正在家里睡午觉。所以一定存在这样一个世界，其中包含睡午觉的我。从学术理论上来说，平行世界也经过了物理学的验证。"

"也就是说，这个世界的你没选择的人生，存在于另一个世界？"

"嗯，大概就是这样。现实中的人生只有一条路可走，在小说中却可以往复于各种选择之间。科幻小说中的一切都是无限自由的。"

六郎双手撑着圆凳的边，踩着篮球鞋的脚晃来晃去。他长了一双大长腿，但他似乎对篮球并不感兴趣，篮球鞋好像只是时下流行的装扮。

梦见站在他旁边，专心听他说话。我望着她问：

"梦见也报名了吗？"

"嗯，她写的还是往常那种校园的故事。"

六郎代替梦见作答，他站起来，像在自己家似的在店里走来走去，然后在收银台旁边的录音机前停了下来。那是他去年从家里拿来，放在我这里的。

"可以放音乐吗？"

录音机旁边放着好几盘录音带的盒子。

"又要放上次那个外国人的音乐？"

"不，要阿文接受欧洲节拍[1]实在有点难。今天是 TM NETWORK[2]的歌，拿过来的带子里录的是我选的歌。"

"还是外国人的歌啊？"

"不是啦，是三个日本人的组合。"

---

1 欧洲节拍：音乐类型的一种，二十世纪七十年代晚期自意大利迪斯科舞曲发展而来。曲风活泼，曾在日本大受欢迎。
2 TM NETWORK：日本电子音乐组合，由音乐人小室哲哉、宇都宫隆、木根尚登组成。

六郎笑了，我却不明所以。磁带被放进录音机，热闹的音乐传来。我还是没明白这些歌有什么区别。

"要是有别的客人来了，就别放啊。"

"难得这录音机有自动重播的功能。没关系，不会有客人来的啦。"

听了他满不在乎的话，我怒极反笑。自动重播，是将磁带从头到尾放完后自动转回开头播放的功能。六郎跟着歌曲哼唱，忽然看着我道：

"阿文年轻的时候，都玩些什么呢？"

面对这突如其来的问题，我一时间不知说什么好。梦见也望着我，等着我的回答。

"都已经想不起来啦。"

也许我只是不愿意想起。

我的胸口似乎有冷风吹过，整个人陷入一种空虚的情绪中。

近些日子，那些陈年往事总是频繁地被我记起，我好像隔断了和这个世界的联系，脚步踉踉跄跄。

六郎把手伸进书包，没有再问。

"对了，我们拍照吧。年底我们全家出去旅行，胶卷还剩下几张，我想把它拍完。"

他拿出一个四方的纸盒，是一个名叫"QuickSnap（快拍）"的一次性相机。梦见"唰"地伸出手抢走了相机，说：

"我来拍。六郎，你和阿文一起。"

"不要啦。我不爱照相，倒是喜欢自己拍点东西。"

他说着，拿起相机在店里比画起来。他在书架前按下快门，转动胶卷，相机发出"吱吱嘎嘎"的响声。接着他一个转身，抓拍了坐在收银台前的我。那相机看着像玩具似的，却能发出耀眼的闪光，真是了不起的发明。如今连相机都有一次性的了，旧书店当真是在时代潮流中逆行了。

歌曲变了，这一首的旋律稍微安静了些。

"啊，胶卷还剩最后一张。我去拍一下店的外观。"

六郎拿着相机出了门。敞开的门外，隐约飘来潮风亭面汤的香气。

"你好。"

这时一位长发的女孩走了进来，她的头发像波浪般弯弯曲曲，一大撮刘海像鸡冠似的挺着，剩下几绺碎发像丝帘般单薄地挂在额前，透出一个大脑门。

"听见店里在放我喜欢的歌，不知不觉就走了进来。是《我们的七日战争》[1]的主题曲吧？"

"你看！就该放这类音乐才对。客人不就来了吗？"

跟在女孩身后走来的六郎得意扬扬地说。年轻人也许是会被这样的歌引进店里来，可滨书房卖的都是纯文学和历史类书，对他们来说，一定很无聊吧。

"*Senven Days War*（《七日战争》）。"女孩报上现在这首歌的名字，朝我莞尔一笑。

"我偶尔会去潮风亭，可对这家店，我一直都有点畏难情绪。"

她缓步走在店里，在寺山修司的书架前停下脚步。寺山修司的书销量一直稳稳地排在靠前的位置，所以摆满了一整个书架。

"我也把读完的书拿过来卖吧。店里也收书的吧？"

"当然。虽然也不是什么书都收。"

我答得较为含蓄。实际上，曾有不少客人抱着一大堆滨书房不收的书来找我。要么是书本太过老旧，要么是凑不齐的文学全集，或是不适合放在店里的书。

梦见问：

"我一直想知道，旧书的价格是怎么定的？"

---

1 《我们的七日战争》："ぼくらの七日間戦争"，1988 年上映的真人版电影，由宫泽理惠主演。影片改编自宗田理所著的同名小说。主题曲为 TM NETWORK 的 *Senven Days War*。

"所谓的定价，基本都是根据店主的喜好来定的。可以在其他书店查一查价格当作参考，但如今我基本是靠多年以来的经验来定价。"

"去世的作者，书的价格就会高吧？"

"也不一定啊。有的作品在作者去世后变得值钱，但也存在作者死后作品就被人们遗忘的情况。"

我话音刚落，胸口又吹过一阵凉风。

就算光阴再怎么变幻，日本恐怕也不会忘记寺山修司这位作家。夏目漱石、芥川龙之介、太宰治也会永远活在人们心中。因为他们留下了伟大的文学作品。

"价值是靠时间来决定的吧。"

梦见喃喃道。

也许正是如此。书的价值就是作家的价值，或许也是作家人生的价值。六郎在展台前，递给刚才那位女客人一本《旋涡》。他们好像已经做完了自我介绍，并且不知在什么时候，也顺便介绍了我和梦见。

"阿文，我会再来的。"

女孩说完，咧开大嘴笑着报上自己的名字：桐谷珊瑚。

※

一月四日，星期三。

上午有旧书协会的集会在横滨举办，我打算下午再开店。

其实就算歇业一天也没什么关系。三号才刚开店，我刚好也想把新一年的旧书目录做出来。

旧书协会的那些人，彼此之间都是老朋友了。大部分人不善言辞、性格固执，但大家气味相投，聚在一起到底会感到安心。

我和相熟的池畑聊天时，他压低了声音跟我说：

"听说来雷堂就要闭店啦。"

"啊？是吗？"

来雷堂在协会中尤其吃得开，他家有不少绝版漫画和受欢迎的旧杂志，生意本该是很红火的。

"现在地价不是涨了很多吗？他家又在车站前面，听说卖掉书店赚到了一大笔钱呢。"

这样啊，来雷堂居然……

他见我缄口不言，似乎知道我在想什么，他微笑着说：

"也好，那店本来是一对夫妻开的。两个人恩恩爱爱的，今年都是六十五岁，也有退休金可领，听说他们想趁机把店卖掉，慢悠悠地一起去旅行。"

啊，又是这样。我的心一下子凉了下去。

这种心情要怎样表达呢？从前的老朋友又少了一位，我自然觉得寂寞，但不只如此，还有一种不太寻常的空虚感，一浪接一浪地涌上心头。

集会结束后，我回到镰仓站。

出站后，我朝自己的小店走去。

池畑说他的店不久后要交给儿子打理了。他儿子读初中时曾是不良少年，一家人一度因此过得很辛苦，但后来他儿子还是顺利地从大学毕业，现在在东京市区一家连锁书店上班，一边工作，一边做好准备接受父亲的书店。

我忽然想起六郎说的话。

平行世界中，存在着这辈子没被我们选择的人生。人生有无数种可能，我们却只能选择其中一种。另一个世界里的我，在做什么呢？和谁在一起呢？是比这个世界的我幸福，还是不幸呢？

忽然，一个陌生的红色屋顶映入眼帘，我抬起头。

这是哪里？

从镰仓站到自己的店，这条路我已经走了几十年，今天却不知为什么，我好像迷路了。就算再怎么发呆想心事，也不至于如此粗心大意吧？

我一面走，一面环顾四周。

这里是一片气派的独栋住宅区。

白色的洋房，草坪整洁的庭院，车库里停着外国车。

大门前停着蓝色的小型自行车，摆着捕虫网。

打理得漂漂亮亮的花坛中，有松鼠、小兔子之类的摆件。

安稳而丰盛的日常。

这大概是四十年前的日本人梦寐以求的和平生活。

可是，这一带却一点烟火气息都没有。

我停下脚步，觉得自己大概是坠入了四十年前的某个人描绘的想象中，很快我又迈步向前。

又往前走了一段，转过一座有高高围墙的家宅，前面的建筑好像是一个店铺。

玻璃门里面挂着"闭店"的小告示牌，也许今天是店家的固定休息日，或者是新年假期还未结束的缘故。我往店里看了看，墙上挂着很多时钟，似乎是个钟表店。

墙上的时钟各个指向不同的时间。

也许每一个钟都在表示不同的时空吧，过去或未来。我会这样想，肯定是受了喜欢科幻的六郎的影响。我挤出一抹苦笑。

店的一旁，立着一个木质招牌。

上面写着漂亮的毛笔字："镰仓旋涡咨询所"，笔风凌厉。

照理说，指路用的咨询所应该开在车站前头，但毕竟也会有我这样的人，走到这儿才发现自己迷路了。招牌上的红箭头指着地下，顺着箭头的方向看过去，那里有一条通往地下的狭窄楼梯。

我走下楼梯，路的尽头是一扇结实的铁门，铁门上有一个黄铜的圆门把手。我伸手一握，触感像冰一样寒凉。我慢慢旋转门把手，伴着"吱嘎"的沉重声响，门开了。

门里面光线暗淡，但有点点微光，像萤火虫一般闪亮。凝神细看，一条旋转楼梯通往更深的地下，楼梯扶手上挂着小灯。

我小心迈着脚步，走下旋转楼梯，四周一片寂静。随着我逐渐向地下深入，漆黑的墙壁渐渐带了些蓝色。来到最下面，是一块狭窄的空间，大概只有滨书房的三分之一大，房间里面干干净净，只有两个老人面对圆桌坐着，墙上挂着一只大如脸盆的海螺。

两位老人好像在下奥赛罗棋。

其中一位将黑子"啪"地落在棋盘上，另一位"嗯嗯"地喃喃着，落下白子。

这里不是咨询所吗？我傻呆呆地站在原地，两位老人几乎同时朝我看来。他们穿一样的灰色西装，两张脸也一模一样。他们是双胞胎！

"你和朋友走散了？"

其中一位老人问。是执白子那位。

走散了？

不，我是一个人来的。不过是走到不认识的地方，迷了路而已。

但想想看，我的确和某些重要的人走散了。或者，是弄丢了某些重要的东西。那已经是很久很久以前的事，久到我都记不清了。

"……也许吧。"

执黑子的老人听了我的回答，不住地点头：

"哎呀呀。"

下一瞬间，两位老人像是事先约好了似的站起来，向我鞠躬。

"我是外卷。"

"我是内卷。"

这时，我才发现他们的鬓角和刘海是有区别的，分别朝外和朝内卷曲。

"哦，向外和向内。"

我哑然失笑，接着急忙板起脸来。笑话人家的外貌，实在有失礼数。

"失礼了，我叫滨文太。"

可两个老人似乎毫不介意，他们相视而笑。

外卷先生开了口，像是要告诉我什么重大的秘密一样：

"人这一辈子啊，大概是由两个世界构成的。"

"两个……？"

"没错。外和内，阴和阳，上和下，左和右。没有一方可以脱离另一方，独立存在。"

原来如此，此话有理。一切都是相辅相成、相互依存的。

"那么，文太先生，让我们听听你的故事吧。"

内卷先生语气沉稳地说道。我的故事？是哦，这里是咨询所。

"我可能是上了年纪，脑袋不好使啦。从车站走到自己的店，这条熟稔于心的路，我竟然迷路了……"

迷路了……啊，我这是怎么了？眼前好像模糊一片，像起了一层雾似的。

——滨书房原本是父亲从教师的岗位上退下来之后开的店。

父亲撒手人寰后，我在四十五岁继承了这份产业。之前我在一家小印刷厂工作，也经常来店里帮忙，但我自己对开旧书店并没有很大的兴趣。看着父亲这一路走来，我早已看出了个体经营的不安稳，也不觉得自己有什么商业头脑。

只是，店还在，父亲却不在了，母亲也早就走了。我打小就没有兄弟姐妹，于是决定接手这家店。仅此而已。

那之后，将近二十年过去了。大概从去年开始，所谓的房屋中介，也就是房地产商便会时不时上门。一个叫山西的年轻男人，长着一张瓜子脸，很瘦。无论我拒绝多少次，他依然会出现在我眼前，带着不怀好意的笑容问我"想不想把这块地卖出去"。

他虽然没威胁我赶快卷铺盖走人，却锲而不舍、死缠烂打地触人霉头。这一带的店面似乎都在他的业务范围内，千惠子也曾跟我抱怨，说潮风亭也已经让他吃了好几次闭门羹了，但他仍然缠着不放。

年末关店前，我拉下卷帘门的时候他也来了。还跟我说：

"别忘记新陈代谢，滨先生。"

"新陈代谢？"

"嗯，这也是为了镰仓的发展嘛。昭和也要结束了，新时代就要来啦。现在万象更新，这里难得是旅游区，整条街道都应该招揽更多游客才对。"

我默默将卷帘门往下拉，心头涌上一股无法解释又难以言喻的不悦。

和六郎、梦见聊得多了，我确实无法拒绝新陈代谢这个词。

我像他们那样大的时候，战争才刚刚结束。如今的日本，成了我年少时无法想象的富有国家。

国家友善地和外国建交，人们开发出各式各样便利的东西，可以自由自在地做许多事。好时代来了，为了打造一个让大家安心生活的社会，我们这一代人咬紧牙关，熬过了一无所有的年代。现在这一切真是太好了。

很久以前，我就忍不住有这样的想法：如今的世道光明璀璨，人们恨不得踮着脚尖走路，似乎只有我被大家抛下，留在了原地。

　　平庸而一成不变的我的人生中，只有一段时间，闪着亮白的光。与此同时，那段时光也伴随着后悔的黑色阴影。

　　我在继承滨书房以前，在横滨的印刷厂工作时，社长的女儿经常来找我玩。

　　大家都叫她小真。"叫我小真"，她自己也这样对大家说。

　　小真是打字员。她开朗活泼，还有些地方和他人不同，在员工当中很有人气。

　　不知道为什么，她频频对我示好，还经常夸我活干得漂亮。她出去玩回来，给大家带的特产都是点心，唯独会偷偷塞给我一个钥匙链。

　　那一年，我三十二岁。

　　一次，我、小真和另一位员工约好在车站前集合，三个人一起去看电影，那天却只有小真来了。她说另一个人联系她，称自己得了感冒。

　　我没想到这次活动会成为我们两个人的约会，我非常紧张。在昏暗的电影院里，每当小真凑到我耳边低语，我都浑身僵硬，除了点头什么都不会。

　　看完电影，我们到吃茶店喝了杯茶。在送小真回家的路上，她对我说：

　　"我想和文太在一起。"

　　我吃惊地停下脚步，眼前是小真羞涩的面容。

　　难以置信和困惑超越了我心头的喜悦。对我来说，小真过于耀眼了，她比我整整小了一轮，她只有二十岁，活泼可爱，又是个行动派。她今后可以去任何想去的地方，见任何想见的人，做任何想做的事，一定还有更多更开心的事在未来等着她。像我这样比她大这么多又一无是处的男人，绝不可能给小真幸福。

"这样不好……小真得找到更好的人才行。"

"这不是你说了算的呀。我喜欢你，这样就够了。难道说，文太讨厌我？"

这怎么可能，我喜欢小真，特别喜欢。光是看着她，我就觉得幸福。若是她愿意在我身旁，我的人生该多么华丽、多么圆满啊！

"那，你讨厌我吗？"

小真在等待我的回答，我却什么也说不出来。我担心若是说了喜欢，她的人生就会毁在我手上。

"……原来你讨厌我。"

小真的眼中蓄满了泪水，目光中带着责备。我怎么也忘不了她那时的神情，三十二年过去了，事到如今，我依然无法忘怀。

那之后，小真便不再到印刷厂来了，再往后的事，我就不知道了。

我偶尔会想，假如那时我告诉小真：我喜欢你，一定比你喜欢我还要多。一切又会怎样呢？

那是我当年没有选择的人生之路。如果我不那么胆小，勇敢面对问题，如今的生活或许会有所不同。尽管不知道具体会如何，但说不定小真会在我身边，和我一起慢慢变老。

实际的生活中，现在的我却是孤身一人。

如果滨书房关店，恐怕不会影响到任何人。今后建起了新的建筑，路过的人也许会问："这里以前是家什么店来着？"大概没人想得起来。

风景渐渐改变，人们慢慢遗忘。

如果营收继续赤字，我也差不多该到此为止，把店卖掉算了。也许这样做对镰仓的街道真是件好事。

但如果我连开旧书店的老爷子都不是了，我身上还剩下什么呢？还有什么类似于外和内、左和右的特质，能证明我切实存在于这个世上呢？

"我有时候会想：我到底为什么要出生在这个世上呢？尽管我侥幸活过了战争时期，平安地活了下来，如果我一无所成、留不下任何东西，就这样变成一缕尘埃，那这个世界上有没有我不是都一样吗？就算我读了再多的书，也还是不懂这个道理。"

两位老人听我说完，忽然并肩站成一排，在我面前"唰"地跷起他们双手的大拇指。

"很棒的旋涡！"

"……啊？"

四根大拇指上，清晰的指纹有如旋涡留下的印痕。我仿佛要被那旋涡吸进去。

挂在墙上的海螺突然动了起来。它就像保险柜的转盘锁一样转了一圈，然后戛然而止。明明没人动它，这是怎么回事？我仔细看了看，它的外壳上有着美丽的旋涡，仿佛有一种古代生物史的厚重。这是一件精巧的模型吧？

"好像菊石啊……"

"嗯，就是菊石。"

内卷先生说。

"菊石生活了七个年代：志留纪、泥盆纪、石炭纪、二叠纪、三叠纪、侏罗纪、白垩纪。大约三亿五千万年，那是相当漫长的时光。"

"它们的生命绵延不绝啊！没做什么特别的事，也不是特别强大。"

"所谓的进化就是这样。有时候，强大还会惹来杀身之祸。一直处在生态链中间刚刚好的位置，也是它们持续繁衍的重要原因之一吧。"

外卷先生闭着眼，露出感伤的表情。

"但即便如此，菊石还是灭绝了。就在大概六千五百五十万年前，小行星撞地球的时候……回忆起来，那还像昨天发生的事

229

一样。"

回忆起来?

我纳闷地看着外卷先生,他这说法像是亲眼见过当时的情境似的。

突然,盖住菊石外壳的口盖"啪"地开了,里面慢吞吞地伸出好几条腕足来。我顿时一惊,同时觉得毛骨悚然。我本以为那是个仿制品,没想到它竟然是活的。

"它……它不是灭绝了吗……?"

我颤巍巍地说道。内卷先生沉稳地回答:

"它是我们的所长,您不必害怕。"

"是……所长?"

我看着所长,大脑一片混乱。它的脚与身体的结合处有一只漆黑的眼睛。所长从墙上轻盈地飞下来,凭着惯性浮在空中,发出踢水一般"咯吱吱"的声音。

它不仅活着,还会飞?那悬停在空中的姿态更像是在水中游弋,有一瞬间,我陷入错觉之中,甚至怀疑自己是不是在海底。

所长在空中惬意地画着圈,仿佛在炫耀它的旋涡外壳。

"嗯嗯。"内卷先生点头道,"所长说,请把那些交给下一个时代。"

言下之意,还是让我把土地卖掉吧。

见我无言以对,内卷先生抬起一只手道:

"那么,由我来为您带路。"

他手指的方向有一个瓮,像是白色的。瓮和我站的地方似乎有很长一段距离,刚才没觉得这间屋子有这么大啊——我一面犯嘀咕,一面跟在内卷先生身后。外卷先生走在我旁边,所长就轻飘飘地飞在他的头顶。一旦接受了这个设定,眼前的情景就如同田园诗一般。

我们来到瓮前,靠近了看才发现它不是白色,而是极淡的浅蓝色。

"好漂亮……"

我不由得发出感叹。好久没见到这样精美的东西了，真是让人赏心悦目。

"这种颜色叫瓮觇。意思好像是染蓝布的时候，将布匹放入蓝色染料的瓮中片刻便拿出来，只让布料见一眼蓝色。不过也有不少其他说法。"

内卷先生解释道。外卷先生指了指胸前的领带，像是做补充道：

"这条领带也是染的蓝色呀。"

我一看，那颜色蓝得几乎发黑，古雅的色调很适合他们二位。

内卷先生说："给布染蓝实在烦琐，也颇耗时。浸泡在蓝色染料里的东西一旦接触空气，色泽就会改变，颜色就会变重。染色时要将布料或丝绸在瓮中泡一下就取出来，不断重复这一过程，颜色才能逐渐加深。所以，这领带的颜色中凝结了相当多的经验和时间，可以说是染蓝之中的老大哥。"

"这种蓝色叫什么呢？"

外卷先生听了我的问题，拍了拍手：

"这是个好问题。领带的颜色叫胜色，据说镰仓时代，人们会在武士服或武具上染这种颜色，取一个打胜仗的彩头。"

说到这儿，他扑哧一笑：

"无非是用了谐音梗，谐音梗真是个了不起的文化。日本人早在很久以前就这么认真地用谐音梗克服了各式各样的困难，在谐音梗中倾注了对幸福的渴望，培育了丰盛的心灵啊。因为发音可以联想到'可喜可贺'，鲷鱼就成了吉利的鱼；人们平时拿五日元的钢镚当护身符带在身上，希望遇上良缘。[1] 大概人人都相信……不，都知道言灵的力量吧。"

1　在日语中，"可喜可贺"的发音和"鲷鱼"的发音部分相同。"五日元"的发音和"有缘"的发音相同。故"鲷鱼"和"五日元"在日本都是吉利的象征。

确实如此。父亲生前就很珍惜猫头鹰摆件，说它象征着"不费力气"；千惠子每次给我送炖海带都会说："这是好海带哟，开心！开心！"我吃下去，也总觉得会有好事发生。[1]

可是，想到带着染了胜色的武具出征的武士，我却有点难过。人类的确有过这样的时代，两个陌生人交战，称夺取对方性命为"获胜"。

这两位老人到底多大年纪呢？看上去好像比我大十岁。我小心翼翼地问：

"恕我冒昧，您二位都上过战场吗……"

"哎呀，不要这么多愁善感嘛。"

外卷先生欢快地甩着手，笑容中似乎隐含着什么。

……多愁善感。这也是跟"战场"相关的谐音梗吗？[2]

我刚刚放松下来，外卷先生就站在瓮前向我招手：

"那么，文太先生，请到这边来。"

我按他的吩咐走过去，瓮中的水大概八分满。那水澄澈透明，没有一丝污浊，仿佛无穷无尽，显得瓮深不见底。怎么会这样呢？

我发呆时，所长神不知鬼不觉地来到瓮上方。然后在我吃惊抬头的瞬间，它一个猛子扎进了瓮中。

"啊！"

当我大喊出声时，所长已经沉进瓮底，眼瞅着消失不见了。我才刚适应它那副样子，难道今后就再也见不着了吗？我看向外卷先生。

"请问，所长什么时候回来？"

"哎呀呀，请再往瓮里看看。"

我再次往瓮里望去。水面上腾起几圈波纹，圆圈逐渐形成旋涡，打着圈，勾勒出某种形状。

1　在日语中，"猫头鹰"的发音和"不费力气"的发音相同。"好海带"的发音和"开心"的发音相近。

2　在日语中，"多愁善感"的发音和"战场"的发音相近。

水面上模模糊糊地浮现出一座白色的小山，好像还有一个浅黄色的碗，图案逐渐变得清晰。

"看到什么了吗？"

内卷先生平静发问。

"是……冰激凌吗？"

我呆呆地给出回答，冰激凌一下子消失了。外卷先生活泼地说：

"那么，给文太先生的提示就是冰激凌。"

我怔住了。冰激凌？我几乎没怎么吃过。可能和其他东西搭配着买过，但大概从来没主动去吃过。

"冰激凌大概就是能帮助文太先生的东西。离开时请走这边的门。"

内卷先生手指的方向有一扇雪白的门，白得一尘不染。刚才好像还没有这扇门啊，这是怎么回事？

一切都蹊跷得过了头。我放弃了思考，朝门走去。门边的台子上有一个藤编的篮子，里面堆满了包在透明玻璃纸里的糖球，旁边有一张名片大的卡片。

"困惑时的旋涡糖"，卡片上印着这样一行字。糖球都是深蓝色的旋涡形状。

"请随意，一位客人只能取一颗糖。"外卷先生说。

我从篮子里拿了一颗糖，放进上衣兜里。

内卷先生笑眯眯地望着我：

"滨书房就在您对面。"

"对面？"

"那么，请您路上小心。"

他们有条不紊地朝我鞠躬。我不明所以地回礼，然后将手放在白色的门把手上。

门开了，对面就是我熟悉的那间小小的旧书店。

到底发生了什么？

回头一看，咨询所已经无影无踪，眼前只有我看过千百遍的潮风亭的风车，一圈圈地旋转着。

我打开店门，慢悠悠地在收银台的椅子上坐下。没一会儿，梦见就来了。

时间几乎没怎么动，还是我到镰仓站不久的时候。

我将身子靠在椅背上，茫然地发呆。梦见和往常一样在文艺类书架前看个没完，她忽然转过脸看着我问：

"阿文，你怎么了？不舒服吗？"

"啊，我没事。你好像总是在那边找书，抱歉啊，似乎没有你喜欢的。"

梦见听了我说的，有些尴尬地低下头：

"……我找的，不是人写的书。"

"嗯？"

"我是在心里模拟场景，想象着我写的小说在世上大卖，然后我本人认真地在书架间寻找。每去一家书店，我都会这么做。"

这样啊——我刚想回应，六郎就进来了。上次那位叫珊瑚的女孩也来了。

"啊，梦见也在。"

六郎对梦见笑笑，手里拿着录音带直奔录音机，开始放歌。他说今天放的是滨田省吾[1]的歌。这个人的歌还不错。

"下次我带大江千里[2]的歌来。"

珊瑚说她显得成熟，但好像和六郎他们只差一岁。去年她高中

1　滨田省吾（1952—　），日本创作歌手。二十世纪八十年代以摇滚曲风博得诸多日本听众的喜爱。

2　大江千里（1960—　），日本创作歌手、音乐家。1983年以创作歌手身份出道，《十人十色》《谢谢》等单曲颇受欢迎。还曾为日本诸多流行歌手创作歌曲。

毕业，现在在父母开的食品杂货店帮忙，似乎正努力成为一名女演员。她跟六郎聊得来，她说在等他一起过来的时候自己去了一趟麦当劳。

"那，阿文，我跟你说，可好笑了。六郎君说高井麻巳子[1]已经结婚半年了，他还是很失落。"

"快闭嘴！"

六郎红了脸。我疑惑地歪着头问：

"高井麻巳子是谁来着？"

"小猫俱乐部的那个啦，和秋元康结婚了。"

珊瑚愉快地回答。她今天穿了一件很合身的针织连衣裙，脚下蹬着一双长靴。

有关小猫俱乐部和秋元康，我也略知一二。前者是有很多女孩子的偶像团体，总是热热闹闹地聊着天，后者是这个团体的制作人。不过我从来都分不清那些女孩子。

"那两个人差十多岁呢！"

六郎气呼呼地说。

"哎哟，"珊瑚提高了声音，"管他十岁还是十五岁，只要看对了眼，年龄的差距根本不是问题。"

当真如此吗？我沉默地看着珊瑚的红嘴唇。

最后一次见小真的时候，她和如今的珊瑚同岁。妙龄女子真的会爱上比自己大一轮的男人吗？

"哎，失落的时候吃点甜食就好啦。赶紧找到自己的幸福，烦心事也会被短暂遗忘的。"

"只是暂时遗忘而已，有什么意义啊？"

1　高井麻巳子：（1966—　　），曾是日本偶像团体"小猫俱乐部"的一员，1988年宣布与团体制作人秋元康结婚，并退出娱乐圈。

"短暂的积累很重要嘛!"

珊瑚说着,将手提袋放在收银台上。

那袋子里有几本书:银色夏生、林真理子的文库本,还有《古事记》的现代日语译本。

"这几本书,我想请店里收走。"

"你还读《古事记》吗?"

"啊,嗯。前段时间看了一个以《古事记》为背景的舞台剧,我就对这个故事有了兴趣。不过,《古事记》可真是越看越难受啊。净是些过分的故事,简直是恶搞,无可救药。"

珊瑚边想边笑,一只手不停地挥舞着:

"不是有个故事说伊邪那美和伊邪那岐创造了国家吗?书里写,他们最初用矛在大地上搅来搅去,做出淤能棋吕岛,然后两个人绕着柱子,一个向左转,一个向右转,生下了孩子。"

六郎和梦见兴致勃勃地听珊瑚讲话。

珊瑚用食指比画出一个圆,继续道:

"于是我想,自然界里有好多旋涡啊。台风、龙卷风、鸣门海潮,还有银河。世界为什么要这样一圈圈地不停旋转呢?"

六郎坐在圆凳上,两腿交叠道:

"我这个也许不算答案——旋涡本身是一种能量吧。"

"能量?"

"嗯。两个性质不同的东西接触时,一定会出现旋涡。然后发生旋转现象,产生能量。"

"嗯……听起来让人似懂非懂的。六郎君,你脑子蛮好使的嘛。"

珊瑚的手放在头上。

"我是学理的嘛。"六郎笑着张开双腿。

"不仅日本如此,国外的神话故事中,也经常出现旋涡呢。物理课上讲科尔尼曲线[1]的时候，老师提到过，'科尔尼'的词源自希腊神话。"

梦见小声问：

"科尔尼曲线是什么？"

"曲率半径会以一定的比率缓慢变化。在高速路上开车时，以等角速度旋转汽车的方向盘，轮胎留下的曲线轨迹的曲率半径就会出现这种变化。"

六郎站起来，用收银台上的铅笔和便笺画图。

珊瑚歪着头看：

"这个图形蛮有趣的，可你讲的东西好难。那个叫什么来着？科尔……科尔洛依德曲线？"

"科尔尼啦。科尔洛依德是什么鬼啦，又不是安卓洛依德[2]。"

珊瑚被六郎揶揄后，冷冷地说：

"啊，对啊，天才科幻作家就是不一样。那名字是从希腊神话里来的喽？"

"嗯。好像出自什么三姐妹的故事。我记不清了。"

"看来天才也记不住这些啊！"

珊瑚笑着走到梦见旁边，似乎已经厌倦了这个话题。

1　科尔尼曲线：即回旋曲线，英文"clothoid"的词源是"clotho"，意为希腊神话中纺生命之线的女神克洛托。

2　安卓洛依德："android（人形机器人）"的音译。

"梦见的三股辫编得好整齐呀！散开之后，也会变成我这种小波浪吧？"

"不要，我这样就挺好的。"

"对了，下次我把穿不上的衣服拿给你。"

珊瑚抓着梦见的手腕，梦见的脸一下子红了。看上去倒不是不情愿，显然是彻底被珊瑚的可爱征服了。

我一本本翻看珊瑚带来的书，给它们估价。

"没封皮的书得按百元文库的价格清仓卖喽。"

六郎摆出一副懂行的架势。珊瑚忽然瞪大了眼睛，像是想起了什么。

"对了，我家的店铺对面开了一家冰激凌店。虽然天气很冷，但他家的生意可红火了。可能是因为冰激凌可以边走边吃，比较方便吧。"

冰激凌？

我翻书的手停住了。

"一个一百日元，但四月开始，消费税就要涨到百分之三了。店里的大叔说，直接掏一百日元的硬币本来挺方便的，变成一百零三日元之后，客人们还得一块一块地拿钱出来，客人麻烦，店家找零钱也很麻烦。如果算上税卖一百日元，店里赚得又少了。"

"滨书房也一样吧？"六郎将话头递到我嘴边，我点了点头。

"啊，我该走了，得去店里值班。这些多少钱？"

珊瑚弯下身，看着我。我把金额敲在计算器上给她看。

"哎——就这么一点？"

"二手书买卖，就是这个价钱啦。"

我又算了一次，多给了她些零头。

"这样如何？"

"嗯，好吧。谢谢啦。"

珊瑚嘿嘿笑着，从我手中接过几个小钱。

我想起冰激凌会给我提示的事，但毫无头绪。仿佛有什么东西靠近了我，又翩然远去。

※

一月五日，星期四。

要说希腊神话的三姐妹，大概指的就是命运的三位女神了。我应该在某本书中读到过。六郎写的那张便笺还留在柜台上，说不上为什么，我一直没扔掉它。午后，我翻开一本希腊神话，是一本在店里放了很多年的知识普及类的老书。

很快，我便找到了疑似"科尔尼"词源的那个名字。

掌管人类命运的摩伊拉三姐妹。纺织生命线的克洛托，测量生命线长度的拉克西斯，切断生命线的阿罗波斯。人类寿命的长短，就由这三姐妹来确定。

卷出旋涡的科尔尼曲线，其名字大概源于将生命线绕在纱轮上的克洛托吧。我也是在三姐妹的安排下，走过漫漫人生路的吗？被女神安排的一生。

过了一会儿，一个帽子遮着脸、夹克衫衣领高高竖起的男人走进店里，是之前来过两三次的客人。他仔细端详着架子上的书，慢慢往深处走去。

我继续在柜台前读书。尽管戴着老花镜，书里的字对我来说还是太小，我的目光久久地停留在书页上，读得很慢。

摩伊拉三姐妹在希腊神话中十分活跃。她们一会儿加入众神和巨人族的战斗，一会儿给怪物吃下不可思议的果实，她们本领高强，很有意思。

我沉浸在神话的世界中，猛地回过神来，一抬头，戴帽子的男人已经要走出书店了。

忽然，我心头掠过一丝不安。说不清具体原因，只是一种直觉。

我起身观察那个男人，他手中的纸袋里赫然露出一本装在盒子里的书的一角，那是店里的书！男人快步离开。

"等……等一等！"

我急匆匆地走出柜台，脚崴了一下，差点摔倒，我慌张地伸手想抓书架，还是没站稳，书本哗啦啦掉了一地，我也倒在了地上。

这一下摔到了膝盖和胳膊，很疼。我忍着痛勉强站起来，拖着双腿跑出去，男人已经不见了。

我回到店里，走到一个书架前，果然是那一本。

森敦的《酩酊船》不见了，那是限量二百册的毛笔签章版，价值一万日元。

我一屁股坐在地上，这真是太丢人了，小偷从自己眼皮子底下走过去都没发现，追也追不上，高价的书让人家偷走了，自己还浑身酸痛，什么也做不了。

就在我垂头丧气的时候，店门开了。出现在眼前的，是那张我最不想见到的瓜子脸。

"咦？滨先生，出什么事了？"

来人是山西。我没理他，慢慢站起来，掸了掸裤子上的灰。

山西坏笑着，把手伸向地上的书。

"别碰。"我低声阻拦。

"噢！好可怕。"山西笑着缩了缩脖子。真是个惹人嫌的男人。

"那，滨先生。今天早上啊，隔壁的房东终于给我盖章了。不枉我跑到逗子去。"

山西眯起眼睛道。他说的是隔壁那间空房子的事。

"如果您能把这家店也卖给我，跟隔壁打通，就有一大块土地了。所以说，如果您现在愿意在合同上盖章，我多给您点钱也行。"

这家伙有什么资格对我说"多给点钱也行"，我没精力和他拌嘴，只是默默捡起掉在地上的书，放回书架。

"心动就快下手啊，滨先生。地价是时刻变化的，现在是最合适的时机。万一以后想起来，后悔今天没卖掉，可就是您的损失了。"

"你请回吧。"

"好好好，下次见。"山西轻飘飘地回了一句，像往常一样嬉皮笑脸地走了。

我坐回柜台，揉了揉膝盖，和刚才相比，疼痛消退了些。没受什么大伤，可以说是不幸中的万幸。不过我也被动地意识到，自己真的上了年纪，已经老得动不了了。

也许是时候关店了。

我虽然不待见山西，但如果他愿意买下这块地，我其实感激还来不及……

山西刚走，珊瑚和梦见就来了。珊瑚一边回头往门那边看一边说：

"那个人也去了我家的店铺。是做房地产生意的山西，对吧？"

她一通慷慨陈词，表情就像吃了什么极难吃的东西。

"真是恶心人啊！鬼鬼祟祟地上门来，死缠烂打地要我们把地卖给他。上次我妈妈气急了大骂：'我宝贝的店铺怎么进了鼻涕虫，赶快给我消失！'还冲他撒了一把盐。"

我忍俊不禁。虽然未曾谋面，但听上去，这行事风格的确很像珊瑚的母亲。

"你家的店，店主是你妈妈？"

"嗯，爸爸在商社上班。店就是我妈妈按照自己的喜好来开，小巧舒适。就在小町通那边，阿文有空来做客吧，叫桐谷商店。"

"嗯，今后我会去的。"

桐谷商店。我不喜欢去人太多的地方，所以很少往小町通那边走。不过，还是先记下店名再说。

"啊，我卖给你的书，你有在卖！"

珊瑚开心地叫起来。她说的是《古事记》的现代日语译本，因为这本书品相几乎全新，书的状态很好，所以我标了高价。

"好开心呀！这本书在这家店转世重生了。不知它下次会陪伴在谁的身边。"

珊瑚从书架上拿下那书，像哄小孩似的爱抚着。梦见对她说：

"我也常常这样想。旧书店就是书本轮回转世的地方。"

"嗯嗯。"珊瑚点头，轻轻将书放回原处。

"今天我要给梦见一批衣服。都放在店里后面的房间，所以要带她一起去选。"

珊瑚向我解释完，又对梦见说：

"哦，对了。衣服的标签上可能有字，有的写着'乙'，有的写着'珊'，你别介意，里面也有我姐姐的衣服。'乙'代表'乙姬'，'珊'代表'珊瑚'。有时候妈妈洗完衣服，怕我们分不清楚，就在标签上做了标记。"

"你姐姐叫乙姬？"

"又是乙姬，又是珊瑚的。看来你们的父母很喜欢大海。"

珊瑚大方地向对她微笑的我解释道："对，我妈妈叫人鱼。"

……人鱼。

仿佛有人朝我射了一箭，我连呼吸都跟着一顿。

人鱼是小真的名字。

她不好意思被人叫"小人鱼"，就取了"美人鱼"开头的发音[1]，俏皮地请大家叫她"小真"。

"你妈妈一直住在镰仓吗？"

我尽量让声音显得平稳，不想让珊瑚看出我言语中的试探，但也许还是难掩激动。珊瑚爽快地回答：

"不，她以前在横滨。我爷爷是开印刷厂的，她好像在联营公司做打字员。"

果然！果然是她！不会有错。

1　在日语中，"小真"的发音和"美人鱼"的开头发音相近。

没想到，她竟然离我这么近。

啊，小真。

她结了婚，还生了两个孩子，开了一家自己喜欢的店。

太好了，她过得很幸福。

我有点寂寞，但还是很开心。我还想见见她。

我想告诉她，自己真实的想法。

我觉得，如果我和小真能彼此确信当年我们曾经心意相通，这将成为我活着有意义的唯一证明。

但现在告诉她这些会不会为时已晚？说不定她早已不记得有我这么个人了。

珊瑚又说了很多衣服的事，我几乎一句也没听进去。我一直盯着她看，怎么看都难以置信，她竟然是小真的女儿。

过了一会儿，珊瑚和梦见一起走了。

店里没有客人，寂静无声。我手撑着下巴，陷入了沉思。

珊瑚来到这家店，也许是某种缘分。但另一个我告诉自己：都到了这把年纪，是不是不应该再惹什么不必要的风波了？

约莫过了一小时，店门开了。是梦见。

她喘着粗气走进来，无视那排文艺类书架，径直走到我身旁。

"这个，给你。"

梦见手中拿着一个冰激凌。

我惊讶地望着她的礼物，冰激凌看上去白白的、软软的。

"我看你好像不太对劲……担心你是不是遇到了什么事，就在珊瑚家的店对面买了一个冰激凌。人们都说，不开心的时候要吃点甜的。"

她一定是怕冰激凌化了，又不想让它塌掉，虽然急着赶路，还是尽量稳当地举着它跑来的吧。想象着梦见这一路上的样子，我不禁心头一热，伸手接过了冰激凌。

"为什么要买冰激凌……"

"因为六郎说，旋涡意味着能量。吃了它，你就有力量啦！"

我按着酸痛的眼眶，以防泪水从那里流出来。我吃了一口冰激凌，柔软的口感，牛奶的甜香。一股舒爽的凉意传来，让我犹豫不决的心渐渐平静。

"你干吗对我这么一个没精打采的老头子这么好啊？"我说。

梦见微微歪头：

"你才不是没精打采的老头子呢。阿文的工作是帮助书本重获新生，你很伟大啊！而且……"她犹豫了一下又说，"你是我的朋友啊！"

听到这句出人意料的话，我抬起头，梦见害羞地走开了，站到了柜台对面那排书架前。

"我想过了。一千年前的人说的话，和现在一定完全不一样吧。一千年以后，世界一定又是另一个模样。既然如此，在同一时刻说着同一种语言的人，其实就像同一个年级的同学一样。"

她轻轻抚摸着珊瑚卖掉的那本《古事记》的封底，继续平静地说着：

"从地球的历史看来，这个瞬间稍纵即逝。所以我有好多话，想通过小说讲给同学们听，讲给愿意用当下的心情理解我这些话的人们听。"背对着我的梦见转过身来，"趁现在这个我，还活在世上的时候。"

闪耀在她目光中的清辉，足以照亮我的迷茫。

"很好吃，谢谢你。"吃完冰激凌，我向她道谢，然后问：

"能不能告诉我这家冰激凌店的位置？"

我想见的人，一定就在这家店的对面。我有话要对她说。

趁现在这个我，还活在世上的时候。

※

一月六日，星期五。

滨书房的固定休息日是星期一，但今天临时停业。

我照着梦见告诉我的路线，往冰激凌店走去。未到中午的小町通，并不像我想象中的那样拥挤。

我的腿已经不疼了，但我还是忐忑不安。平时，我很少像现在这样心神不定。我在紧张的时候，必须要付出和能力不匹配的努力才能平复情绪，所以一直以来，我都在逃避这种情绪。反过来想想，老天爷竟一直允许我避开不擅长的事，就这样过了一辈子。我的日子，过得多么自在、多么安稳啊！

走过腌菜店，走过帽子店，一个冰激凌形状的大招牌映入眼帘。我停下来，做了个深呼吸。

冰激凌店的对面，果然是桐谷商店。

店头堆着很多厕纸，滑动式的玻璃门里摆着罐头、调料、零食点心。我走到门口，打量着整个店面。

女店主坐在收银台前。

她坐在椅子上，读一本名叫 FUTURE 的周刊杂志。可能是看到了什么有意思的内容，她在书页上折了个角。

低垂的眼帘有她往昔的神采，她鼻梁高挺，有点洋人的骨相。她浓密的黑发中夹杂着几根白发，但不影响她的贵气，反而平添了几分店主应有的沉稳。

我拉开玻璃门。

半个身子踏进店里时，小真看了我一眼。

"欢迎光临。"

她表现得并不十分热情，但那股干脆利落的快活劲，很符合她的性格。

打过招呼后，小真的目光立刻落回周刊杂志上。她似乎并未察觉我就是滨文太。我往里面走去，店里没有其他客人。

我没法立刻和她讲话，我在店里兜了一圈。此刻，小真和我在同一个空间里，这是多么不可思议的事啊！

我顺手拿起一个做海苔佃煮的小调味瓶，我一面安抚着快要爆炸的心脏，一面朝收银台走去。

小真将周刊杂志扣在旁边的台子上，那上面还放着水壶、仙贝、书和笔记本。看得出来，她在这里过得很自在，和我一样。我懂的，小真，这里是只属于你的小天地。

"一百八十日元。"

她说。我从钱包里掏出零钱，两枚一百日元的硬币。

"找你二十。"

她从收银台里拿出十日元的硬币递给我，这时，她终于认真看了我的脸。

眷恋把我的胸口填得满满的，几乎要溢出来了。小真瞬间睁大了眼睛，双唇微微张开。她举起一只手，摸了摸自己的脸。

"讨厌。"

这是她说的第一句话"讨厌"。然后，她很快开心地笑出了声。我心里一颗石头落了地，她除了高兴再没有别的情绪，于是我终于叫出了心中的那个名字：

"……小真！"

"哎，真的是你吗？文太？"

"嗯，太好了，你能认出我。"

我心里想说的，其实是：你还记得我。

"你都成了老头了，感觉还不错呢。"

小真亲切地笑了，仿佛昨天我们刚见过似的。三十二年的隔阂好像就这样一下子融化了。

我简单地讲了和她不再见面后，自己遇到的事。讲了滨书房，讲了自己依然独身生活，但我没提到珊瑚。

"那，你到这边坐吧。"

小真指着柜台里面的圆椅子。她将椅子搬到自己对面，挪开上面的书。我静静地走过去坐下，默默为走进小真的那片小天地而感到荣幸。

出于职业习惯，我看了一眼台子上的书。有三本是四柱算命的。

小真注意到我的目光，笑着说："啊，这个。"

"我开始学占卜了。起初只是有点感兴趣，学进去了还觉得挺有意思的。"

小真拿过最上面一本书翻开：

"我也给文太算一卦，告诉我你的出生日期。"

"昭和元年十二月二十五日。"

小真用圆珠笔将我报的日子记在广告纸背面，说了句：

"哎？你出生在只有七天的昭和元年啊！"

"对，像赠品似的昭和元年。"

她的手指灵活地转着圆珠笔。

"怎么是赠品呢？在我看来，这可是开天辟地的七天呢。"

开天辟地。

神花七天时间，创造了这个世界。

我想都没这样想过。小真一面看书，一面在纸上写下数字和汉字。然后写了个大大的"戊"字，用笔圈了起来。

"戊，土之兄。温柔宽厚，落落大方。不过为人保守，是容易被固有观念束缚的类型。"

我苦笑。

"怎么样，挺准的吧，尤其是缺点。"

"的确很准，我要是把固有观念扔掉就好了。"

那样，我们就能在一起了。

也许此时，我和小真想的都是这个。空气凝固了三秒。

不过，我立刻改变了想法。

现在的小真，似乎非常幸福。对她来说，果然还是现在这样更好。如果那时我和她结了婚，如今这个世界上就没有珊瑚了。

可小真说出了我意料之外的话。

"如果没有你，就没有乙姬，也没有珊瑚。"

"嗯？"

"嗯，乙姬和珊瑚都是我的女儿。我跟你告白失败，伤心地出门旅行，来到镰仓拜神社，在这边遇到了现在的丈夫。所以，如果顺着缘分的线回溯，我的女儿们也和文太有关。"

她从和我的相遇中找到了价值吗？正在我不知该如何回应的时候，小真托着腮对我微笑道：

"今年我也快五十二了，到了这个年纪，越来越觉得，人生之路并非一条直线，而是沿着旋转楼梯一点点往上。当命运的曲线靠近或重合的时候，两个人就会相遇，然后沿着各自的曲线旋转，又会在某处看到同样的风景。也许整个世界就是一个大的旋涡，历史总在不断重演，一定就是因为这个。"

我的旋转楼梯和小真的旋转楼梯，此刻交汇。我怀着对她的感谢说道：

"我原以为自己就要这样走完这一生，什么都留不下了。听你说了这些，我好开心。至少我这辈子，活得还有点价值。"

小真直直地望着我说：

"不是啦，文太。我们来到这个世上，不是为了留下什么，而是为了活在每一个瞬间。我们是为了活而活。"

有客人来了，小真合上书本。客人是个大学生模样的男人，显得有些为难，问话时语速很快：

"有创可贴吗？"

"不好意思啊，店里没进。你怎么啦？"

男人望了望店外面，一个外套里塞了厚厚垫肩的女孩子站在门口。

"朋友的脚被鞋子磨破了。"

"啊，那很痛呢。穿着不习惯的高跟鞋走来走去了吧？"

小真笑着，拉开台子下面的抽屉。

"店里虽然不卖，但我这儿正好有，你拿去用吧。"

她从创可贴的药盒里取出一片四个连在一起的创可贴，递给男人。

"谢谢你，帮大忙了。平时总是开我的车出去玩，没想到今天会走这么远的路，竟然能把脚磨破了。"

"你开的什么车？"我问。男人开心地回答：

"一辆纯红色的本田序曲，花光了我在意大咪西店打工攒的所有钱，虽说我还欠了不少贷款吧。"

小真转了转眼珠。

"为了让她坐在副驾驶，你才这么努力吧？"

男人挠了挠头。

"还是单相思啦，我正在追她。我的目标是像太太和您先生一样，和和美美地白头偕老。"

我有些尴尬。他以为我和小真是夫妻。

"不……"我正要开口纠正，小真却抢在我前面说：

"是啊，你要好好努力，确定关系的关键一步很重要呢。祝你像我们夫妻一样，过得幸福。"

"哇，秀得一手好恩爱啊！您丈夫真是好命。"

话都说到这个程度了，我也只得配合小真演戏。

"呃，嗯，是吧。"

"夫妻恩爱的秘诀，是什么呢？"

"嗯，大概是放下固有观念吧。"

"固有观念啊……听起来好深奥呢。"

我顺口说完，又不好意思起来。小真若无其事地翘起嘴角。

男人推辞着"不能光占便宜"，便买了一瓶店里的能量饮料。是最近很火热的品牌，宣传文案是"能二十四小时持久战斗吗？"

年轻的男人边道谢边深深朝我和小真鞠躬，我们目送他离开。

年轻人啊，战斗当然是要战斗的，但还要记得爱护你身旁的人。不逃避每一个瞬间地，去爱吧。

"……大概是放下固有观念吧。"

小真学着我刚才的话，我按着额头笑了。

平行世界仿佛真的存在。

我和小真做了短短几分钟的夫妻。我仿佛在这一瞬间，体验了自己未曾选择的人生。

"小真。"

我深深凝望着她。

"那时我喜欢你，真的特别特别喜欢。"

小真抬头望着我，满足地笑了。

"我知道啦，呆子。"

离开桐谷商店后，我独自回到滨书房。

不到二十分钟的距离之外，就是我一成不变的日常生活。

拉开卷帘门，走进店里。

旧书们的霉味让我无比安心。这里就是我恋恋不舍的小店。

从出生到今天，我没跳过任何一天，沿着旋转楼梯，一级又一级，脚踏实地地走到了这里。

这些书本也活在世上，转生了许多许多次。

我沉浸在轮回中，继续一级级台阶地，向上走着。

※

一月七日，星期六。

早上六点三十三分，天皇驾崩。

早间新闻播送了讣告。在一片混乱中，我安静地闭上眼，为无数时光祈祷。

今日照常开店。

今天，全日本都会在忙碌中度过吧。我则刻意让生活保持平常的节奏。

上午一个客人也没来。不过嘛，平时也是这样。

快到下午两点的时候，六郎来了。

"阿文，昨天你临时停业了吧？我白跑了一趟，我有话想告诉你。"

"啊，抱歉，昨天有点要紧的事。你要跟我说什么？"

六郎"唰"地挺直了身板。

"锵——黑户六郎，荣获《海原》新人奖大奖！"

"啊！"我不由得大喊出声，"好棒啊，你太厉害啦！恭喜恭喜！"

"奖金一百万日元！我太开心了。我要怎么用这笔钱呢？"

他双手攥拳，比了个胜利的姿势。这时，梦见走了进来，对上了我的目光，我们都安静地笑了。

"六郎说他得了大奖。"

我话音刚落，六郎就得意地说：

"她都知道啦，我昨天给大家打了一圈电话呢。"

梦见只是安静地微笑着。她今天没站在文艺类书的书架前，而是拉了圆凳坐到我旁边。

她很少有这样的时候。

"那你终于出道，成为作家啦。"

六郎用力摇摇头道：

"我的兴趣不在出道上面，报名参赛只是想试试自己的实力，获了大奖我就踏实了。我并不想成为作家，写小说这种事，当成爱好来做会很开心，当成工作恐怕就够呛了。要是编辑对我指手画脚，我也提不起精神干活。能拿到一百万日元的奖金，我已经高呼万岁啦！"

六郎从双肩包里拿出信封说：

"照片洗出来了，上次照的那张。"

他递给我的信封中有三张照片。一张是店里的风景，一张是店外的装潢，还有一张是我。

"今后，我愿意接手这家店。虽然高中毕业后我要去汽车工厂工作，但休息日什么的，我会来帮忙的。阿文要是哪天想退休，就跟我说吧。"

我心里"啪"地亮起一盏灯。先不说继承店的事能否实现，一个十几岁的男孩子能对我说这些，我感到由衷地欣慰。

"有你这句话，我就放心啦。"

"我是认真的，那我先走啦，今天和朋友约好去唱卡拉 OK 了。"

六郎对我和梦见分别挥挥手，步履轻盈地出了门。

我看了看手中的照片。封存记忆瞬间的相纸、陈旧的店面、板着脸的我，还不错。

"要是也给梦见照一张就好了。"

梦见听了我的话，低下头嘟囔道："我长得丑，不喜欢照相。"

"哪有的事。"

她仿佛没听到我的话，兀自说道：

"……为什么呢？"

"嗯？"

"他为什么能写出那么棒的小说呢？六郎果然厉害。唯一一次投稿，竟然就得了大奖……他明明这么优秀，为什么说自己不想当作家呢？"

她含糊其词，像在自言自语，飘忽不定的目光在书架间徘徊。

"自从加入文艺同好会，我一直都很羡慕六郎。我以为，待在他这样的天才身边，自己也能感染他的才气。我的笔名'九十九'，也是模仿六郎的名字取的。直接用'六'就露馅了，于是我把'六'倒过来，成了'九'。"

她的肩膀在颤抖。我想方设法地和她搭话：

"梦见今后有得是机会呢。"

"上高中之后，我给许多新人奖都投过稿，投了很多次了，但根本杳无音信。每次落选，我都会嫉妒那些被选上的人。我那么敬佩六郎，可现在也还是会嫉妒他。他明明是我不该憎恨的人，我对他的想法却如此肮脏。我好讨厌。"

梦见眼中滚落出大颗大颗的泪滴。

我爱莫能助。这样的时候，我却找不到一句有效的话来安慰她。真是令人头痛。

啊——我忽然想到一个办法。

对啊，我怎么就忘了呢？这不是还有困惑时的旋涡糖吗？

我摸了摸上衣兜，太好了，糖还在。

我走出柜台，将那颗小糖球递给梦见。

"这是冰激凌的谢礼。难过的时候应该吃点甜的，对吧？"

梦见略微抬起湿润的脸，缓缓接过糖球。

"……旋涡？"

她嘟囔着剥开玻璃纸，将糖放入口中，然后她的眉毛立刻跳了跳。

"吓我一跳，一下就化了。没什么味道啊，就像喝水一样。"

"嗯？是吗？那真是不好意思。"

不是甜味的糖吗？看来我搞砸了呢。

我四处张望，想再找个东西来给梦见加油打气。

"不过，这水好喝得出奇。好像一下子就让人清醒了。"

梦见话音刚落，只听"咔嗒"一声，一本书从书架里跳了出来。书没有倒下去，而是悬在了半空中。梦见起身，将那本探出半个身子的书拽了下来。

"希腊神话？"

是那本我前天读过的书。

"它干吗要急着跳出来呢？"

梦见翻开书，正好翻到摩伊拉三姐妹那一页。

啊，难道……难道这就是旋涡糖的魔法？

梦见坐回圆凳上，看了一会儿神话故事。

"神话真是异想天开啊！为什么这些流传下来的故事，看起来都跟真的一样呢？正常来说，任何人都不会相信这些故事是真的，却愿意在某种程度上相信这些神话。"

"也许正因为作者要写出真正想说的话，才用了虚构的手法吧。直接写下原本的事实可能难以被人接受，所以作者将情节安排在一个架空的世界中。隐藏在神话故事里的讯息，应该是揉碎了融入故事里去的吧。而且，无论设定多么稀奇古怪，情节都可以进行下去，这恐怕正是原创故事的优势。"

"是吗？"梦见点头，"以前我都只能写自己经历过的事，所以写的都是校园类题材……这样想想看，既然都是在想象中创作的故事，说不定所有小说都跟科幻小说差不多。一切都是无限的自由。"

她说着抬起头：

"我能写出那样的作品吗？不被现实生活束缚，去想象更为宽广的世界。把我真正想说的话，写在小说的世界里。"

梦见刚才还缩成一团，哭得上气不接下气，现在她舒展了许多，仿佛整个人变大了一圈似的，神采奕奕。看样子她已经没事了。

我忽然想起菊石所长的那句话：请把那些交给下一个时代。

难道我手里有什么东西，是可以交给梦见的吗？

"那本书送给你吧。"

"可以吗？"

"可以的。一样是书，我卖哪本都是卖。"

梦见听了我的玩笑话，表情放松下来。

"谢谢你，看来旋涡真的拥有能量。吃完那颗糖，我有力气了。"

梦见莞尔一笑，如释重负地望着我：

"哪怕只有一丁点才华，我也会写下去的。尽管我不知道什么时候能成为小说家，也不知道成为小说家要花多少时间，但我一定会写下去的。"

我答话时，觉得自己仿佛成了她这份意志的证人：

"你已经是小说家了呀。有同学等着你呢——某个应该看到你文章的人。"

梦见有一瞬间露出惊讶的神色，继而微笑着点了点头。

摊开在梦见膝头的书页上，印着摩伊拉三姐妹的插画。我指着左边那位女子说：

"这个叫克洛托的，她的名字就是六郎说的科尔尼曲线的词源。"

"哦，原来如此。这就是被珊瑚叫成'科尔洛依德'的家伙。"

梦见再次聚精会神地看着绕纺线的三姐妹，左手轻轻摸了摸那张图画。

"当时我在想，'科尔洛依德'听起来挺像人名的。命运的纺线中，带着六郎的'六'这个音。[1]这个笔名蛮不错的。"

她的中指上有个茧子。梦见是左撇子，这个坚硬的突起，是她曾写下大量文稿的证明。

作为梦见的"同学"之一，我也翘首盼望着读她写的小说。

---

[1] 在日语中，"洛依德"的"洛"字发音和"六郎"的"六"字接近。

这时，千惠子"吧嗒吧嗒"地走进店来。

"快来看看，要发表新的年号了！"

我和梦见跟在千惠子身后，飞奔到潮风亭。

下午两点半，店里的上座率大概有一半，大家都抬头望着挂在高处的电视。

画面中，官房长官小渊惠三坐在桌前，他旁边放着一块大板子。

小渊看了记者们一眼，单手轻轻托了托眼镜，坐得端正了些。他展开一张对折的白纸，读着上面的字：

"刚刚结束的内阁会议上，通过了更改年号的政令。会在今日内按照第一次临时内阁会议讨论的结果，向社会公布。"

此时此刻，全日本的国民一定都屏气凝神，注视着电视屏幕吧。小渊的目光笔直地望向镜头：

"新的年号，是平成。"

他立起板子，上面写着大大的"平成"二字。漂亮的毛笔字一气呵成，让我想起镰仓旋涡咨询所招牌上的字。

千惠子手里拿着托盘，笑着说道：

"昭和到今天就结束了啊。昭和六十四年，只有七天呢。"

"昭和元年也只有七天哦。"我说。

好神奇，历史竟然重演了。

梦见恍惚地抬头望着电视嘟囔着，仿佛是在自言自语：

"开头七天，结束七天啊。就好像一本名为《昭和时代》的书的封面和封底。"

这句话在我听来格外温柔。原来，我出生的时间，相当于一本书的封面啊！

而我造访镰仓旋涡研究所的那段时间……

我活过了整个昭和。

我读完了一个时代的故事，正要合上这本书的封底。

没错，从明天开始——

平成，就要来了。

Kamakura Uzumaki Annaijo

by

Michiko Aoyama

Copyright © 2021 by Michiko Aoyama

Original Japanese edition published by Takarajimasha, Inc.

Simplified Chinese translation rights arranged with Takarajimasha, Inc.

Through Pace Agency Ltd., China.

Simplified Chinese translation rights © 2022 by China South Booky Culture Media Co., Ltd.

著作权合同登记号：图字 18-2022-096

图书在版编目（CIP）数据

镰仓旋涡咨询所 /（日）青山美智子著；烨伊译
. -- 长沙：湖南文艺出版社，2022.8
ISBN 978-7-5726-0778-3

Ⅰ.①镰… Ⅱ.①青… ②烨… Ⅲ.①长篇小说—日本—现代 Ⅳ.① I313.45

中国版本图书馆 CIP 数据核字（2022）第 123909 号

上架建议：畅销·日本文学

LIANCANG XUANWO ZIXUNSUO
镰仓旋涡咨询所

著 者：	［日］青山美智子	
译 者：	烨 伊	
出 版 人：	陈新文	
责任编辑：	刘雪琳	
监 制：	邢越超	
策划编辑：	韩 帅	
特约编辑：	白 楠	
版权支持：	金 哲	
营销支持：	文刀刀　周 茜	
封面设计：	沉清Evenchan	
封面插图：	［日］田中达也	
版式设计：	梁秋晨	
内文排版：	百朗文化	
出 版：	湖南文艺出版社	
	（长沙市雨花区东二环一段 508 号　邮编：410014）	
网 址：	www.hnwy.net	
印 刷：	北京天宇万达印刷有限公司	
经 销：	新华书店	
开 本：	855mm×1180mm　1/32	
字 数：	230 千字	
印 张：	8.25	
版 次：	2022 年 8 月第 1 版	
印 次：	2022 年 8 月第 1 次印刷	
书 号：	ISBN 978-7-5726-0778-3	
定 价：	56.00 元	

若有质量问题，请致电质量监督电话：010-59096394
团购电话：010-59320018